Thomas Kowa
Christian Purwien

Humor

Impressum

Erstausgabe Juli 2017
© 2017 dp DIGITAL PUBLISHERS GmbH
Made in Stuttgart with ♥
Alle Rechte vorbehalten

Pommes! Porno! Popstar!

ISBN 978-3-96087-515-4
E-Book-ISBN 978-3-96087-231-3

Umschlaggestaltung:
Miss Ly Design
Unter Verwendung von Abbildungen von
© donatas1205/shutterstock.com
und graphicstock.com
Lektorat:
Daniela Höhne
Satz:
Francesca Hintz

Das Werk darf – auch teilweise – nur mit Genehmigung des Verlages wiedergegeben werden.

Sämtliche Personen und Ereignisse dieses Werks sind frei erfunden. Etwaige Ähnlichkeiten mit real existierenden Personen, ob lebend oder tot, wären rein zufällig.

Über dieses Buch

Kein Hit, zwei Musiker, drei Probleme.
Millionen haben ihre Platten nicht gekauft, Hunderttausende ihre Konzerte niemals besucht und jeden Abend übernachteten dutzende Groupies weit entfernt von ihrem Hotelzimmer. Kurz und gut: Sie sind die unerfolgreichste Band der Popgeschichte. Und nun sie müssen innerhalb von nur einer Woche ein Hitalbum schreiben, denn sonst werden sie von den Hells Angels exekutiert und von der Deutschen Bank geviertelt.
Die beiden fliegen nach Ibiza, nehmen in Rekordzeit eine CD auf und steigen der Vorzimmerdame des erfolgreichsten CEOs der Musikindustrie hinterher. Denn sie wollen einen Termin bei deren Boss. Doch sie haben nicht mit schwerhörigen deutschen Touristen, der Plattenfirmenputzfrau und Gott höchstpersönlich gerechnet, die alle ein Wörtchen mitreden wollen, was denn nun ein Hit ist und was nicht.

Über die Autoren

Mehr zu den Autoren auf
www.purwienundkowa.com

Thomas Kowa wurde neben dem größten Chemiewerk der Welt geboren. Dort wucherten nur zwei Dinge: Chlorakne und Humor. Kowa entschied sich für letzteres. Er studierte irgendetwas belangloses, für den krönenden Doktortitel fehlte ihm die kriminelle Energie. Stattdessen wurde er Poetry Slammer und Musikproduzent. Höhepunkte seiner musikalischen Karriere waren die Ausstrahlung einer seiner Songs bei Desperate Housewives, eine Europatournee vor 25.000 Zuschauern und die Pleite seiner eigenen Plattenfirma.

Wenn es gerade nichts zu lachen gibt – und das kommt in dieser Welt häufig vor – schreibt Thomas Kowa Thriller. *Pommes! Porno! Popstar!* ist der zweite Roman, für den er niemanden umgebracht hat.

Christian Purwien war in seinem bisherigen Leben Pommesbuden-Besitzer, Drohnen-Entrepreneur, Busfahrer, Pädagoge, Plattenfirmen-Promoter und Chefredakteur eines großen Musikmagazins. Momentan ist er Videoproduzent und Chauffeur für die Insassen einer Drogenentzugsklinik bei Gerichtsterminen (natürlich inklusive Verfolgungsjagden). Purwien veröffentlichte unzählige Alben und Beiträge auf mehr als hundert CDs, seine Coverversion des 80er Klassikers *Send me an angel* enterte die deutschen Single-Charts. Für seine letzte CD – eine Kombination aus Elektro-Pop und Spoken-Word – arbeitete er mit Joachim Witt und Andreas Fröhlich zusammen, letzterer besser bekannt als Bob Andrews von den Drei Fragezeichen.

Mit Kommentaren von
Christian Purwien
und Gott

**Ich würde auch fünf Kilogramm
Hackfleisch in die Charts kriegen.**
Dieter Bohlen

1

Dalaas, Dienstag, 21.06., 03:01

Als Christian mich anrief, befand ich mich im Zustand fortgeschrittener Verwesung. Pardon, ich meine natürlich Verwirrung. Denn ich lag jenseits der zivilisierten Welt auf ein paar löchrigen Holzbrettern und träumte von endlosen Stränden, romantischen Sonnenuntergängen und explodierenden Atomkraftwerken.

»Lange nichts mehr von dir gehört«, sagte Cristian. »Wie geht's dir so?«

»Hrmpf«, war alles, was ich von mir geben konnte, denn ich befand mich am anderen Ende der Welt, es war mitten in der Nacht und ich hatte schon seit Tagen nicht mehr mit einem Menschen gesprochen.

»Erinnerst du dich noch an die Bürgschaft für die Pommesbude, die du mir gegeben hast?« Christian klang so unschuldig wie ein Dreijähriger, der den Weihnachtsbaum abgefackelt hat, samt elterlichem

Haus und dem als Weihnachtsgeschenk verpackten Hamster.

Schlagartig war ich hellwach. »Ja klar«, antwortete ich und richtete mich auf. »Toplage, fast keine Miete, super Kunden, die besten Pommes des Ruhrgebiets. Ein idiotensicheres Geschäft, bei dem nichts schiefgehen kann, selbst dann nicht, wenn die Welt untergeht.«

»Tja.« Christian räusperte sich umständlich. »Es ist schiefgegangen.«

»Was?!«

»Ich bin pleite und muss die Kredite zurückzahlen – in einer Woche.«

Ich zwickte mich in den Arm, ins Bein und dort, wo es besonders wehtut, doch ich war tatsächlich wach. »Was denn für Kredite? Ich hab doch nur für einen gebürgt.«

Wieder räusperte Christian sich umständlich. »Das ist ja das Problem«, sagte er. »Deinen Kredit kann ich nicht zahlen und den von den Hells Angels auch nicht.«

»Du hast dir Geld von den Hells Angels geliehen?« Ich war versucht, mich schon wieder zu zwicken. »Warum das denn?«

»Ich hatte mich an geldgeile Betrüger ohne Moral und Ethik ausgeliefert ...«

»Ich kenne die Hells Angels«, unterbrach ich ihn.

»Aber offensichtlich nicht die Deutsche Bank«, widersprach Christian. »Die haben nämlich meine ganzen Einkünfte mit der Pommesbude an der Börse verzockt, und als ich am Jahresende von der Steuer überrascht wurde, haben sie mir, weil der DAX doch gerade so viele Chancen biete, doppelt so viel wie nötig geliehen. Und das haben sie dann auch verzockt. Anschließend bin ich zu den Hells Angels, weil ich dachte, schlimmer kann es nicht kommen.«

Ein erneutes umständliches Räuspern von Christian verriet mir, dass es sehr wohl schlimmer gekommen war. »Was passiert, wenn du den Kredit nicht zurückzahlst?«, fragte ich. »Pfänden sie dir dann die Pommesbude?«

»Das haben sie schon lange.« Er seufzte. »Am Ende hab ich noch alles versucht, sogar siebzehn Sorten Currywurst angeboten, aber es hat nichts genutzt. Die letzten sechs Monate hab ich gleichzeitig als Chauffeur, Bäcker und Musikjournalist gearbeitet, aber die drei Jobs haben gerade mal ausgereicht, um die Zinsen zu zahlen. Jetzt hat das Musikmagazin dicht gemacht und ich kann mich nicht arbeitslos melden, weil ich ja noch zwei Jobs hab. Und von meinem schlimmsten Nebenjob hab ich noch gar nichts erzählt.«

»Und jetzt?«

»Muss ich innerhalb einer Woche einhunderttausend Euro für die Hells Angels auftreiben.« Christian war eigentlich ein unkaputtbares Stehaufmännchen, doch jetzt gerade flatterte seine Stimme bedenklich, trotz der ganzen Räusperei. »Sonst bin ich erledigt. Und du auch.«

»Wieso ich?«

»Die Deutsche Bank will noch mal so viel Geld. Aber da die einen im Gegensatz zu den Hells Angels nicht umbringen, muss ich erst mal die Rocker zufriedenstellen. Und du als Bürge die Deutsche Bank. Das Geld bekommst du natürlich von mir wieder, sobald ich es irgendwann hab.«

»Und das sagst du mir jetzt? Mitten in der Nacht, eine Woche vor Ablauf der Frist?«

»Sorry, ich dachte, ich kann das Problem selbst lösen. Ich wollte dich da nicht mit reinziehen. Aber ...« Christians Stimme hellte sich auf. »Ich hab mir seit Tagen den Kopf zerbrochen und einen Ausweg gefunden.«

»Was für einen Ausweg?«, fragte ich. »Banküberfall? Räuberische Erpressung? Drogenschmuggel?«

»Wir haben es schon mal gemacht«, sagte Christian. »Aber dieses Mal machen wir es richtig. Und kassieren ordentlich ab.«

> Es gibt nichts Schlimmeres
> als einen brillanten Anfang.
> *Pablo Picasso*

2

Dalaas, Dienstag, 21.06., 03:03

Offensichtlich streben Mobilfunkbetreiber eine höhere Rendite an als Drogendealer. Jedenfalls kostet ein Telefonat ins Ausland mit dem Handy mehr als eine gepflegte Überdosis.

Besonders absurd ist allerdings, dass man selbst dann zahlen muss, wenn man angerufen wird. Und doppelt zu kassieren, das haben nicht einmal die Herren Energieversorger hinbekommen, die ja sonst keine Gelegenheit auslassen, ihre Kunden abzuzocken.

Und so war das Guthaben meines Prepaidhandys genau in dem Moment aufgebraucht, in dem Christian mir seinen Plan offenbaren wollte.

Wie sollte ich mein Guthaben an diesem Ort, mitten in der Wildnis, wieder aufladen?

Die lokale Bevölkerung, die man mit viel gutem Willen gerade noch so als Menschen bezeichnen konnte, sprach ein Idiom, welches sich auf eine abstruse Art nach Deutsch anhörte, aber damit in etwa so verwandt war, wie Mini-Me mit Arnold Schwarzenegger.

So konnte ich mich mit den Ureinwohnern ausschließlich per Handzeichen verständigen.

Davon abgesehen war dieses Volk so verschlagen, dass es einer von ihnen fertiggebracht hatte, sich eines fremden Landes zu bemächtigen, dieses Land flugs mit dem eigenen zu vereinen und dann einen Krieg mit der halben Welt anzuzetteln. Als der Krieg verloren ging, wusch unser kleines Volk seine Hände in Unschuld, denn sie hätten das Morden ja nicht angefangen, wären selbst auch überfallen worden und im Übrigen schon immer neutral gewesen.

Ich hatte meine Heimat nur deshalb verlassen, weil man mir ein Stipendium als Stadtschreiber von Dalaas in eben jenem Land angeboten hatte. Das war zwar schlechter bezahlt als ein Praktikum bei der Müllabfuhr, aber als Schriftsteller ist man dergleichen ja gewohnt.

Nur meiner Erbtante Walburga war es zu verdanken, dass ich bisher nicht verhungert war. Ihre Milz hatte sich vor zwei Jahren nämlich entschieden, die Radieschen lieber von unten zu betrachten. Und den Rest des Körpers mitgenommen.

Dank der Milz hatte ich bei sparsamstem Lebenswandel für die nächsten 5 Jahre, 3 Monate, 27 Tage, 8 Stunden, 14 Minuten und 23 Sekunden ausgesorgt. So verkündete es jedenfalls der Countdown auf meinem Laptop, der angab, wann meine Geldbestände das Zeitliche segnen würden. Ursprünglich hatte ich den Countdown als Motivationshilfe installiert, aber in letzter Zeit war mir der Verdacht gekommen, dass er der wahre Grund für meine seit zwei Jahren andauernde Schreibblockade war.

Ich tippte den neuen Stand meines durch die Bürgschaft erdrosselten Vermögens in meinen Laptop. Sofort sprang der Countdown auf eine neue Anzeige.

Und mir wurde schwarz vor Augen.

In nicht mal einer Woche war ich pleite!

Und wem hatte ich das zu verdanken?

*Christian Purwien**, dem Mann, der sich nur von Pommes ernährte. Und auch wie eine aussah.

*Das bin übrigens ich. Und weil Schriftsteller die Realität immer ein wenig zurechtbiegen, biege ich sie mit meinen Kommentaren wieder zurück.

Die Bemerkung zu meiner Pommesvorliebe stimmt allerdings, jedenfalls, wenn es die eigenen sind. Es ist nämlich ein Einfaches, ein Neun-Gänge-Menü für irgendwelche dahergelaufenen Gourmets zusammenzukloppen, jedoch eine große Kunst, die perfekten Pommes zu kredenzen.

Das fängt mit der idealen Kartoffelsorte an, geht weiter mit dem eigens dafür komponierten Fett, das natürlich exakt auf die Edelstahl-Fritteuse abgestimmt sein muss und endet noch lange nicht beim handgeschöpften Meersalz. Und von der obligatorischen Rot-Weiß-Soße will ich gar nicht erst reden. Und wenn dann noch ein ordentlicher Apachenpimmel* dazukommt, ist der kulinarische Hochgenuss perfekt.

*Für alle, die nicht im Ruhrpott sozialisiert wurden, ein Apachenpimmel ist eine Currywurst, natürlich mit roter Haut. Und ja, der Begriff ist nicht politisch korrekt. Aber wenn ich mir in meiner Pommesbude vor jeder Bestellung erst das Parteibuch hätte zeigen lassen, wäre ich schon vor drei Jahren Pleite gegangen.

Christian und ich hatten uns vor Jahren aus den Augen verloren. Jetzt rief er mich an, und stürzte mich in eine Finanzkrise, die ich nicht wie ein Politiker bis zur nächsten Wahl aussitzen konnte.

Doch als Erstes musste ich den Kontakt wiederherstellen. Ich nahm mein Mobiltelefon, ein Prepaidhandy. Damit steht man in der Mobilfunkhierarchie auf der Stufe, bei der nicht mehr von *Kunden* gesprochen wird, sondern von Umsatzverhinderern. Diese bedrängt man so lange mit Vertragsangeboten, bis sie entweder entnervt eines unterschreiben oder zum nächsten Anbieter wechseln, um dort exakt das Gleiche zu erleben.

Im Menü meines Handys stand, um im Ausland mein Konto wieder aufzuladen, müsse ich nur meinen Provider anrufen oder ihm eine SMS schicken.

Nur wie sollte ich das ohne Guthaben machen?

Also blieb mir nichts anderes übrig, als das zu tun, was in den letzten fünf Jahren wahrscheinlich kein einziger Hotelgast weltweit mehr getan hatte: Ich schnappte mir das Zimmertelefon und wählte eine Nummer außerhalb des Hotels.

Zu meiner Überraschung tutete es und Christian nahm ab.

**Ich schreibe gerade ein Buch.
Die Seitennummerierung habe ich schon fertig.**
Steven Wright, amerikanischer Comedian

3

Dalaas, Dienstag, 21.06., 03:06

Leider kann ich mich an den Inhalt des Telefonats nur noch bruchstückhaft erinnern, da es
  a) mitten in der Nacht war,
  b) eine Kakerlakenfamilie auf mein Bett stieg, und ich
  c) sofort nach dem Telefonat zwischen der Panik vor einer Privatpleite und diesem Millionen-Dollar-Traum schwankte, der einem Geld, Gold und ein sorgenfreies Leben verspricht. Ein toller Traum! Nur leider führt er nach dem Aufwachen wegen dieser blöden Sache namens Realität zu einer schockbedingten partiellen Amnesie.

Dennoch versuche ich hier, das Telefonat zu *rekonstruieren**:

*Auf Anfrage kann eine Abschrift beim deutschen Innenminister angefordert werden, der den ganzen Scheiß, den die Leute so von sich geben, aus unerfindlichen Gründen auch noch speichert.

»Du hast einen Plan?«, fragte ich. Wahrscheinlich war das Telefonat mit dem Hoteltelefon noch teurer als mit dem Handy und so versuchte ich, mich kurzzufassen.

»Wo bist du eigentlich?«, gegenfragte Christian.

»Am anderen Ende der Welt«, antwortete ich.

»Wo denn? Australien, Neuseeland, Hawaii?«

»Nicht mal in der Nähe davon«, seufzte ich. »Kennst du Dalaas?«

»Dallas? Was machst du denn in Texas?«

»Nicht Dallas, sondern Dalaas. Das liegt bei Bludenz.«

»Hä? Wo ist das? Irgendwo in Indien? Bangladesch? Burma?«

»Viel schlimmer«, stöhnte ich auf. »Österreich.«

Christian lachte. »Und was machst du da?«

»Ich bin momentan der Stadtschreiber von Dalaas.« Ich seufzte erneut. »Auch wenn es hier absolut nichts aufzuschreiben gibt.«

»Na umso besser.«

»Umso besser? Ich dachte, ich könnte mit dem Job meiner Schreibblockade entkommen. Aber die war schneller als ich und ist schon hier.« Ich stöhnte wieder auf und seufzte gleich noch mal. »Meine Schreibblockade ist inzwischen höher als der Hoover-Staudamm. Ich bin jetzt drei Wochen in Dalaas und hab nur einen einzigen Satz aufs Papier gebracht.«

»Und wie heißt der?«

»Mir fällt nichts ein.«

Christian schluckte. »Österreich ist ja auch viel zu langweilig. Und nicht weit genug weg.«

»Nicht weit genug weg?«, wiederholte ich. »Das sind dreihundertvierundneunzig Kilometer und achthundertdreiundachtzig Meter von daheim. Und die Zentimeter nicht mal mitgerechnet!«

In diesem Moment überlegte sich Christian wahrscheinlich aufzulegen, doch die Drohungen der Hells Angels hielten ihn davon ab. Oder war es dieser Traum von Geld, Gold und dem faltenfreien Leben?

»Also, ich hab da eine geile Idee, die kann gar nicht schiefgehen«, sagte er stattdessen.

Er wusste eben noch immer, wie ich zu überreden war.

Christian sagte nur ein einziges Wort, doch ich konnte seine Begeisterung durch das Telefon spüren.

»Rehberg.«

In dem Moment wusste ich, was er wollte.

Denn ich wollte es auch.

Nein, das ist keine Geschichte über ein frühes, spätes oder verspätetes Coming-out. Zumal ich ebenfalls Purwien heißen würde, wenn meine Urgroßmutter nach der Geburt meines Großvaters nicht den Namen ihres zweiten Mannes angenommen hätte, weil der erste keinen Job und nur ein Hobby hatte: *Saufen**.

*In meiner Familie wird die Geschichte übrigens genau umgekehrt erzählt. Wahrscheinlich kippten sich beide Familienteile damals gerne einen hinter die Binde, natürlich nur aus Trost, weil es damals keine Demokratie gab, keine Gewaltenteilung und keine selbstklebenden Briefmarken.

Christian und ich sind also quasi miteinander verwandt. Doch das hier ist kein monumentales Familienepos, sondern eine Geschichte über Jungs, die durch Vortäuschung von Kunst Plattenfirmen dazu bringen wollen, ihnen Geld für das zu bezahlen, was man so Leben nennt.

Bisher waren wir damit nur mittelmäßig erfolgreich gewesen. Wobei man das Wörtchen *mittelmäßig* auch durch *mäßig*, *wenig* oder *gar nicht* ersetzen könnte. Wie auch immer man das Debakel nennen wollte, wir konnten uns dadurch immerhin als verkannte Künstler fühlen.

Leider wurde mir die Gnade der frühen Geburt nicht zuteil, stattdessen bin ich ein Kind der Computergeneration. Meine größte Leistung auf der Bühne ist es daher, mich an einem Keyboard festzuhalten und ein paar Knöpfe zu drehen, ohne umzufallen.

Christian hingegen ist der geborene Performer und reißt jedes Publikum mit. Wenn es sein muss, auch in den Abgrund. Doch auch seine Fähigkeiten am Keyboard sind denen einer Bisamratte, die sich aus Versehen auf eine Bühne verlaufen hat, nur marginal überlegen.

Wir waren also Musiker, ohne Musiker zu sein.

Irgendwie hatten wir es in den 90ern trotzdem geschafft, ein paar Songs zu schreiben und eine Plattenfirma zu finden, die das alles auch noch bezahlte.

Oder zumindest anfangs so tat.

Um das Album aufzunehmen, fuhren wir damals fünfundzwanzig Stunden nonstop nach Südfrankreich und zwar in ein Kaff, das so abgelegen war, dass der nächste Supermarkt eine Dreiviertelstunde entfernt lag.

Wie wir schnell feststellten, unterscheidet sich das Supermarktsortiment in Frankreich grundsätzlich von dem in Deutschland. So ist die Käseauswahl in Frankreich ungefähr vierzigmal so groß, stinkt aber achttausendmal schlimmer. Gesundes, nahrhaftes Roggenbrot sucht man dort vergebens, aber Baguettes gibt es dort in so vielen Varianten, dass man glatt glauben könnte, die Franzosen hätten das Zeug erfunden.

Außerdem gab es einen ganzen Trakt, in dem als Wein getarnter Essig rumstand, doch vernünftiges Bier suchte man vergebens. Es gab nur alkoholfreies, aber dazu *später** mehr.

*Ich finde, das kann man sofort erzählen: Thomas hat damals nämlich in völliger Unkenntnis der französischen Sprache alkoholfreies Bier gekauft, weil er dachte, 'sans alcohol' hieße, das Bier enthalte 'heiligen' Alkohol. Er behauptete, es würde so genannt, weil es in einem Kloster gebraut würde, aber nicht von faltigen Mönchen, sondern von unbefleckten Nonnen. Als ich ihn über den Fehler aufklärte, beteuerte er, das Zeug habe ihn besoffen gemacht. Aber man muss im Leben auch verzeihen können und so wärme ich die Geschichte nur noch jedes zweite Mal auf, wenn wir uns sehen.

Abgesehen davon, dass Christian damals beinahe verhaftet worden wäre, als er in dem Supermarkt nach Kippen fragte, verlief der Einkauf erfolgreich. Doch wir waren ja keine Frauen, ergo nicht zum Shoppen nach Frankreich gekommen, sondern um mit unserer musikalischen Karriere durchzustarten.

Okay, vielleicht wäre es zielführender gewesen zu shoppen, doch das konnten wir damals ja nicht wissen, jung und unbedarft wie wir waren. Und so nahmen wir aus völliger Selbstüberschätzung unserer beschränkten Möglichkeiten innerhalb nur einer Woche ein ganzes Album auf.

Das auch noch geil klang.

Jedenfalls für unsere Verhältnisse.

Christian steuerte die Texte *bei**, ich die Songs und unser gemeinsamer Freund René die gute Laune.

*Außerdem ging eine Ameisenstraße mitten über mein Bett, weswegen ich die meiste Zeit damit beschäftigt war, Verkehrspolizist für die Kerle zu spielen, beziehungsweise, sie zu überreden, einen anderen Weg einzuschlagen.

Wenn andere Leute Flöhe dressieren, wäre es ja wohl ein Witz, wenn das nicht auch mit Ameisen funktioniert, dachte ich mir, und irrte mich.

Andy, der vierte Mann im Bunde, der Einzige von uns, der wirklich Keyboard spielen konnte, hatte überraschend daheim bleiben müssen, weil er Menstruationsbeschwerden hatte, oder einer seiner Synthesizer, so genau weiß ich das nach all den Jahren nicht mehr.

Deshalb frag ich mich auch heute immer noch, wie ich die Songs komponiert habe, denn unser damaliger Computer, ein Atari ST, hatte weniger Rechenpower, als eine dieser Glückwunschkarten, die beim Öffnen 'Happy Birthday' tröten. Ein Megabyte Arbeitsspeicher, damals unvorstellbar und heute nur noch drei Stellen hinter dem Komma. Trotzdem half mir der Computer, all die Töne in eine sinnvolle Reihenfolge zu bringen.

Damals, nach dem ersten Anhören wussten wir sofort, es war ein Geniestreich! Die Krönung unseres Werkes! Die Songs lagen vor uns wie pures Gold. Uns war sofort klar, es würde eines der am meist unterschätzten Alben der Popgeschichte werden.

So kam es auch.

Oder hat hier jemand schon mal von *Rehberg** gehört?

*Damit sich das ändert, haben wir einen Track von Rehberg neu aufgenommen, mit dem unschuldigen Titel 'Blut'. Tja, damals waren wir eben noch ein wenig düsterer drauf.

**Immer wenn ich fernsehe und diese
hungerleidenden Kinder auf der ganzen Welt sehe,
kann ich mir nicht helfen und muss weinen.
Ich meine, ich liebe es dünn zu sein, aber nicht so,
mit den ganzen Fliegen und dem Tod und so.**
Mariah Carey

4

Dalaas, Dienstag, 21.06., 03:09

»Also was ist?«, fragte Christian. »Wir nehmen zusammen eine neue CD auf. In einer Woche. Bist du dabei?«

»In einer Woche? Ein ganzes Album?« Ich kratzte mich an der Stirn. »Die Beatles haben für Sergeant Pepper zwei Jahre gebraucht!«

»Wir sind auch nicht die Beatles.«

»Das weiß ich selbst.«

»Eben, deswegen schaffen wir das in einer Woche.«

Ein überzeugendes Argument. Fand ich jedenfalls damals. »Aber wie willst du das Album so schnell zu Geld machen?«, fragte ich.

»Wir gehen zu einer Plattenfirma und leiern denen *zweihunderttausend Euro Vorschuss** aus den Rippen.«

Unwillkürlich wechselte ich in Schnappatmung. »Bist du wahnsinnig? Zweihunderttausend Euro?«

*Wem das zu viel erscheint, hier ein kurzer Exkurs über die zehn teuersten Plattenverträge der Musikgeschichte:
1. Michael Jackson - 2010 - Sony, 250 Mio$
2. U2 - 1993 - Polydor, 195 Mio$
3. Bruce Springsteen - 2005 - Columbia, 170 Mio$
4. Madonna - 2007 - Live Nation, 150 Mio$
5. Jay-Z - 2008 - Live Nation, 150 Mio$
6. Lil Wayne - 2012 - Cash Money, 140 Mio$
7. Robbie Williams - 2002 - EMI, 120 Mio$
8. Prince - 1992 - Warner, 100 Mio$
9. Whitney Houston - 2001 - Arista, 100 Mio$
10. Mariah Carey - 2002 - Virgin, Minus 28 Mio$

Richtig gelesen. Mariah Carey bekam 28 Millionen US Dollar dafür bezahlt, dass sie keine Platte mit Virgin mehr aufnahm und die Firma unverzüglich verließ. Da sollte es doch möglich sein, dass wir einer Plattenfirma läppische 200.000 Euro abschwatzten.

»Weißt du, warum es bisher mit den *Major-Companies** und uns nicht geklappt hat?«, fragte Christian. »Weil wir nicht dreist genug waren. Wir sind aufgetreten wie Anfänger. Wenn wir nur unverschämt genug sind, dann glauben die, wir wissen, was wir wert sind und machen den Deal.«

*Eine Major-Company ist ein weltweit operierender Musikkonzern, der allein durch seine Vertriebs- und Marketingmacht selbst den größten Müll

- oder eben fünf Kilogramm Hackfleisch - zu einem Hit machen kann. Gleichzeitig scheitern Major-Companies regelmäßig daran, ambitionierte Musik erfolgreich zu verkaufen. Was erklärt, warum sie sich lieber dem nächsten musikalischen Hype zuwenden, um ihn zu vermarkten, anstatt auf echte Künstler zu setzen.

Da wir weder ambitioniert, noch echte Künstler waren, schienen die Voraussetzungen für uns also perfekt.

»Aber wir sind keine gutaussehenden Teenies mehr«, widersprach ich, denn ich fand in jeder Suppe ein Haar.

»Na und? Machen wir uns halt zwanzig Jahre jünger und verstecken uns hinter einer Pandamaske, dann merkt das keiner.«

Auch das war ein einleuchtendes Argument. Dennoch spürte ich, dass da noch was im Busch war.

»Müssen wir dafür wegfahren?«

»Wenn es genauso geil werden soll wie das erste Mal, müssen wir raus aus dem verdammten Trott.«

»Aber ich bin gerade im Urlaub und es ist scheiße.«

»Das liegt nicht am Urlaub, das liegt an Österreich.«

»Aber ich fahre total ungern in den Urlaub«, protestierte ich.

»Früher bist du durch die ganze Welt gezogen, hast sogar deinen Job gekündigt, um auf Weltreise zu gehen.«

»Erinnere mich nicht daran.« Ich seufzte. »Kurz darauf hat meine Firma dichtgemacht und mit meinen zwanzig Jahren Betriebszugehörigkeit hätte ich eine Viertelmillion Abfindung bekommen! Aber ich Idiot hatte ja gekündigt.«

»Das kann dir jetzt nicht mehr passieren.«

»Danke, dass du mich auf meine trostlose Existenz als Schriftsteller hinweist.«

»Wenigstens kann dir die Auszeit keiner mehr nehmen.«

»Die Parasiten aber auch nicht«, entgegnete ich. »Weißt du, dass ein durchschnittlicher Spulwurm 27 Millionen Eier in deinem Körper ablegt? In Kalkutta war mein Magen so aufgebläht, als hätte ich fünf Omnibusse intus. Und von den Bettwanzen aus Indonesien rede ich besser erst gar nicht.«

»Wir fahren in ein total sicheres, hygienisch einwandfreies und magenverträgliches Land.« Christian räusperte sich schon wieder.

»Sicher?«, fragte ich unsicher. »Scheint da auch die Sonne?«

»Garantiert!«

»Aber woher sollen wir das Geld nehmen?«

»Ich hab den *Minimoog** verkauft.«

»Nein?«

»Doch!«

»Ohhh!«

»Ich dachte, damit können wir uns eine richtig coole Woche leisten und müssen nicht aufs Geld achten«, sagte Christian.

»Aber der Synthesizer ist von Kraftwerk, ein Unikat!«

»Wem sagst du das.« Christian räusperte sich erneut umständlich.

»Du solltest dringend mal zum Hals-Nasen-Ohren-Arzt.«

Jetzt seufzte er. »Ich hätte den Minimoog ansonsten verpfänden müssen. Da setze ich lieber alles auf eine Karte.«

*Der Minimoog war übrigens der erste Synthesizer, der kleiner war als ein Einfamilienhaus. Er konnte zwar nur einen Ton spielen, aber der hatte es in sich. Ein Originalgerät bringt heutzutage locker 2.000 Euro. Stammt es von einer bekannten Band, ist mindestens das Doppelte drin.

Stammt es gar von der bekanntesten elektronischen Band überhaupt, dann muss man reichlich blöd sein, wenn man das Ding nicht mindestens fünfstellig verhökert.

So wie ich.

Es musste wirklich ernst sein, wenn Christian seinen Lieblingssynthesizer verkauft hatte. Es hatte Zeiten gegeben, damals in den 80ern, da hätte er das Ding nicht mal gegen einen *flotten Vierer** mit Samantha Fox, Kim Wilde und Blondie eingetauscht.

*Heute würde ich ihn allerdings auch nicht dagegen eintauschen. Und das liegt nicht am Minimoog.

Doch es ging jetzt nicht nur ums Geld, sondern um Leben und Tod. »Und die Hells Angels bringen dich wirklich um, wenn du ihnen das Geld in einer Woche nicht zurückzahlst?« Ich merkte, wie ich präventiv schon mal zitterte.

»Die beseitigen uns, ohne auch nur mit einem einzigen Sackhaar zu zucken«, seufzte Christian. »Aber vorher foltern sie uns noch vierundzwanzig Stunden lang mit der Musik der Scorpions. Oder mit tollwütigen Skorpionen, was wahrscheinlich weniger schlimm wäre.«

»Uns?«, fragte ich.

»Klar, oder meinst du, die werden zulassen, dass du die Deutsche Bank auszahlst und sie nicht?«

»Wir sind also beide am Arsch«, fasste ich die Lage treffsicher zusammen. »Alles was wir noch haben, ist diese eine Chance, ein geiles Album aufzunehmen und einen Dummen zu finden, der dafür zweihunderttausend Euro springen lässt.«

»Klingt doch nach einer geilen Idee.« Ich hörte Stolz in Christians Stimme. »Also, bist du dabei?«

Irgendetwas in meinem Hirn muss in dem Moment falsch verdrahtet gewesen sein, denn ohne die Sicherheitshinweise des Auswärtigen Amts zu lesen, ohne mir über mögliche Urlaubskrankheiten Gedanken zu machen, ohne zu wissen, wo es überhaupt hinging, sagte ich einfach: »Ja!«

»Gut, wir fahren nämlich morgen schon los.«

**Man braucht zwei Dinge, um Großes zu erreichen:
einen Plan und zu wenig Zeit.**
Leonard Bernstein

5

San Antonio, Mittwoch, 22.06., 16:50

Das Erste, was ich von Ibiza sah, waren nicht etwa die endlosen Strände, nicht die romantischen Sonnenuntergänge, sondern *Ibiza-Paul**.

Er schien nur aus Cowboystiefeln und Cowboyhut zu bestehen, dazwischen ein Dreitagebart und ein bisschen Körper. Seine Haut war so faltig, als sei sie seit fünfzig Jahren nonstop der Sonne Ibizas ausgesetzt gewesen. »Hallo, Jungs.« Er klopfte uns auf die Schulter wie alten Kumpels. »Ich dachte, ich hole euch ab, da spart ihr euch das Geld fürs Taxi.«

*Ich hatte Ibiza-Paul einige Jahre zuvor beim Freibierschnorren in einer Dortmunder Kneipe kennengelernt und hätte schon damals gewarnt sein müssen. Denn seine selbstgewählte Aufgabe in dieser Kneipe bestand darin, jedem Gast unaufgefordert zu erzählen, dass es auf Ibiza viel schöner, bunter und toller sei als im Pott.

Aber er war nun mal der Einzige, den ich auf der Insel kannte und wir hatten von einem Tag auf den anderen ein Hotel benötigt. Außerdem war mein Budget aus später noch zu erläuternden Gründen limitierter als ursprünglich gedacht.

Ibiza-Paul packte uns in einen nur noch von Rost zusammengehaltenen Ford Transit und fuhr erst mal zur nächsten Tanke. Aufgrund des Hoteltelefonats in Dalaas reichte mein Vermögen zu dem Zeitpunkt nur noch 5 Tage, 17 Stunden und 14 Minuten. Dachte ich. Denn während Christian aufs Tankstellenörtchen ging, bat mich Ibiza-Paul um zwanzig Euro *Spritkostenzuschuss**.

*Das ist ja sehr interessant. Denn während du im Flughafen auf dem Klo warst, hatte er mir auch schon zwanzig Euro aus den Taschen geleert.

Und schon war mein Countdown innerhalb weniger Sekunden zwölf Stunden nach vorn gerückt.

Normalerweise hätte das bei mir Schweißausbrüche größer als die Niagara-Fälle ausgelöst, doch ich glaubte damals ja noch, Christian würde die ganze Reise bezahlen.

Während der Fahrt zu unserem Hotel wurde mir schnell klar, dass auf Ibiza nur drei Leute etwas zu melden hatten: Der Spanische König, der Papst und Ibiza-Paul. Fand jedenfalls Ibiza-Paul.

Er hielt unsere Idee, in Ibiza ein Album aufzunehmen, für völlig meschugge, denn dann würden wir ja die unglaublichen Sehenswürdigkeiten der Insel verpassen.

Als er auch noch erfuhr, dass wir dieses Album nur mit einem Computer aufnehmen wollten, also ohne echte Gitarre, Schlagzeug und Blockflöte, legte er erst mal eine Jethro-Tull-Kassette auf. »*Das* ist richtige Musik!«, sagte er. Hätte er wie Moses zufällig ein paar Steinplatten dabeigehabt, hätte er uns seine Gebote bestimmt auch noch an die Hotelzimmerwand genagelt und behauptet, er habe sie auf dem Sa Talaia – dem höchsten Berg Ibizas – direkt von Gott empfangen.

»Innerhalb einer Woche könnte nicht mal Mozart Gitarre, Bass, Schlagzeug und Flöte lernen und das Album nimmt sich auch nicht von alleine auf«, entgegnete ich.

Ibiza-Paul winkte ab. »Dann hättet ihr halt die ganzen Jahre davor nicht faul rumhängen sollen.« Womit er irgendwie recht hatte, und auch wieder nicht, denn heutzutage konnte man jedes beliebige Instrument mit dem Computer emulieren. Und das beherrschte ich ausnahmsweise ganz gut.

Nach einigen sightseeingbedingten Umwegen kamen wir endlich im Hotel an und während Ibiza-Paul sich von Christian das Geld für die Übernachtungen zahlen ließ, bekam ich vor Sprachlosigkeit meinen Mund gar nicht mehr zu.

Das Hotel war der feuchte Traum jedes spanischen Betonunternehmers.

Ein Wunder, dass sie Platz für Fenster gelassen hatten. Wo immer der Strand und das Meer lagen, von hier aus waren sie nicht zu sehen.

Ich hatte drei Wünsche geäußert. Sicher, Sonne, kostenlos.

Und genau das bekam ich auch.

Vielleicht hätte ich die Wünsche ein wenig anders formulieren sollen: »5-Sterne-Luxussuite, goldene Armaturen im Badezimmer, Champagnerfrühstück am Pool, und Fans, die zu unserer Musik tanzen.«

Gut, das waren mehr als drei Wünsche, aber das Leben ist ja auch kein Überraschungsei. Das meinte jedenfalls Ibiza-Paul, bevor er uns in dieser Betonburg allein ließ.

Wir stiegen in den Hotellift, ließen uns in unser Stockwerk hieven und wären am liebsten sofort wieder umgekehrt. Der Flur roch nach einer Mischung aus Käsefüßen und Küchenresten mit einer zarten Note fauler Eier. Bei dem Teppich konnte man unmöglich sagen, ob er nur alt war oder schon lebte. Mit jedem Schritt wurde uns klar, dass wir kein Dreisternehotel gebucht hatten, kein Zweisternehotel und auch kein Einsternehotel, sondern ein Nullsternehotel. Doch das wahre Ausmaß der Katastrophe zeigte sich erst, als wir die Zimmertür öffneten: Es gab keine Minibar!

Oder irgendeinen anderen Kühlschrank.

Der ist jedoch unverzichtbares Arbeitsmittel sämtlicher Pop-, Rock- und Elektromusiker.

Selbst Justin Bieber soll schon mal mit einem Kühlschrank gesehen worden sein, und sei es, um seine Anti-Pickel-Creme darin frisch zu halten. Mozart hätte sicher auch auf einen bestanden, wenn es die Dinger damals schon gegeben hätte. Die Einstürzenden Neubauten haben sogar mit einem Kühlschrank Musik gemacht.

Kurz und gut: Wir waren schockiert! Nicht, dass wir etwas aus der Minibar hätten trinken wollen, dazu reichte schließlich unser Geld nicht, aber wir hatten geplant, sie auszuräumen und mit Getränken aus dem Supermarkt zu befüllen. Und jetzt? Sollten wir uns die Drinks etwa an der sündhaft teuren Hotelbar besorgen? Deren Öffnungszeiten lagen mitten in der Nacht, also von 10 bis 18 Uhr, und damit Musikerinkompatibel.

Nun mag es in manchen Kulturkreisen üblich sein, warmes, womöglich sogar abgestandenes Bier zu trinken, aber in diesem Punkt sind wir ziemlich deutsch.

Kurzentschlossen – und weil es drei Minuten vor 18 Uhr war – spurteten wir per Lift an die Hotelbar. Diese bestand aus vier Hockern, einer Theke und einem Arcade-Automaten im Ruhestand. Plus einer Bedienung. Ich verlor keine Zeit und bestellte in meinem perfektesten Spanisch: »Dos Cervezas.«

*Eigentlich wollte Thomas ein Sixpack bestellen, doch wie jeder ordentliche deutsche Tourist hatte er keine Ahnung, was sechs auf Spanisch heißt.

Die Frau hinter dem Tresen blickte genervt an mir vorbei. »Wir schließen gleich«, antwortete sie in aktzentfreiem Hochdeutsch.

Für was fährt man eigentlich in Urlaub, wenn man dort sofort wieder auf jene Landsmänner trifft, vor denen man eigentlich flüchten wollte?

»Dann können Sie ja froh sein, dass ich jetzt bestelle und nicht in fünf Minuten.« Ich lächelte die

Bedienung an. »Und damit es sich lohnt, hätte ich gerne sechs Bier, por favor.«

Tja, Freundlichkeit zahlt sich immer aus, denn jetzt blickte die Bedienung nicht mehr genervt an mir vorbei, sondern schien mich mit ihren Blicken töten zu wollen. Aber erstens war das biologisch unmöglich – außer man war Saruman, ein Jedi-Ritter oder Karl Dall – und zweitens machte mir das nichts aus, denn diese Servicewüstenmentalität war inzwischen für Deutschland so typisch geworden, dass ich spontane Heimatgefühle entwickelte, wenn ich sie auch im Ausland erleben durfte.

Die Bedienung saß allerdings am längeren Hebel, respektive am Zapfhahn und so stellte sie mir nur zwei Bier hin, denn meine zweite Bestellung sei erst drei Sekunden nach 18 Uhr erfolgt.

Ich dankte ihr trotzdem – vor allem im Namen meines Portemonnaies – und wir gingen an den Pool.

Sofort waren wir immens beeindruckt, denn der Swimmingpool war unermesslich tief und lang. Jedenfalls für die Ameisen, die am Beckenrand entlangtorkelten. Offensichtlich hatten sie die Sangriareste kulturloser Touristen von den Bodenkacheln aufgeleckt und feierten eine Ameisenparty.

In der anderen Ecke des Pools tanzten ein paar Gäste, aus halb kaputten Boxen dröhnte Ballermannkacke, die weniger empfindliche Gemüter als Musik bezeichnen würden.

Ich wippte aus Versehen mit dem Fuß, blickte auf Christian und sah, dass er auch wippte. Wir hielten peinlich berührt inne, dann stießen wir mit dem Bier an, standen noch zwei Sekunden ganz cool herum und schon im nächsten Moment stürzten wir uns auf die Tanzfläche. Denn wir waren endlich angekommen. Auf *Ibiza**, der Insel der ewigen Jugend.

*Auf den Spuren des legendären Café del Mar, des Pacha-Clubs und der Hippies würde es uns an unerreichte Ufer der Kreativität tragen. Ja, wir würden der Menschheit neue Songs in die linke und rechte Herzkammer pumpen und sie so wiederbeleben!

Das war natürlich totaler Schwachsinn. Denn auch wenn Ibiza-Paul behauptete, die Insel sei der beste Urlaubsort der Welt, war für mich nur eines ausschlaggebend gewesen: Es war das einzige Angebot gewesen, das ich mir hatte leisten können.

Wenigstens hörte es sich cool an, wenn man nebenbei erwähnte, die neue CD in Ibiza aufgenommen zu haben.

Klang jedenfalls besser als Sprockhövel.

Wobei ich mich fragen muss, ob die ganzen Hippies und Aussteiger, die sich angeblich auf Ibiza tummeln, überhaupt noch hier leben? Sollten gar welche nachgewachsen sein?

Dass die Kinder von Hippies auch Hippies werden, halte ich übrigens für völlig ausgeschlossen! Spätestens, wenn die mitbekommen, dass es an anderen Orten dieser Welt Toiletten mit Wasserspülung gibt, haben die doch einen totalen Hals auf ihre Eltern und wollen Immobilienmakler oder Bankkaufmann werden.

Probiere es noch mal, versage wieder, versage besser.
Samuel Beckett

6

San Antonio, Mittwoch, 22.06., 20:12

Vielleicht ist es jetzt mal an der Zeit, uns vorzustellen. Da der Esel sich immer zuerst nennt, fange ich mit mir an. Thomas Kowa. Gescheiterter Musiker, Schriftsteller und Beinahe-Millionär.

Nein, nicht wegen der verpatzten Abfindung, das waren ja nur Krümel gegen das, was mir in den 80ern entgangen ist. Aus purer Experimentierlust hatte ich mich damals nämlich eine ganze Woche lang ausschließlich von Produkten der Firma McDonalds ernährt. Nebenbei bemerkt hatte das ziemlich psychotische Auswirkungen, denn gegen Ende des Experiments litt ich an Schüttelfrost, Schrecklähmung und Spontandurchfall, allein schon wenn ich das McDonalds-Logo sah.

Dummerweise hatte ich das nicht gefilmt, was dann ein gewisser Morgan Spurlock ein gutes Jahrzehnt später am eigenen Leib nachholte. Sein daraus entstandener Dokumentarfilm 'Supersize me' brachte ihm ein Taschengeld von 30 Millionen Dollar. Das hätte ganz gut in mein Portemonnaie gepasst, denn bald wird es so leer sein, wie die Wand, die ich für die goldenen Schallplatten reserviert habe. Ja, Planung ist die halbe Miete. Obwohl man sie davon nicht bezahlen kann.

Vor einigen Jahren, nach meiner Weltreise, hatte ich einen Thriller geschrieben, der sich aus unerfindlichen Gründen ganz ordentlich verkaufte, was mein non-existentes Einkommen fast auf Hartz-IV-Niveau katapultiert hatte. Und jetzt wollten alle Nachschub. Der Verlag, die Agentur und das Finanzamt. Und ich konnte nicht liefern. Weil mir nichts mehr einfiel. Ich hatte mich leergeschrieben.

Nach nur einem Buch.

Wahrscheinlich litt ich an irgendeiner Tintenallergie, einer Buchstabenüberempfindlichkeit oder an einem Computervirus, der nicht meinen Rechner befallen hatte, sondern mich. Es soll ja die unmöglichsten Krankheiten geben. Dumm nur, dass sich alle zum Ziel gesetzt haben, ausgerechnet meinen Körper zu überfallen, hintenrum.

Es ist nämlich statistisch erwiesen, dass man sich dreiundachtzig Prozent der Infektionskrankheiten auf dem WC holt. Bei jedem Klo- Besuch hat man also die Chance, sich mit einer – oder mehreren – der weltweit achthundert Infektionskrankheiten anzustecken!

Demzufolge konnte ich damit rechnen, nach der Woche in Ibiza an mindestens dreißig unheilbaren Krankheiten zu leiden.

Klingt auf den ersten Blick unrealistisch, aber wäre ich ein Lobbyist und würde gerade die Ungefährlichkeit von Fracking schönreden, würde mir die grenzdebile Hälfte der Bevölkerung den Unsinn abkaufen, solange ich dafür ein Dorffest sponserte.

Leider bin ich in Bezug auf Krankheiten in etwa so zurechnungsfähig wie Lothar Matthäus beim Anblick osteuropäischer Teilzeitmodels. Oder von mir aus beim Anblick von irgendwas mit einem Loch und zwei Bommeln dran.

Musikalisch hatte es bei mir immerhin zu einer Europatournee mit einer befreundeten Band gereicht und eine meiner Produktionen war bei Desperate Housewives gelaufen, nur um von den hundert Millionen Zuschauern schnell wieder vergessen zu werden. Doch mein nachhaltigster Erfolg war, dass ich meine eigene Plattenfirma und mein eigenes Studio in den Konkurs getrieben hatte.

Hätte es meine Erbtante nicht gegeben, wäre ich schon lange das, was ich laut dem Countdown auf meinem Laptop in exakt 5 Tagen, 4 Stunden und 8 Minuten sein würde: pleite.

Und der Mann, der mich da reingeritten hatte, war Christian Purwien: ehemaliger Pädagoge, Pommesbudenbesitzer, Postpaketausfahrer und Putzmann. Einer dieser Berufe ist von mir erstunken und erlogen, aber das lösen wir natürlich erst im nächsten Buch auf. Oder im übernächsten, je nach Füllstand meines Kontos.

Christian ist in Dortmund groß geworden und wohnte jahrelang neben einem armen Kerl mit dem schlimmsten Nachnamen der Welt.

Jedenfalls in Dortmund.

Der Typ hieß *Schalke**.

*Das hatte einige Vorteile, denn im Gegensatz zu ihm wurde bei mir niemals eingebrochen, niemand schmiss bei mir Fensterscheiben ein oder drapierte *Schaum du Kack* unter die Türklinke.

Schaum du Kack ist übrigens ein in Dosen erhältlicher Schaum, der exakt die Konsistenz, den Geruch und die Schmierkraft frisch ausgeschiedener Fäkalien besitzt. Das Zeug ist ein hochkomplexes chemisches Gemisch, wird aber wahrscheinlich inzwischen von irgendwelchen Indern produziert, die schon nach kurzer Zeit die ganzen Syntheseschritte wegoptimiert und auf biologische Produktion umgestellt haben. Und obwohl ich ein großer Freund der ökologischen Landwirtschaft bin, muss ich sagen, alles hat seine Grenzen!

Anders als ich hat Christian während seiner Musikerkarriere mehrfach am Erfolg schnuppern dürfen.

Leider aber nur so wie ein Hund an einer verschlossenen Dose Pedigree. Wobei ein anständig sozialisierter Hund niemals Pedigree essen würde, sondern nur bestes Bio-Hundefutter. Selbiges wollte Christian übrigens einmal an Fressnapf verscherbeln. Leider scheiterte das an dem Umstand, dass Christian in seiner Pommesbude nicht mal eben über Nacht die geforderten 1,2 Millionen Dosen Bio-Hundefutter zubereiten konnte.

Kurz und gut, wir sind etwas quer in der Landschaft rumstehende Existenzen, die nur deswegen nicht von der Stütze leben, weil wir bisher immer einen Vollpfosten gefunden haben, der uns in Arbeit und Lohn gebracht hat.

Und wenn Sie dieses Buch lesen, haben wir sogar einen natürlich überhaupt nicht vollpfostigen Verlag gefunden, der uns dafür bezahlt.

Na ja, zumindest hat er das mal versprochen und wir wissen ja aus dem Musikbusiness, dass Plattenfirmen grundsätzlich immer ihre finanziellen Zusagen einhalten. Weswegen es Christian auch geschafft hat, im Laufe seiner Musikerkarriere sage und schreibe sieben Plattenfirmen in den Konkurs zu singen, während ich nur drei Konkurse verzeichnen kann.

Plus – wie gesagt – meine eigene Plattenfirma. Letztere hatte ich 2001 gegründet, also zu einem Zeitpunkt, als nur noch Intelligenzallergiker, Hirnversehrte oder die Commerzbank in das Musikbusiness investierten. Folgerichtig hab ich die Bude so richtig mit Karacho an die Wand gefahren. Gerne hätte *ich** mich damals auch vom Staat retten lassen, aber kurz nach der Jahrtausendwende hatte die Bankiersvereinigung das Wörtchen *systemrelevant* leider noch nicht erfunden.

*Du bist mal wieder abgeschweift! Sollte Ihnen das auch auf den Sack gehen, legen Sie das Buch besser gleich beiseite. Gekauft haben Sie es ja schon und so können wir alle ohne weitere Schäden unserer Wege gehen.

Also um zu Christian zurückzukommen: Im Gegensatz zu mir sind seine Gefahrensensoren irgendwann mal deaktiviert worden. Jedenfalls wenn er eine Bühne sieht. Er hätte auch in Fukushima gespielt, wenn man ihm zugesichert hätte, dass dreihundert zahlende oder auch nur strahlende Gäste kommen. Deswegen hat er sich auch bei allen Casting-Wettbewerben angemeldet, die es jemals im deutschen, österreichischen und Schweizer Fernsehen gab.

Bekanntermaßen suchen solche Castingshows jedoch ausschließlich Sänger, deren Angepasstheit sich umgekehrt proportional zu ihrer Intelligenz verhält.

Deswegen fällt auch niemandem auf, dass Dieter Bohlen in seinem Leben nur drei Songs geschrieben hat, die er schon seit Jahrzehnten in immer neuem Gewand verkauft.

Weil Christian dummerweise eine eigene Meinung hat und auch noch Abitur, hat er es bis heute nicht mal in den Recall geschafft.

Doch das brauchte er jetzt auch nicht mehr.

Um meine letzten Zweifel zu beseitigen, hatte Christian mir gestern Nacht am Telefon nämlich noch erzählt, dass er rein zufällig den CEO der Major-Company *Sonixhit** kannte.

*Natürlich heißt die Plattenfirma nicht so, aber da die verbliebenen drei Major-Companies selbst eine alte Omi auf mehrere Millionen verklagen, wenn diese aus Versehen fünfmal das neue Album von Megadeath runterlädt, können wir hier leider nicht den echten Namen der Plattenfirma nennen.

Und dieser CEO war ihm aus mir *unbekannten Gründen** noch einen Gefallen schuldig.

*Ich hoffe, das bleibt auch so.

Weswegen selbst ich ungewohnt optimistisch war.

Jetzt mussten wir nur noch ein geiles Album aufnehmen.

Ich möchte so berühmt werden wie Persil.
Victoria Beckham (Ex-Spice-Girl und Frau des Unterwäschemodels David Beckham)

7

San Antonio, Mittwoch, 22.06., 20:22

Also verließen wir die Tanzfläche, gingen in unser Hotelzimmer und ich schaltete meinen Laptop ein.
Nichts.
Ich drückte noch mal.
Keine Reaktion.
Und noch mal.
Nada*.

*Wow, du kannst ja wirklich Spanisch! Ich bin beeindruckt.

»Das ist bestimmt ein Virus«, jammerte ich. »Ich hätte das Ding nicht mit aufs Flughafenklo nehmen sollen.«
»Du hast den Laptop mit aufs Klo genommen?«
»Ich dachte, sonst klaut den einer.« Ich legte mein ernstes Bedenkengesicht auf. »Hast du noch nie was von der Spanischen Mafia gehört? Die agieren

dermaßen im Untergrund, niemand weiß, dass sie überhaupt existieren.«

»Sie könnte auch einfach gar nicht existieren. Spanien ist ein sicheres Land.«

»Ist es nicht«, widersprach ich und holte die spanische Kriminalitätsstatistik aus meinem Koffer. »Hier steht, dass insbesondere in den Touristenorten mit Handtaschendiebstahl zu rechnen ist.«

Christian zeigte auf meinen 40-Kilo-Koffer. »Nicht mal für Silvester Stallone ist das eine Handtasche. Und für *Ryanair** schon gar nicht.«

Das hatte ich leider auch feststellen müssen. Dabei befanden sich in dem Koffer nur Behandlungsutensilien und absolut lebensnotwendige Medikamente wie Atropin, Yasmin und Insulin. Ich war zwar weder herzkrank, noch eine Frau noch zuckerkrank, aber das konnte ja noch werden. Außerdem fand ich Medikamente, die sich so schön reimten, wirkten bestimmt auch besser.

*Als Gott am siebten Tag feststellte, dass sein Werk vollbracht und gar nicht so schlecht geraten war, dachte er: *Mhm, irgendwie muss die Sache doch einen Haken bekommen. Das Leben soll schließlich eine Prüfung sein.* Daraufhin erfand er die Billigflug-Airline Ryanair, betrachtete sein Werk und war zufrieden.

Denn Gott hatte von nun an die Möglichkeit, auch denjenigen Leuten auf den Sack zu gehen, die nicht an ihn glaubten und auch keine Angst davor hatten, vom Himmel zu fallen. Dafür bestrafte er sie mit freier Sitzplatzwahl und 4,20 € teurem Dosenbier. Es ist immer wieder ein Riesenvergnügen, zwei

Stunden neben fremden, aus diversen Löchern unangenehm ausdünstenden Menschen zu verbringen und genau deshalb haben sich die Spaßvögel von Ryanair auch die Sache mit den extra schmalen Sitzen ausgedacht.

»Und dann erst die Sache mit dem Mikrofonständer«, sagte ich. »Die meinten, er sei zu lang, um an Bord gebracht zu werden und man könne damit andere Passagiere oder die Crew bedrohen. Deswegen sind die Zeitungen ja auch voll mit Schlagzeilen wie dieser: *Rockstar erschoss sich versehentlich mit einem Mikrofonständer!*«

Christian deutete auf meinen Laptop. »Hast du mir vorhin im Flieger nicht erzählt, der Akku sei gleich leer?«

»Äh, ja«, nickte ich und holte das Netzteil aus dem Koffer, natürlich – wie es sich gehört – mit einem dreipoligen Euro-Schutzkontakt-Stecker mit vorschriftsmäßiger Erdung.

»Ich glaube, du brauchst einen Adapter«, sagte Christian und zeigte auf die zweilöchrige Steckerdose.

»Adapter?«, fragte ich. »Heißt das Ding etwa Euro-Stecker oder Deutschland-Stecker? Selbst in *Österreich** hatten die den!«

*Kein Wunder, die haben sich uns ja schon immer gerne angeschlossen.

»Gehen wir mal in den Supermarkt«, sagte Christian. »Die haben bestimmt Adapter. Und kaltes Bier brauchen wir auch. Und jede Menge Eiswürfel.«

»Was willst du denn mit Eis?«

»Wir legen es in die Badewanne und kühlen damit unser Bier.«

»Und wie sollen wir uns baden?«

»Tja, baden oder Bier, du musst dich entscheiden.«

Wahrscheinlich gab es in der gesamten Geschichte der Menschheit nicht einen echten Mann, der sich anders entschieden hätte. Jedenfalls war eine halbe Stunde später die Badewanne mit Eis und Bier gefüllt, die Steckerbraut mit einem Adapter und mein Laptop mit Strom. Schlau wie wir nun mal waren, zumindest in unseren hellen Momenten, hatten wir auch ein Verlängerungskabel besorgt, platzierten den Laptop auf dem Balkon und sahen das Meer in der Dämmerung funkeln.

Allerdings nur durch das Fernglas, das ich mitgebracht hatte, um vom Hotelbalkon aus die Gegend nach Handtaschendieben abzusuchen.

Das Meer war unglaublich schön, es glitzerte idyllisch in der Abendsonne, zumindest wenn man die ganzen Betonburgen drumherum ausblendete. In dieser Nacht schrieben wir den Track: *Meer**.

*Das Lied für Paare, die zum Paartherapeuten gehen, anstatt einfach mal zusammen in den Urlaub zu fahren. Stattdessen fährt anschließend die Frau mit dem Paartherapeuten ans Meer. Das Lied ist insofern hinterhältig, weil es vortäuscht, dass eine verfahrene Beziehung gerettet werden kann.

Es ist einfach, ein Musikinstrument zu spielen. Man muss nur die richtige Taste zur richtigen Zeit drücken, und das Instrument spielt wie von selbst.
Johann Sebastian Bach

8

San Antonio, Donnerstag, 23.06., 13:00

Mitten in der Nacht wachten wir auf. Es waren 48 Grad. Mindestens. Die Sonne knallte, wie sie es nur in der Nacht konnte. Also in der Nacht für Musiker, einer Unzeit, die normale Menschen Nachmittag nennen. Es war verdächtig still in unserem Zimmer. Kein Schnarchen, keine um Liebesdienste bettelnden Groupies und kein Lüftungsgeräusch. Keine Frage, die Klimaanlage war im Arsch.

»Die Klimaanlage ist im Arsch«, sagte ich, weil ich mitten in der Nacht geistig nicht sonderlich flexibel bin und diese lebensbedrohliche Situation erst mal verarbeiten musste.

Christian blickte mich irritiert an. »Und wie hast du die da reinbekommen? In den ...«

»Kaputt«, sagte ich. »Das Ding ist kaputt. Wir werden an Hitzepickeln sterben.«

»An Hitzepickeln?« Er richtete sich auf. »Die sind doch nie und nimmer tödlich!«

»Da wäre ich mir nicht so sicher.« Ich holte das Internationale Diagnosehandbuch aus meinem Koffer. »Warum heißen Hitzepickel gemäß dem Handbuch Miliaria tropica? Das klingt doch genau wie Malaria! Und ist mindestens genauso tödlich!«

Christian nickte dieses Nicken, das Eltern auflegen, wenn ihr fünfjähriger Sohn erzählt, er würde später mal Bundeskanzler, Popstar und Fußballnationalspieler in Personalunion. »Du hast recht«, sagte er. »Wir müssen das Ding reparieren. Bei der Hitze kann ich nicht mal ein Notenblatt halten, geschweige denn einen Ton.«

Mit der Absicht, ganz Ibiza auf angenehme 21 Grad herunterzukühlen, hatten wir die Klimaanlage seit gestern nonstop laufen lassen. Zudem hatten wir über Nacht die Balkontür offen stehen lassen, denn schließlich musste endlich mal jemand was gegen die globale Erwärmung tun.

Und was soll ich sagen, unser Unterfangen war so erfolgreich, wie sämtliche internationale Klimakonferenzen zusammengerechnet!

Nix als heiße Luft.

Ich schleppte mich zur Klimaanlage und starrte sie an wie Uri Geller. Doch sie verbog sich nicht und sprang auch nicht an. Irgendeine LED an dem Ding blinkte rot. Ich rüttelte an der Anlage, schaltete sie aus, an, aus, an, aus und wieder an.

Und noch mal aus und wieder an.

Das Teil blinkte immer noch. »Das muss der Concierge richten«, sagte ich, schaltete die Anlage aber sicherheitshalber noch mal aus und wieder an.

»Ich glaube, die haben nicht mal eine Rezeption«, sagte Christian.

»Ibiza-Paul hat uns doch die beste Unterkunft von ganz Ibiza versprochen.«

»Die man für zwanzig Euro die Nacht haben kann«, ergänzte Christian. Diesen Satzteil hatte ich mal wieder erfolgreich verdrängt.

»Ich dachte, wir müssen nicht aufs Geld schauen?«

»Der Minimoog hat leider nicht mal tausend Euro gebracht.« Christian räusperte sich mal wieder umständlich. »Als ich ihn zur Kontrolle einschalten wollte, ist mir eine Cola umgefallen und kurz darauf hat das Ding gequalmt wie *Helmut Schmidt**.

Und zwar vor dem Krematorium*.

**Ich entschuldige mich hiermit für diesen unangemessenen Witz. Andererseits ist Helmut Schmidt selbst schuld, hätte er nicht so viel geraucht, hätten wir den Witz gar nicht erst anbringen können.

»Und weil ich dringend Geld brauchte, konnte ich den Minimoog nicht reparieren lassen und musste ihn defekt verkaufen.« Christian zuckte schuldbewusst mit den Schultern.

»Und das sagst du mir jetzt?«

»Ich dachte, du interpretierst das als schlechtes Omen, so abergläubisch wie du bist.«

»Ich bin nicht abergläubisch!«, widersprach ich und fuhr über den Energiestein an meiner Halskette. »Nur realistisch.«

Wenigstens wusste ich jetzt wieder, warum ich grundsätzlich vom Schlimmsten ausging und das Resultat noch mal verdoppelte. Immerhin war mir nun klar, warum wir hier keinen Luxusurlaub machten, sondern den von armseligen Musikern ohne Geld.

Was ja auch irgendwie besser zu uns passte, schließlich wollten wir kein Album aufnehmen, das von Champagner triefte, sondern von Herzblut.

Doch um das zu tun, musste die Klimaanlage schleunigst repariert werden. Offensichtlich aufgrund eines Konstruktionsfehlers gab es im Hotel kostenloses WLAN. Ich suchte im Internet nach der Bedienungsanleitung der Klimaanlage, lud sie auf meinen Laptop und stellte schnell fest, dass Koreaner am besten die Finger von deutschen Bedienungsanleitungen lassen sollten. Zur rot blinkenden LED fand sich darin nämlich nur folgender Satz: *Die Funktion stellt, ein Mehrfachlichtsystem verwendend, seinen dynamischen Modus dar**.

*Wer sich von der phänomenale Bedienungsanleitung selbst überzeugen möchte, einfach im Internet nach 'LG Kombinationsklimagerät A20394M Benutzerhandbuch' suchen, et voilà!

Außerdem schien die Klimaanlage besonders gut in *Hole Geschwindigkeit* zu funktionieren, weswegen das Ding defekt war, wusste ich aber nach wie vor nicht.

Also konnte nur der Concierge helfen. Oder wer auch immer für diese Bruchbude zuständig war. Die Zimmerschlüssel hatten wir schließlich von Ibiza-Paul erhalten.

Von der unerträglichen Hitze gepeinigt, schleppte ich mich in das Foyer des Hotels und ließ meinen Blick durch die Weite der Anlage schweifen. Nach einer Dreiviertelsekunde war ich fertig. Es gab tatsächlich keine Rezeption. Dafür aber eine Putzfrau, die sich mit *Hola que tal* vorstellte.

»Hallo, Frau Hola-Quetal«, begrüßte ich sie. »Unsere Klimaanlage ist defekt.«

Sie schaute mich an, als hätte ich Spanisch mit ihr gesprochen. Respektive Deutsch. »El Climatizador kaputt«, improvisierte ich.

»No entiendo«, antwortete sie, was sicher so viel hieß wie 'Nur eine Sekunde'. Ich wartete die Sekunde, doch nichts tat sich. Spanien eben. Die gleiche Servicewüste wie in Deutschland, nur mit Sonne.

»El Klimagerät caputto«, versuchte ich meinen Satz umzuformulieren.

»Ich putze Frau.« Sie zuckte mit den Schultern und zeigte auf einen Eimer Wasser, der vor ihr stand.

»Ich nix habe Frau«, widersprach ich, doch sie verstand mich immer noch nicht. Es gibt häufig Momente, in denen ich mir wünsche, ich würde in der Zukunft leben. Wären wir jetzt gerade bei Star Trek, könnte ich einfach meinen Communicator zücken und der würde unser Gebrabbel simultan übersetzen.

Moment, das war die Lösung! Ich sprintete in unser Zimmer, was bei 48 Grad Umgebungstemperatur in Superzeitlupengeschwindigkeit ablief, schnappte mir meinen Laptop und lud die spanische Bedienungsanleitung.

Offensichtlich können Koreaner auch kein Spanisch, denn Frau Hola-Quetal verstand beim Lesen der Anleitung exakt so viel wie ich. Immerhin erkannte sie anhand der Abbildungen, dass wir ein Problem mit der Klimaanlage hatten und begleitete mich in unser Zimmer.

Als sie unsere Badewanne sah, die inzwischen voller Wasser stand, in dem ein paar einsame Bierflaschen tauchten, lupfte Frau Hola-Quetal nicht mal eine Augenbraue. Auch nicht, als sie die leeren Bierflaschen entdeckte, die sich kunstvoll in unserem Mülleimer stapelten, sodass die Sagrada Familia dagegen wie eine einzige Stümperei aussah. Selbst dass wir die halbe Wand mit Tesafilm vollgeklebt hatten, um die Texte und Christians Mikrofon daran zu befestigen, schien sie nicht zu schockieren. Stattdessen ging sie schnurstracks zur Balkontür und schob sie zu. »Puerta auf nix gut«, sagte sie.

»Doch gut«, konterte ich und schob die Tür wieder auf. »Bringt frische Luft.«

Sie schob die Tür wieder zu. »Du habe frische Aire von el Climatizador.«

Ich schob die Tür wieder auf. »Ist nix frisches Aire, ist Maschinenaire.«

Sie schob die Tür wieder zu. Dieses Mal ein wenig vehementer. »Du wolle frio oder du wolle Abgase von Straße?«

»Ich wolle beides«, antwortete ich, doch dann fiel mir auf, dass das gar nicht stimmte.

Frau Hola-Quetal seufzte dieses Mutterseufzen, das in allen Frauen automatisch aktiviert wird, wenn jüngere Männer mal wieder etwas falsch machen. »Puerta auf, el Climatizador habe Fiesta. Puerta zu, frisches Aire.«

War das hier ein Klimaanlagenbedienungsgrundkurs oder was sollte das? Natürlich wusste ich, dass man alle Fenster und Türen geschlossen haben sollte, wenn die Klimaanlage läuft, aber jeder Musiker wusste auch, dass eine Flasche Whisky am Abend ungesund ist und trotzdem hielt sich niemand dran. Und von Marihuana, LSD oder Kinderüberraschungseierwettessen rede ich hier gar nicht.

Plötzlich spürte ich einen kalten Hauch im Nacken.

Ein Killer?

Gevatter Tod?

Der Bo-Frost-Mann?

Ich drehte mich um.

Es war die Klimaanlage. »Frisches Aire. Puerta zu.« Frau Hola-Quetal zeigte auf el Climatizador, der nicht mehr blinkte, sondern kühlte. »Puerta auf. Fiesta.« Sie öffnete die Balkontür und tatsächlich stoppte die Klimaanlage augenblicklich.

»Clever!«, sagten Christian und ich im Duett und schlugen uns mit der flachen Hand vor die Stirn.

»Wenn ich schon hier, ich putze. Ihr vamos a la playa.«

Wie befohlen, schnappte ich mir meine Badesachen. Christian hingegen fand, dass wir nicht zum Baden hier waren, sondern um das beste Album des Jahrtausends aufzunehmen. Natürlich war uns klar, dass uns das nie gelingen würde, aber die Leute spielen ja auch Lotto, obwohl die Chance auf einen Sechser bei 1 zu 15 Millionen liegt.

Unsere hingegen, das Album des Jahrtausends zu schreiben, schätzte ich auf mindesten 2 zu 15 Millionen, wenn nicht doppelt so hoch!

Zumal Christian ja den Sonixhit CEO kannte, auch wenn er mir immer noch nicht erzählt hatte, wieso der ihm einen Gefallen schuldig war.

Und vor allen Dingen, wie groß der Gefallen war.

Doch allein schon für uns selbst mussten wir einfach ein geiles Album aufnehmen. Den ersten Song dazu hatten wir immerhin schon im Kasten.

Bei dem Gedanken daran juckte es mich in den Fingern mit dem zweiten zu beginnen, aber Frau Hola-Quetal war unerbittlich.

Der Weg zum Meer war allerdings viel zu weit und angesichts der überall versteckten Handtaschenräuber viel zu gefährlich. Also gingen wir ins Erdgeschoss und öffneten die Schiebetür zu den luxuriösen Außenanlagen des Hotels.

Ich rieb mir die Augen. Die Sonne knallte auf den kaffeetassengroßen Pool. Trotz dieser extrem frühen Uhrzeit war jeder Platz belegt. Und zwar nicht nur von Handtüchern sondern von echten Personen.

Da wir ohnehin wenig Lust verspürten, auf der weltraumkachelheißen Poolumrandung zu liegen, vertagten wir den Poolbesuch und gingen stattdessen in den Supermarkt.

Dort schnappten wir uns einen Shopping-Rollator und füllten ihn mit Bier und Eiswürfeln. Gesundheitsbewusst wie wir waren packten wir noch ein paar Tüten Bio-Chips dazu. Da wir uns gestern mit dem ganzen Bier und Eis beinah die Arme aus den Schultern gehoben hatten, rollten wir den Einkaufswagen dieses Mal über die Straße in Richtung Hotel. Der Wagen war geringfügig überladen und infolgedessen rieben sich die Rollatorrollen mal so richtig auf.

Als wir im Hotel ankamen, war die Gummierung der Rollen den Weg alles Irdischen gegangen. Doch darauf konnten wir jetzt keine Rücksicht nehmen.

Zum Glück war das Hotelfoyer nicht asphaltiert. Wobei das auch Nachteile hatte, denn der blanke Stahl der Rollen hinterließ auf den Kacheln zu unserer Überraschung Spuren. Nichts Dramatisches, aber hätte es auf Ibiza eine Straßenbahn gegeben, hätte sie bestimmt in diesen Rillen fahren können. Zwar machte das Gequietsche der Rollen auf dem Kachelboden ordentlich Krach, aber wenn wir stattdessen zehnmal durch den Flur laufen mussten, nervte das ja auch.

Also vor allen Dingen uns.

Und wenn die Herren Hotelbesitzer nicht gewollt hätten, dass wir mit dem Einkaufswagen durch das Foyer fahren, hätten sie den Lift ja nicht so groß bauen müssen.

Als wir wieder in unser Zimmer kamen, war Frau Hola-Quetal gerade fertig mit dem Putzen. Wir boten ihr als Trinkgeld passenderweise gleich was zu Trinken an und während die Hitze nur so auf uns herunterbrütete, schrieben wir *'Die Zeit ist vorbei'**.

*Ein Lied über die Vergänglichkeit alles Seins, inspiriert vom aufopferungsvoll dahinschmelzenden Eis und den rapide abnehmenden Bierbeständen in unserer Badewanne. Featuring Señora Hola-Quetal am Schlagzeug und Michael Cretu - der ja bekanntlich in Ibiza wohnt - an den Keyboards.

Genaugenommen spielte Frau Hola-Quetal zwar auf Putzeimern, aber mit moderner Studiotechnik kann man ja selbst Bibi zur Sängerin machen, ergo auch aus Plastik ein Schlagzeug. Ob Michael Cretu wirklich wie ein Enigma in unserem Hotelzimmer vorbeikam und diese klebrigen Keyboardsounds einspielte, oder ob das nur eine durch Putzmittelrausch bedingte Halluzination war, wird die Geschichtsschreibung leider nie klären können.

**Nur damit es klar ist: Ich habe kein
Drogenproblem, ich habe ein Polizeiproblem.
Keith Richards**

9

San Antonio, Donnerstag, 23.06., 21:37

Frau Hola-Quetal und Michael Cretu hatten gerade unser Zimmer verlassen, als die Tür sich ohne Vorwarnung öffnete. »Hallo, Jungs«, brummelte ein alter Sack, graue Haare, faltiges Gesicht, Cowboyhut.
Ibiza-Paul.

»Was macht ihr denn hier? Party ist angesagt!« Unaufgefordert holte er sich die letzten zwei Bier aus der Badewanne, köpfte das eine mit dem anderen und pumpte beide ab wie einen Kurzen. »Außerdem müsst ihr doch mal was vors Rohr bekommen.«

»Wir sind keine Klempner«, antwortete ich, »sondern Musiker.«

»Und wo sind dann die Groupies?«, widersprach Ibiza-Paul, womit er leider, wie so häufig, recht hatte. »Ihr müsst hier mal raus, was von der Insel sehen!«

»Wir könnten ja einen Mikrofonständer kaufen«, sagte Christian und zeigte auf unsere Tesafilm-Mikrofonkonstruktion, die wenig vertrauenserweckend aussah. »Und Hunger hab ich auch. Ich kann das gesunde Zeugs nämlich nicht mehr sehen.« Er hielt eine leere Bio-Chips-Tüte hoch.

»Dann müssen wir ins Hard Rock Cafe«, sagte Ibiza-Paul.

»Hard Rock Cafe?«, wiederholte ich. »Wir sind Elektro-Musiker!«

»Das ist schlimm genug«, entgegnete Paul. »So hört ihr erstens mal richtige Musik und zweitens haben die sicher einen Mikrofonständer.«

»Hard Rock Cafes sind total out!«, protestierte ich. »Die sind nur für Leute ab fünfzig, die glauben, sie wären cool, wenn sie dort reingehen. Das ist wie in der Midlife-Crisis Harley fahren. Einfach nur peinlich.«

»Auf Ibiza gibt es aber das einzige echte Hard Rock Cafe«, widersprach Paul. »Die haben dort sogar eine Bühne.«

Bei dem Wort *Bühne* veränderte sich Christians Gesichtsausdruck in etwa so wie der von Dagobert Duck beim Anblick von Goldbarren. »Meinst du, wir können da spielen?«, fragte er.

In dem Moment war entschieden, wo wir zu Abend essen würden.

Wir verließen unser Hotel und folgten Paul durch San Antonios Gassen. Überall standen junge Frauen und Männer, die Flyer verteilten, für Kneipen, Discos, Bars. Nach zwei Minuten stellte ich fest, dass jede Sacknase einen Flyer bekam, nur wir nicht.

Erst dachte ich, das läge an Ibiza-Paul, der die Fünfzig optisch wie tatsächlich schon lange überschritten hatte. Also setzte ich mich ein wenig ab und lächelte die Promoter an.

Sie ignorierten mich trotzdem.

Schließlich ging ich direkt zu einer blonden Flyerverteilerin. Einer besonders hübschen natürlich. »Kann ich auch so ein Ding haben?«, säuselte ich mit meiner männlichsten Stimme.

»Erst wenn du wiedergeboren wirst und wieder jung bist.«

Ich ließ sie stehen. Wenn wir erst Popstars waren, würde sie von allein angekrochen kommen.

Mit dem Spruch tröstete ich mich zwar schon seit über zwanzig Jahren, aber irgendwann musste es ja mal klappen.

Ich schloss wieder zu den anderen auf. »Was hast du denn gemacht?«, fragte Paul.

»Och, nix«, behauptete ich. »Ich hab nur die Promoterin nach der Uhrzeit gefragt. Aber sie war zu doof, die von ihrer Digitaluhr abzulesen.«

»Echt?«

»Ja, sie war blond.«

Paul nickte wissend. Vorurteile sind schon was Tolles. Egal wie unbegründet sie sind, sie werden gerne geglaubt. Das hatte ja schon dieser Österreicher erkannt, es dabei allerdings ein wenig übertrieben.

Toni Polster.

Oder wie sonst ist sein legendärer Spruch zu erklären: *'Man hetzt die Leute auf mit Tatsachen, die nicht der Wahrheit entsprechen.'*

Doch es ging hier nicht um Weltgeschichte oder – noch wichtiger – um Fußball, es ging um Essensbeschaffung. Wir bogen um die Ecke und schon auf fünfhundert Metern Entfernung sah ich, dass das Logo des Hard Rock Cafes eine plumpe Fälschung war.

»Das ist Markenpiraterie!«, rief ich. »Das darf man nicht unterstützen!«

Ibiza-Paul winkte ab. Kein Wunder, auf seiner Kleidung hingen so viele *Krokodile** rum wie in den gesamten Everglades.

*Lacoste war übrigens die erste Bekleidungsfirma, die ihr Logo gut sichtbar auf den Textilien angebracht hat, vorher galt dezentes Understatement als angesagt. Insofern ist es nicht verwunderlich, dass Lacoste auch die erste Firma war, deren Produkte massenhaft gefälscht wurden.

Mit Christian brauchte ich gar nicht erst reden, er war schon auf Bühnenautopilot. Trotz meines ausdrücklichen Protests betraten wir kurz darauf das Hard Rock Cafe. Es roch nach Fett und Whisky, aus den Boxen dröhnte irgendetwas, das klang wie ein brunftiger Hirsch begleitet von zweitausend Gitarren. Ich legte erneut Protest ein, aber wir setzten uns trotzdem an einen Tisch und bestellten zwanzig Hamburger mit Pommes und drei Bier.

Oder umgekehrt.

Als das Essen kam, stürzte Christian sich auf den Hamburger, rührte die Pommes aber nicht mal an. »Was ist?«, fragte ich.

»Das Öl, in dem die Dinger frittiert wurden, ist so alt, da hat sich schon Cäsar mit massieren lassen.«

»Du meinst, die Pommes sind nicht mehr gut?« Ich stoppte augenblicklich sämtliche Verdauungstätigkeiten.

»Das erkennt man an den schwarzen Stellen hier.« Christian deutete auf dunkle Verfärbungen auf der *Pommes-Kruste**.«

*Es ist Zeit für die erste Folge von meinen Pommes-Weisheiten:
Wusstet ihr, dass der Mensch dreißig Prozent seiner Gene mit der Kartoffel teilt? Während der Mensch 46 Chromosomen hat, besitzt die Kartoffel sogar zwei mehr - 48. Das macht aber nichts, denn beim Pommes Essen geht automatisch etwas von der Intelligenz in den menschlichen Körper über, sodass sich das wieder ausgleicht. Allerdings nur, wenn die Pommes gut sind. Ob Pommes und Pizza in amerikanischen Schulkantinen aus diesem Grund als gesundes Gemüse gelten, da bin allerdings selbst ich überfragt.

Während ich meine Pommes unauffällig der Bodenentsorgung zuführte, ließ ich meinen Blick durch das Hard Rock Cafe schweifen. Es saßen ausschließlich Männer im Restaurant, selbst die Bedienungen trugen neben ihrem Pferdeschwanz noch einen anderen. Rocker eben. Das erinnerte mich an etwas. »Wie bist du eigentlich auf die *Hells Angels** gekommen?«, fragte ich Christian.

*Die Hells Angels sind übrigens ein weltweit operierender Rockerclub, der sich mit den Bandidos darum streitet, wer die größten Mopeds besitzt, den breitesten Arsch und die höchsten Gewinne aus dem Drogenhandel erzielt.

»In Dortmund gibt es einen Ami-Schuppen namens Road Stop, dort hab ich Flyer für meine Pommesbude verteilt. Das hat mir keinen einzigen Kunden gebracht, dafür standen schon am nächsten Tag die Hells Angels bei mir auf der Matte und wollten *Schutzgeld*.*«

*Ein schönes Beispiel für den alten Werber-Slogan: Wer wirbt, stirbt.

»Und du hast das Schutzgeld bezahlt?«, fragte ich.

»Erst nicht, aber dann kam deren Boss, ein Typ namens Thrombose-Peter mit drei riesigen Trucks vor meine Pommesbude und hat mich überredet, weil die Trucks sonst von der Straße abkommen und auf meiner Pommesbude parken könnten.«

»Und der Kredit?«

»Als ich das Schutzgeld später nicht zahlen konnte, haben die Hells Angels es in einen Kredit und eine gebrochene Nase umgewandelt. Tja, und wenn ich nächste Woche nicht einhunderttausend Euro habe ...«

»Das wird nicht passieren«, entgegnete ich und war selbst von meinem Optimismus überrascht. »Wir haben schon zwei Songs im Kasten und der Chef von Sonixhit wird die sicher geil finden.« Mir fiel wieder ein, dass ich in dieser Hinsicht noch eine ziemliche Wissenslücke hatte. »Woher kennst du den eigentlich?«

»Ibiza-Paul?«, fragte Christian. »Wir haben uns in Dortmund in einer Kneipe kennengelernt.«

»Nein, ich meine den Chef von Sonixhit.«

»Kim Flenner heißt der«, antwortete Christian, machte aber keine Anstalten, mehr über ihn zu erzählen.

»Und woher kennst du diesen Flenner?«

Er räusperte sich umständlich. »Wir waren beide Schauspieler in einem Film.«

»Du bist Schauspieler?«

»Ich hab halt alles schon mal probiert.«

»Und was war das für ein Film?«

Christian seufzte. »Das hatte was mit einem Nebenjob zu tun. Auf alle Fälle hat Flenner da mitgespielt und seine Frau weiß nichts davon. Und weil ich ihm während der Drehtage ein Alibi verschafft hab, ist Flenner mir einen Gefallen schuldig.«

»Und wie groß ist der Gefallen? Bringt er uns einen Deal?«

»Man kann nie wissen.« Christian rieb sich die Glatze. »Heutzutage redet in einer Plattenfirma jeder mit, selbst die Putzfrau*. Wenn unser Album nicht wirklich geil ist, kann auch er nichts dafür tun.«

*Wobei die Damen dort häufig noch den besten Musikgeschmack haben.

Bevor ich noch etwas sagen konnte, drehte Christian sich zu Ibiza-Paul. »Wo ist denn die Bühne?«, fragte er.

Ibiza-Paul zuckte mit seinen Schultern und haute mir auf meine. »Die Musik ist geil, oder?«

»Ich hör dich nicht, die Scheiß-Musik ist so laut!«, schrie ich, und zwar genau in dem Moment, an dem die Bedienung an unseren Tisch kam. Der Kellner sah aus wie ein Klon von Ozzy Osbourne mit Pferdeschwanz, hörte jedoch auf den Namen Rüdiger. Auf seinem T-Shirt stand *Geschäftsführer*.

»Was hast du gesagt?« Rüdiger tippte mir auf die Schulter, was sich für mich eher wie ein Faustschlag anfühlte. Kein Wunder, er war zwei Köpfe größer und an seinem kleinen Finger waren wahrscheinlich mehr Muskeln als an meinem Oberarm.

»Äh, ihr spielt ja ganz schön harte Musik«, sagte ich.

Rüdiger alias Ozzy öffnete seinen Pferdeschwanz. »Wir sind ja auch das einzig wahre Hard Rock Cafe.«

Ein mutiger Spruch angesichts des Umstands, dass es sich hier eindeutig um eine Kopie handelte. »Ich glaube, das sehen die vom echten Hard Rock Cafe anders, oder?«

»Klar sehen die das anders.« Rüdiger lächelte. »Aber ich bin im Recht. Ich habe die Kerle sogar verklagt.«

»Du hast sie verklagt? Warum das denn?«

»Weil die in der gesamten Geschichte des Hard Rock Cafes nicht ein einziges Stück Hard Rock gespielt haben, sondern immer nur Schwuchtel-Rock wie Bon Jovi, Bryan Adams ...«

»Guns N' Roses ...«

»Du hast es erkannt«, sagte er und klopfte mir die Schulter weich. »Wenn ich meine Klage gewinne, müssen die sich Schwuchtel-Rock Cafe nennen.«

Ich musste lachen. »Das ist mal eine super Idee.«

»Habt ihr hier eigentlich auch eine Bühne?«, fragte Christian.

»Für was denn?« Rüdiger schüttelte den Kopf. »Wir sind ein Restaurant.«

»Dann solltet ihr aber wenigstens wissen, wie man Pommes macht«, entgegnete Christian.

Wäre Rüdiger ein Dampfkochtopf gewesen, wäre ihm gerade das Sicherungsventil geplatzt. Auf alle Fälle schien er kurz davor, die T-Bone-Pfanne aus der Küche zu holen, um Christian eins überzubraten. Wobei er das auch mit bloßen Fäusten gekonnt hätte, aber mit der T-Bone-Pfanne machte es wahrscheinlich mehr Spaß.

Offensichtlich traute er jedoch der Pommesqualität selbst nicht so ganz, denn er probierte eine der Vierkantnudeln auf Christians Teller. »Na ja, sind vielleicht ein wenig pappig«, nuschelte er.

»Die sind nicht pappig, die sind labberig, fettig und alt«, erklärte Christian. »Bring mich mal in die Küche, ich zeig dir, wie man das macht.«

Rüdiger führte Christian tatsächlich in die Küche und mir blieb nur zu hoffen, dass die T-Bone-Pfanne gut versteckt war.

Ich habe gehört, das Gehirn hört auf zu wachsen,
wenn man beginnt, Drogen zu nehmen.
Damit bin ich wohl immer noch 19.
Steven Tyler, Sänger von Aerosmith

10

San Antonio, Donnerstag, 23.06., 23:14

Eine Stunde, zwei Hamburger und acht Biere später kam Christian wieder, zu meiner Überraschung völlig unversehrt. »Von jetzt an kann man die Pommes hier essen, ohne sofort in die Notaufnahme zu müssen.«

Der Spruch war ein wenig kontraproduktiv, denn inzwischen hatte der Laden fast begonnen, mir zu gefallen. Man kann sich eben nicht nur Frauen schöntrinken, sondern auch Filme, Fußballspiele von Arminia Bielefeld und Schwuchtel-Rock.

Bei dieser Gratwanderung konnte allerdings nur ein einziges zu viel getrunkenes Bier zwischen Glückseligkeit und Absturz entscheiden. Schon den ganzen Abend balancierte ich gekonnt auf dieser Kippe. Doch Christians Anspielung auf die Notaufnahme brachte meinen hypochondrischen Magen und mich selbst aus dem Gleichgewicht. »Ich glaub, ich muss mal kurz mit Villeroy und Boch telefonieren«, sagte ich noch, dann stürzte ich aufs WC.

Ich setzte mich in eine Notdurft-Box, ließ die Hose runter, packte mein Kleinlöschgerät aus und entleerte es. Schon ging es mir ein wenig besser. Ich wollte mein Ding gerade wieder einpacken, als ich hörte, wie jemand mit High Heels in die Kabine nebenan stöckelte. Ein viel zu langer Reißverschluss wurde geöffnet und jemand setzte sich.

War ich aus Versehen aufs Frauenklo gerannt? Wie hätte ich das denn unterscheiden sollen? Señoras? Señor? Klingt doch alles gleich!

»Hi, wie geht es dir?«, fragte die Person neben mir. Unverkennbar eine Frauenstimme.

Sollte ich sie einfach ignorieren? Mit Sicherheit hatte sie mich ins WC hineingehen sehen. Weswegen sollte sie sonst mit mir reden? Also musste ich handeln, sonst rief sie womöglich die Security. »Äh, ganz okay«, flüsterte ich.

»Und was machst du so?« Jetzt flüsterte sie auch.

»Das gleiche wie du, ich sitze hier.«

»Kann ich zu dir rüberkommen?«

Das schien hier auf Ibiza ja sehr locker zuzugehen. »Öhm, ja, wenn du so fragst. Gerne.«

»Kann ich dich vielleicht später zurückrufen?«, fragte sie, nun etwas lauter. »Da sitzt irgend so ein Idiot neben mir, der immer auf meine Fragen antwortet.«

Ich sagte nichts mehr, wartete bis die Frau neben mir ihr Geschäftchen erledigt hatte und die Luft so rein war, wie sie es auf einem Klo eben sein konnte.

Dann schlich ich mich wieder zurück. Wenigstens hatte das Adrenalin meine Übelkeit vertrieben.

Als ich wieder an den Tisch kam, tippte Ibiza-Paul demonstrativ auf Christians Armbanduhr, er selbst hatte natürlich keine. »Wir sollten mal weiter.«

»Sssuper Idee«, lallte ich. Wahrscheinlich lallte ich schon den halben Abend, aber es fiel mir erst jetzt auf.

»Und einer sollte die Rechnung zahlen«, antwortete er.

»Sssuper Idee«, lallte ich wieder, bis mir auffiel, dass er sich selbst damit ausschloss. Christian zückte sein Portemonnaie und obwohl es darin recht unbewohnt aussah, zahlte er.

Das würde finanziell verdammt eng werden die nächsten Tage. Wenigstens versprach Ibiza-Paul, die nächste Runde zu übernehmen. Während wir in Richtung Ausgang torkelten, zeigte er auf eine Vitrine, in der ein Mikrofonständer stand. »Da! Kannste mitnehmen!«

Neben dem Ständer hing ein Foto von einem Typen, dessen Lippe ihm bis zu den Knien hing. »Das ist doch ... hicks ... *Steven Tyler**!«, lallte ich. »Der Ständer ... hicks ... gehört bestimmt ihm!«

»Siehst du Steven Tyler hier irgendwo?«

Ich schüttelte den Kopf und mir wurde wieder schlecht.

»Also, dann nimm das Teil mit.« Ibiza-Paul hatte eine überzeugende Art zu argumentieren. Jedenfalls wenn man besoffen war.

»Aber die Vicktrine ist doch ... hicks ... verschlossen«, lallte ich noch, da hatte Ibiza-Paul mir schon ein Bein gestellt. Ich fiel so ungeschickt auf das Schloss der

Vitrine, dass ich es mit dem Ellenbogen komplett abriss. Hätte ich exakt das gewollt, hätte ich bestimmt fünfzig Anläufe samt Armprothese gebraucht.

*Es ist das achte Weltwunder der Genetik, dass jemand wie Steven Tyler eine so hübsche Tochter hat. Wahrscheinlich waren seine Gene alle rezessiv und die seiner Frau dominant. Was die Frage aufwirft, ob Liv Tyler gelegentlich als Hobby-Domina arbeitet. Wer die Antwort kennt, oder selbst Liv Tyler ist, wende sich bitte vertrauensvoll an
christian@freiwilligversklavt.de.

Liebe Liv,
wenn Du das hier liest, aber nicht verstehen kannst, frag doch bitte unbedingt jemanden, der Dir diese Worte übersetzt:
WILLST DU MIT MIR GEHEN?
Bitte kreuz hier an:
❑ ja
❑ nein
❑ mittel
❑ verpiss Dich, Du dummes Arschloch

Als wir den Laden samt Mikrofonständer verließen, bemerkte ich, wie schön Stille sein konnte.

Wobei Stille relativ war, denn durch Ibizas Gassen marodierten jede Menge Indianer.

Genaugenommen Rothäute.

Und noch genauer genommen *Engländer** mit Sonnenbrand.

*Anscheinend glaubt man in England, dass es nicht schädlich ist, schon am frühen Morgen mit freiem Oberkörper in der prallen Sonne zu liegen, obwohl jedermann in dem Land den Hauttyp einer Nacktkatze hat. Ein Engländer im Sommerurlaub ohne Sonnenbrand ist demzufolge eine biologische Anomalie, genauso wie deutsche Rentner mit Sandalen aber ohne Socken.

Selbst eine Sonnencreme mit Schutzfaktor fünfzig bringt einem Engländer leider nichts, denn sie gibt ja nur den Faktor an, den man sich länger als gewohnt in der Sonne aufhalten kann. Fünfzigmal Null ist und bleibt eben Null.

Wir schwankten an einem Supermarkt vorbei, der selbst jetzt, nach Mitternacht, noch geöffnet hatte. Ibiza-Paul brummelte irgendwas von 'eiligen Besorgungen' und ließ uns stehen.

Kurz darauf kam er mit drei Dosen Bier und einer Packung XXL-Kondomen wieder. Die Kondome steckte er so in die Hosentasche, dass man sie selbst auf zehn Meter Entfernung sehen konnte. Dann rief er ein Taxi und scheuchte uns hinein. »Wo geht es denn hin?«, fragte ich.

»Ibiza-Stadt. Hier ist nix los.« Er reichte jedem von uns eine Bierdose. »Ich schmeiß die nächste Runde!«

Da er sich nicht mal die Mühe gemacht hatte, das Preisschild abzunehmen, glaubte ich an einen Scherz.

Dieser Irrglauben hielt sich, bis wir in Ibiza-Stadt ausstiegen – natürlich hatte Christian das Taxi bezahlt – und Ibiza-Paul in der nächsten Kneipe eine Runde Champagner bestellte und behauptete, jetzt sei ich an der Reihe mit spendieren.

»Und was ist mit dir?«, wollte ich wissen.

Ibiza-Paul blickte mich mit großen Augen an. »Wer hat denn das Hotel besorgt, den Mikroständer und die Fickstrümpfe hier!« Er warf die Kondome auf den Tisch.

Alle in der Kneipe schauten uns an.

Die Frauen mit einer Mischung aus Ekel und Mitleid. Jetzt wussten wir zwar, wie sich ein alter Sack im Puff fühlte, aber das interessierte wahrscheinlich nicht einmal *Sozialwissenschaftler**.

*Wobei ich hier mal ein Loblied auf die moderne Wissenschaft singen muss. Denn sie hat dem Menschen viele angenehme und nützliche Dinge beschert: Schlumpf-Eis, Candy Crush und das Plusquamperfekt.

Doch die Krönung des menschlichen Erfindungsreichtums ist der Nasen- und Ohrhaarrasierer, ein wahres Meisterwerk der zivilen Hygienetechnik. Ich möchte behaupten, dass mein Leben ohne dieses Gerät einen völlig anderen Verlauf genommen hätte. Wie soll man beispielsweise eine Bäckerei betreten und eine Bestellung aufgeben, wenn drei Meter lange Nasen- und Ohrhaare aus einem wuchern?

Und man sieht ja schon an Ibiza-Paul, dass selbst lächerliche fünf Zentimeter für Ohrhaare eindeutig zu lang sind. Und von den Nasenhaaren will ich gar nicht erst reden.

»Sind ja eh zu groß für euch«, grinste Ibiza-Paul und packte die Kondome wieder ein.

Nun leiden ja nicht nur Angler, sondern alle Männer bei Größenangaben betreffend ihres Unterleibsbereichs unter extremer Wahrnehmungsverschiebung, aber im Grunde ist das nur Selbstschutz.

Schließlich kann sich nicht jeder zur Kompensation einen Maserati leisten.

Mein Auto! Meine Jacht! Mein Privatjet!

Das war die Welt der Männer. Darum drehte sich alles. Und doch war das alles nur Show. Wie lange konnten wir das noch vor den Frauen verstecken?

Okay, das hatte seit Anbeginn der Menschheitsgeschichte recht gut geklappt, aber jetzt, da die Frauen uns selbst wissenschaftlich nachgewiesen *intellektuell überholt** hatten, konnte es nicht mehr lange gutgehen.

*2012 lag der durchschnittliche Intelligenzquotient von Frauen erstmals seit Beginn der Messungen höher als der von Männern. Und das trotz Daniela Katzenberger, Nadine the Brain und Kelly Bundy.

Umso wichtiger war es, mit Hilfe von schmachtender Musik an die niederen Instinkte der Frauen zu appellieren, um sie uns wieder ebenbürtig zu machen.

Das Problem ist nur, wer als Mann ernsthaft schmachtende Musik schreibt, muss entweder Bryan Adams heißen, schwul sein oder Italiener.

Und das waren wir alles drei nicht.

Dafür aber ordentlich angeheitert.

Genaugenommen hatte ich inzwischen so viel getrunken, dass mir die Bundesprüfstelle das Prädikat 'besonders voll' hätte verleihen können. Es wäre am besten gewesen, nach Hause zu gehen, doch zu unserem Unglück hatte der Abend für Ibiza-Paul eben erst begonnen. »Vamos a la Disco!«, rief er.

Trotz unserer nur rudimentär vorhandenen Spanischkenntnisse wussten Christian und ich sofort, was das hieß.

**Hätte Pac-Man uns als Kinder beeinflusst, würden
wir alle in dunklen Räumen herumrennen,
Pillen verschlingen und uns dabei repetitive
elektronische Musik anhören.**
Marcus Brigstocke, britischer Comedian

11

San Antonio, Freitag, 24.06., 01:32

Und so standen wir bald vor dem Pacha, dem bekanntesten Club Ibizas, vielleicht sogar der Welt. Jedenfalls aus der Sicht der Engländer, die davor warteten und eine furchterregende Schlange bildeten. Sie hatten offensichtlich nicht nur San Antonio sondern auch Ibiza-Stadt und das Pacha in Besitz *genommen**.

*Nachdem sich die Amerikaner total darüber erschrocken hatten, was passiert war, nachdem sie eine Atombombe über Hiroshima und Nagasaki abgeworfen hatten, musste sich irgendjemand eine vertretbarere Methode einfallen lassen, um in anderen Ländern mal eine Latte an den Zaun zu bekommen.

Also kam man auf den Tourismus: Die effektivste Form der modernen Kriegsführung. Ein Volk wird erst unterjocht, verliert dann seine Kultur und wird schließlich vertrieben. Und das alles per Billigflieger. Ein weiterer Vorteil der Methode ist, dass jeder für einen Fronteinsatz tauglich ist, weswegen man sabbernde deutsche Rentner in Militärkreisen schon als die neue V2 bezeichnet.

Außerdem brauchen die Soldaten nicht mal teure Uniformen, sondern statten sich selbst aus. Notfalls kann man sie aber auch bei Kik für drei Euro komplett einkleiden lassen.

Englische Soldaten tragen hingegen meist gar nichts, zumindest am Oberkörper. Spätestens nach einer Woche ist das Nervengewebe der Haut dann so verbrannt, dass darauf problemlos Orden angebracht werden können.

Da jede Menge hübsche Frauen die Himmelspforte zum Pacha durchschritten, stellten wir uns auch an. Man kann ja über die Engländer sagen, was man will, aber Schlange stehen können sie.

Christian legte zwar sein *Veto** ein, da der Laden angeblich zu teuer war, doch Ibiza-Paul, und zu meiner Überraschung ich selbst, überstimmten ihn. Alkohol vernebelt eben die Entscheidungskompetenz. Außerdem musste ich nach dem Gedudel aus dem Hard Rock Cafe noch was anderes zwischen die Ohrläppchen bekommen, um später einen ordentlichen Song schreiben zu können. Und vielleicht konnte ich mir im Pacha sogar die eine oder andere Songidee entleihen.

*Ich versteh übrigens bis heute nicht, warum man in Ibiza unbedingt im Pacha gewesen sein muss. Man muss sich doch auch nicht beschneiden lassen, wenn man in Istanbul mal einen Tee trinken möchte.

Wegen meiner vernebelten Entscheidungskompetenz bot ich sogar an, den Eintritt zu übernehmen, denn ich glaubte, das Geld würde später doppelt und dreifach wiederkommen. Wie bisher – als Schriftsteller – konnte ich ohnehin nicht weitermachen, denn selbst wenn mir wieder etwas einfiel, war die Arbeit an einem Buch doch recht kümmerlich bezahlt. Neunundneunzig Prozent der Autoren arbeiten nämlich für einen Stundenlohn, gegen den Ein-Euro-Jobber fürstlich entlohnt sind. Dem restlichen einen Prozent geht es noch schlechter.

Und zu denen gehörte ich.

Das musste sich ein für alle Mal ändern.

Als ich schon wieder halb ausgenüchtert war, kamen wir auch mal an die Reihe. Der Türsteher sah aus wie eine Mischung aus Antonio Banderas und Rudolf Scharping, wahrscheinlich war er ein gescheiterter spanischer Buchhalter. »Fiftyfive Euro«, sagte er und rückte sich die Nickelbrille zurecht.

Die Höhe des Eintritts schockierte mich, gleichzeitig wunderte ich mich, wie man fünfundfünfzig durch drei teilen konnte. Weil ich immer noch denkuntüchtig war, reichte ich dem Türsteher die Scheine.

»Another hundred ten, please.«

»You said fiftyfive Euro!«, widersprach ich.

»German, hm?«

Ich nickte. Wahrscheinlich gab es für uns Rabatt, damit in der Disco nicht nur *Engländer**, sondern auch ein paar Exoten tanzten.

*Im Übrigen lieben, ja verehren wir England und die Engländer. Wir haben selten ein so höfliches, zurückhaltendes und selbstloses Volk gesehen. Vor allen Dingen beim Elfmeterschießen.

»Normal hundert Euro für Aleman«, sagte der Türsteher. »Weil ihr geizige Spaßbremse, die halte sich ganze Noche fest an eine Cerveza. Was ist auch noch Gratisgetränk.«

»Und warum willst du dann hundertfünfundsechzig Euro?«

»Kannst du calcular? Jeder fünfundfünfzig Euro. Mal drei. Gibt was?« Banderas-Scharping schaute mich an, als hätte ich mein Hirn an der Garderobe abgegeben.

»Ein paar Euro musst du hier schon investieren, wenn du Spaß haben willst«, mischte sich Ibiza-Paul ein. »Hier gibt's eben die besten Raketen, Granaten und Sex-Bomben!« Er zeigte auf die unzähligen Frauen, die im Pacha an der Bar standen. Auch wenn man über die Wortwahl diskutieren konnte, hatte er mal wieder recht.

Und so gab ich sämtliche Euroscheine meines Portemonnaies dem Türsteher bis auf einen kümmerlichen Zwanziger. Auch ohne dass ich meinen Countdown aktualisierte, wusste ich, dass er heute Nacht noch auf Null springen würde.

Derweil nahm Ibiza-Paul die Bons für die Freigetränke und ließ uns stehen. Wir bekamen einen Stempel auf das Handgelenk gedrückt, irgend so ein Hightech-Ding, den man nicht mal sah und gingen an die Bar.

Ibiza-Paul kam uns mit drei Bier entgegen und reichte jedem eine Flasche. »Und diesmal nicht vergessen, dass ich die Runde bezahlt hab.«

»Mit den Freigetränkebons?«, insistierte ich.

»Willst du jetzt rumzicken oder Party machen?« Mit einem Schluck leerte Ibiza-Paul sein Bier. »Ohne mich wärt ihr in irgendwelchen Spelunken gelandet.«

»Du meinst, so wie die Champagnerkneipe, in die du uns geschleppt hast?«

»Lebst du in der Vergangenheit, oder warum erzählst du ständig von dem, was war?«

Bei dem Wörtchen 'Vergangenheit' fiel mir auf, dass etwas fehlte. Ich blickte an mir herab. Beine, Arme, Teilzeithydrant, alles noch da.

Und dann fiel es mir ein. Der Mikroständer! Ich hatte das Ding in der Champagnerkneipe vergessen! Der Ständer war das einzig Gute am heutigen Abend gewesen. »Ich komm gleich wieder«, sagte ich und stürzte aus der Disco.

Wieder auf der Straße fiel mir auf, dass ich mir unseren Hinweg eher unvollständig gemerkt hatte. Genaugenommen war ich hinter Ibiza-Paul her getaumelt wie ein Japaner mit zwanzig Sake im Blut seiner Reisegruppe.

Ich redete mir ein, schlauer als eine Brieftaube zu sein und folgte meinem Orientierungssinn.

Nach fünf Minuten musste ich feststellen, dass ich nicht mal mehr den Weg zurück zum Pacha finden würde.

Ich drehte mich, lief ein paar Meter und wechselte dann doch wieder die Richtung. Während ich so orientierungslos herumlief, kam eine Blondine auf mich zu. Es war nicht irgendeine gewöhnliche Blondine, wie es sie im Pacha zu Hunderten gab, sondern eine ganz spezielle. Sie schien ein paar Jahre jünger zu sein als ich und hatte offensichtlich so erfolgreich eine Karottendiät gemacht, dass alles an ihr wie eine aussah. Ihre Beine hatten die Form zweier – nun ja – Karotten, die man oben zusammengeklebt hatte, ihre Nase sah aus wie die eines Schneemanns und von den Brüsten rede ich besser gar nicht erst. Jedenfalls wäre Jean Paul Gaultier stolz auf sie gewesen.

Wahrscheinlich war sie die absolute Traumfrau irgendeiner außerirdischen Lebensform. Selbst ihre Haare waren so strubbelig, wie dieses grüne Zeugs, was oben aus der Möhre rauswächst, dessen Name ich aber nicht kenne, weil man in Biologie ja eher etwas über die Osmose in den Mitochondrien lernt, als über die heimische Pflanzenwelt. »Weißt du, wo das Pussycat ist?«, fragte die Karottenfrau.

Ich schüttelte den Kopf. »Nee, aber weißt du, wo das Pacha ist?«

»Logo.« Sie lächelte. Selbst ihre Zähne sahen aus wie Babymöhrchen. »Aber ich verrate es dir nur, wenn du mir sagst, wo das Pussycat ist.«

»Wie soll ich dir das sagen, wenn ich es gar nicht weiß?«

»Ist das mein Problem?« Sie schaute mich schnippisch an.

»Ja, ist es«, entgegnete ich. »Schließlich willst du ins Pussycat.«

»Und du ins Pacha.«

Womit sie recht hatte. »Also gut«, sagte ich. »Falls ich erfahren sollte, wo das Pussycat liegt, gebe ich dir Bescheid.«

»Super.« Sie strahlte. »Und danach sag ich dir dann, wo das Pacha ist.«

»Und warum sagst du es mir nicht jetzt schon?«

»Meinst du, ich bin doof oder was? Dann erfahre ich ja nie, wo das Pussycat ist! Du musst mir das als Erster sagen!«

Ich kam mir vor wie im Kindergarten für schwer erziehbare Vorstandskinder der Deutschen Bank und ließ sie stehen.

»Dir helfe ich nie wieder!«, rief sie mir hinterher und ich war irgendwie froh darum.

Ich ging um die Ecke und sah das Pacha direkt vor mir. Also lief ich exakt in die entgegengesetzte Richtung wie zuvor und stand fünf Minuten später vor der Champagnerkneipe. Ich ging hinein, sah den Mikroständer in der Ecke herumlungern, nahm ihn mit und spazierte wieder in Richtung Pacha. Jetzt konnte die Party beginnen!

Fünfzig Meter davor, als man schon das Kirschen-Logo blinken sah, kam die Karottenfrau wieder auf mich zu. »Okay«, sagte sie und deutete in Richtung der Disco. »Hast gewonnen. Da vorne ist das Pacha. Zeigst du mir jetzt, wo das Pussycat ist?«

»Ich hab immer noch keine Ahnung wo das Pussycat ist«, antwortete ich. »Aber danke für den Tipp mit dem Pacha. Hätte ich sonst nie gefunden.« Ich lächelte sie an und ging.

»Du stalkst mich doch! Und ich Idiot helfe dir auch noch!«, rief sie mir hinterher. Ich blickte sie irritiert an und beschloss, Karotten vorerst von meiner Speisekarte zu streichen.

Ich befand, schon genug von der Party verpasst zu haben, nahm die letzten Meter zum Pacha im Spurt und drängelte mich keuchend neben der Warteschlange durch, nickte Banderas-Scharping zu und lief an ihm vorbei.

Dachte ich, denn mit seinem gestreckten rechten Arm hielt er mich auf. »Was du wolle mit Mikroständer?«, fragte er. »Du Helene Fischer oder was?«

»Atemlosigkeit ist eine schwere Krankheit«, sagte ich. »Darüber macht man keine Witze und auch keine Songs.«

Banderas-Scharping blickte mich irritiert an. »El Microfonoständer nada«, sagte er schließlich. »Und du pagar fünfundfünfzig Euro, sonst du auch nada.«

»Ich hab doch schon bezahlt!«

»Und donde esta Stempel?«

Ich schaute auf meinen Unterarm. Nichts. »Den hat man von Anfang an nicht gesehen«, beteuerte ich.

»Du blind?«

»Nein, euer Stempel ist kaputt.«

»Das blödeste Ausrede el mundo. Noch blöder als Haut inkontinent oder Stempel weggeschwitzt.« Banderas-Scharping zuckte mit den Schultern. »Nada Stempel, nada Disco.«

»Aber ich hab doch bezahlt! Einhundertfünfundsechzig Euro! Erinnerst du dich nicht mehr?«

»Wenn ich mich an jede erinnere, der gehe in Disco hab ich bald Aquakopf wie Arbeiter von Tschernobyl.«

»Wir waren zu dritt«, entgegnete ich. »Und meine Freunde sind da drin!«

»Und du aqui. So ist la vida.«

Plötzlich drängelten sich drei Mädels in so kurzen Röcken wie langen Beinen an uns vorbei. An ihnen war weit und breit kein Stempel zu sehen. Jedenfalls nicht dort, wo ich hingeschaut hatte. »Die haben auch keinen Stempel!«, rief ich ins Blaue hinein.

Banderas-Scharping baute sich in seiner ganzen Größe vor mir auf. Wahrscheinlich war auch noch ein Schuss Sylvester Stallone in seinen Genen. »Las reglas mache ich. Claro?«

»Nee, versteh ich nicht.«

»Du comprende Revolver?«

Andere Männer hätten jetzt eine Schlägerei angefangen und wären mit einem blauen Auge, drei gebrochenen Rippen und zwei Spiegeleiern in der Hose nach Hause gehumpelt. Aber sie wären stolz gewesen, nicht klein beigegeben zu haben.

Im Gegenteil zu mir. Ich fühlte mich beschissen. Hier lief die Party des Jahrhunderts und ich war nicht dabei!

Doch was sollte ich tun? Ich war so chancenlos wie St. Marino im Krieg gegen die USA. Weswegen noch wehren, wenn man ohnehin verliert? Schließlich war das kein Fußballspiel, bei dem man durch Kämpfen die Niederlage in Grenzen halten konnte.

Sondern man konnte sie nur verschlimmern.

Denn mit gebrochenen Armen war es selbst am Computer schwer, ein Album aufzunehmen.

Also trottete ich frustriert zum Taxistand, ließ mich zum Hotel fahren und opferte meine letzten zwanzig Euro.

Das Hotelzimmer war so vereinsamt, wie ich mich fühlte. Ich setzte mich an mein Keyboard, drückte irgendwelche Tasten und plötzlich kam ich mir gar nicht mehr erbärmlich vor.

Waren das eben geile Harmonien gewesen oder waren das geile Harmonien gewesen? Ich drückte die Tasten noch mal.

Natürlich andere Tasten.

Schließlich war ich kein Pianist.

Es klang beschissen.

Ich drückte die Tasten erneut, wieder klang es anders. Weil ich nach all den Jahren wusste, dass es nicht besser werden würde, schaltete ich meinen Computer an und öffnete den *Sequencer**. Dieses Wunderprogramm nahm mein Rumgedrücke auf, aber so clever, dass ich es hinterher editieren konnte: Falsche Noten löschen, richtige an die korrekte Stelle schieben, die Lautstärken verändern, also all das, was ein Pianist von Natur aus eingebaut hat und automatisch richtig macht.

*Ungefähr 99,99 Prozent aller Musik wird heute mithilfe eines Sequencers aufgenommen. Die restlichen 0,01 Prozent stammen von Death-Metal-Bands, die zu blöd sind, nach einem Click zu spielen. Musik mit einem Sequencer zu machen, ist nicht anspruchsvoller als Legoklötzchen hin- und herzuschieben, wobei ein Klötzchen für Gitarre stehen kann, für Schlagzeug, Gesang oder für einen Rap.

Leider gibt es noch kein Programm, welches Letzteres automatisch löscht.

Irgendwann gelang es mir, eine Sequenz aufzunehmen, die fast so gut klang wie beim ersten Versuch. Ich schob die Noten solange umher, bis es endlich so wirkte, als hätte jemand das Piano eingespielt, der nicht zwei linke Hände mit lauter Daumen dran hat.

Genauso musste es den Grafikern von Animationsfilmen gehen. Nur bei den Filmen erwartet niemand, dass deren Ersteller alle kleine Picassos sind. Obwohl das Ziel das Gleiche ist: Aus totaler Künstlichkeit, dem Nichts aus Bits und Bytes, ein möglichst realistisches Bild zu erzeugen.

Auch eine Art der Kunst.

Die Emulation der Wirklichkeit. War das nicht wie die Schriftstellerei, nur mit anderen Mitteln?

Während ich so auf Kindergartenniveau herumphilosophierte und weiter programmierte, kam Christian herein. Er sagte kein Wort, hörte sich den Song einmal an, stellte sich vor das Mikrofon und sang los. Und so entstand 'Leere'.

Turtelt man mit einer netten Frau, wirkt eine Stunde wie eine Sekunde. Sitzt man aber auf glühend heißer Asche, kommt einem eine Sekunde wie eine Stunde vor. Das ist Relativität.
Albert Einstein

12

San Antonio, Freitag, 24.06., 14:14

Irgendetwas klopfte. In meinem Schädel.

Bumm. Bumm. Bumm.

»Hombres! Wenn ich soll putze, ihr müsst mal stehe auf!«

War das Frau Hola-Quetal?

Es klopfte noch mal.

Sollte *Frau Hola-Quetal** zwischenzeitlich nicht in mein Kleinhirn gezogen sein, stand sie wahrscheinlich gerade vor unserer Tür.

Wir öffneten ihr und verdrückten uns zum Frühstück.

*Jedes Mal, wenn ich Frau Hola-Quetal sehe, frage ich mich, was sie wohl in ihrer Freizeit macht. Man könnte vermuten, sie sitzt vor dem Fernseher und schaut brasilianische Telenovelas oder sie bekocht ihren Mann, umsorgt ihre Kinder. Doch ich bin mir sicher, all das stimmt nicht!

Denn tatsächlich sitzt sie stundenlang einfach nur da und zieht Kubikwurzeln und Quersummen aus Zahlen, die so viele Stellen nach dem Komma haben, dass allein das Niederschreiben ein weiteres Buch füllen würde.

Wie gerne hätte Frau Hola-Quetal ihr Hobby zum Beruf gemacht, aber ihre Mutter war strikt dagegen. Ja, sie befahl ihr, etwas - im wahrsten Sinne des Wortes - Bodenständiges zu machen. Deshalb ist Frau Hola-Quetal - wie schon ihre Mutter und die Mutter ihrer Mutter und auch deren Mutter - Reinigungsfachfrau geworden.

Aber in ihrer Freizeit geht sie noch immer ihrer Leidenschaft nach und wiederlegt mal so eben zwischen Mittagessen und Kaffee die Relativitätstheorie. In den einsamen lauen Nächten auf Ibiza träumt sie dann von Quantenphysik und hemmungslosem Sex mit Steven Hawking.

Das Tolle an Ibiza war, dass man selbst um 14 Uhr noch Frühstück bekam. Das weniger Tolle daran war, dass es in ganz San Antonio nur *englisches Frühstück** gab.

*Es ist mir bis heute völlig schleierhaft, wie eine Nation so viele schöne Dinge wie Fußball, Tennis oder Rolls Royce hervorbringen kann, ohne vorher vernünftig gefrühstückt zu haben.

Angesichts des Angebots trank ich nur einen Kaffee, während Thomas, die Vitaminschlampe, seinem Körper einen frischgepressten Orangensaft aufnötigte.

Da Frau Hola-Quetal noch mit unserem Zimmer oder einem achttausend Kästchen umfassenden Sudoku beschäftigt war, schauten wir am Hotelpool vorbei. Wieder war er bis auf den letzten Platz besetzt.

Dafür lief der totgeglaubte Arcade-Automat plötzlich, stand jedoch unbeachtet in einer Ecke.

In meiner Jugend hatte ich nie genügend Geld besessen, um es mit Arcade-Games zu verzocken und im Grunde war das heute immer noch so, aber da ich jetzt erwachsen und vernunftbegabt war, stürzte ich mich auf das Gerät.

Ich kannte das Spiel nicht einmal, doch das war mir egal. Dem Sound und Look nach musste es jedenfalls etwas aus den 80ern sein. Ich ließ mir von Christian einen Euro geben, warf ihn in den Münzschlitz und spielte los.

Nach weniger als einer Minute kam ich schon in Level 2, der wie immer bei mir 'Game over' hieß.

Ich lieh mir noch ein paar Euro und warf den nächsten ein. »Hol mal das Mikro, den Verstärker und den Laptop«, sagte ich zu Christian.

»Willst du jetzt hier unten Musik machen?«

Ich schüttelte den Kopf. »Hol das Zeugs einfach.«

Während Christian die Geräte aufbaute, spielte ich noch ein paar Runden und dann hatte ich den Dreh raus und nahm das Ganze auf.

Christian schaute mich entgeistert an.

»Wenn ich gleich am Anfang auf das Alien hier knalle, gibt es einen coolen 8-bit Ping-Pong-Sound«, erklärte ich. »Und daraus schreiben wir jetzt einen Hit.«

Christian hörte genauer hin und wippte schon nach wenigen Sekunden mit dem Fuß. »Der ist ja echt geil, aber warum hast du das nicht mit dem Handy aufgenommen?«

Ich deutete auf mein Stupid-Phone. »Deswegen. Und weil ich eh noch ein wenig spielen musste, bis ich die coolen Sounds finde.«

Wir bauten unser Equipment ab und als wir unser Zimmer wieder betraten, führte Frau Hola-Quetal gerade den letzten Besenstrich. Sie war ein wahres *Putzwunder**.

*Ich hatte sie in dieser kurzen Zeit schon so lieb gewonnen, dass ich nur noch die Toilette auf dem Hotelflur benutzte, damit sie bloß nicht auf die Idee kam, dass aus MEINEM Körper irgendetwas entweichen könnte, das ihr unnötige Arbeit machte oder gar eine Geruchsbelästigung verursachte.

Von ihrem Arbeitseifer und unserem coolen Sound angesteckt, klappte ich euphorisch den Laptop wieder auf. Ich wollte gerade den neuen Song beginnen, als Christian auf eine Datei deutete. »Was ist das für ein Stück?«

»Och, das ist nur eine Leerdatei«, antwortete ich, weil die Datei genau so benannt war: Leere.

Zwar erinnerte ich mich dunkel an irgendwelche Aufnahmen in der gestrigen Nacht, aber am Abend zuvor hatte ich ja auch von einer Session mit Señora Hola-Quetal und Michael Cretu phantasiert. Vielleicht sollten wir doch weniger trinken.

Oder zum Ausgleich mehr essen.

»Ich lösche die Leerdatei mal, oder?«, fragte ich Christian.

»Was haben wir gestern Abend eigentlich gemacht?«, fragte er zurück.

»Wie, was haben wir gemacht? Wir waren im Hard Rock Cafe, dann seid ihr in die Disco …«

»Welche Disco?«

»Na, im Pacha, ihr wart die ganze Nacht im Pacha.«

»Echt?«

Ich schob die Datei in den Papierkorb. »Und du kannst dich wirklich an nichts mehr erinnern?«

Er rieb sich die Hochstirn. »Alles, was ich noch weiß ist, dass alle nichttrivialen Nullstellen der Riemannschen Zetafunktion den Realteil ½ besitzen.«

»Was?«

»Na, die *Riemannsche Vermutung**. Kennst du die nicht?«

---

*Im Grunde geht es darum, dass alles Leben und auch alles nicht Lebende aus einer langen Reihe von Primzahlen besteht. Riemann kam auf diese Vermutung, weil er feststellte, dass sich in einer Folge von Primzahlen die Nullstellen in ungewöhnlicher Weise aneinanderreihen.

Diese Erkenntnis hätte er allerdings auch ohne Mathematikstudium und anschließendem Wahnsinn haben können, denn das die Nullen immer in einer Reihe stehen, weiß jeder, der schon einmal ein Konzert von Pur besucht hat.

»Riemannsche Verhütung? Was ist das denn?«, fragte ich.

»Riemannsche Vermutung, eben, dass alle nicht-trivialen ...«

»Hast Du eine Mathematik-Domina kennengelernt, oder wie kommst du auf so was?«

Er zuckte mit den Schultern. »Ich glaub Frau Hola-Quetal ist heimlich Mathematik-Professorin.«

»Ich glaub eher, du hast gestern ein paar *Drogen** zu viel genommen.«

*Es ist ein totales Vorurteil, dass alle erfolgreiche Musiker Drogen nehmen. Ich persönlich kenne nur unerfolgreiche Musiker, die Drogen nehmen.

Okay, vielleicht liegt es daran, dass ich nur unerfolgreiche Musiker kenne. Aber selbst die nehmen nicht alle Drogen. Wir zum Beispiel haben es in zwanzig Jahren ohne Drogen (Alkohol, Koffein und Nimm2 mal ausgenommen) zu Unglaublichem gebracht:

Nämlich zu rein gar nichts.

In dem Zusammenhang muss ich auf Sven Väth zu sprechen kommen, der einmal - bis zu den Haarspitzen vollgepumpt mit irgendwelchen chemischen Substanzen - in Ibiza als DJ auflegte. Dabei verkündete er im Akkord das Motto der Party sei: *Gute Laune, Leudde!*

Dann haute er noch den Spruch raus: *Ich höre Farben.* Wahrscheinlich wäre genau das herausgekommen, wenn man ihn einem Drogen-schnelltest unterzogen hätte.

Doch das Beste war die Reaktion des Publikums: Es tanzte einfach weiter, anstatt Väth ganz schnell von der DJ-Kanzel zu holen und in die Betty Ford Klinik einzuweisen.

Wir hatten zwar Hunger und wir hatten Durst, aber da war eben dieser Ping-Pong-Sound und kaum hatte ich ihn ins richtige Tempo und den richtigen Rhythmus gebracht, vergaßen wir alles um uns herum.

Musik war eben die beste Droge und so merkten wir gar nicht, wie die Stunden verflogen und wir plötzlich einen Track in den Händen hielten, den wir uns selbst nie zugetraut hätten.

Und genau deshalb nannten wir ihn 'Du'.

Alle Musiker sind unterbewusst Mathematiker.
Thelonious Monk, Mitbegründer des Bebop

13

San Antonio, Freitag, 24.06., 18:52

Nachdem wir uns den Track geschätzte siebenhundertmal begeistert angehört hatten, flaute unsere Euphorie ein wenig ab und wir bemerkten, dass wir nicht mal etwas gefrühstückt hatten. Jedenfalls knurrten unsere Mägen dermaßen, dass die Anwohner des Hotels wahrscheinlich dachten, die Löwen seien aus dem *Zoo von Ibiza** ausgebrochen.

*Dabei gab es im Zoo von Ibiza gar keine Tiere und wenn, dann höchstens gut durchgebraten, denn das Ding ist - wie könnte es auf Ibiza anders sein - eine Bar mit angeschlossenem Club.

Da weder Christians Geldbeutel noch die Restaurantauswahl in San Antonio ein Fünf-Gänge-Dinner zuließ, wollten wir in eine Pommesbude.

Im Ruhrgebiet gibt es die ja an jeder Ecke, aber wie wir schnell feststellen mussten, schienen auf Ibiza *die Vorzüge einer Pommesbude** gänzlich unbekannt.

*1. Wie ein Gourmetrestaurant hat eine Pommesbude nur eine eingeschränkte Speisekarte, aber zudem den Vorteil, dass sich das Sortiment nie ändert. Daher ist der Koch ein absoluter Spezialist was seine Speisen angeht und weiß alles über die richtige Kartoffelsorte, die passende Fettauswahl und die Kunst des Frittierens.

2. Eine ordentliche Pommesbude serviert die Pommes in einer Tüte. Wie wir später noch beweisen werden, ist das entscheidend für den Geschmack der Pommes.

3. Bei einer Pommesbude, die im Freien steht, diffundiert der Fettgeruch in die Luft anstatt in die Inneneinrichtung. Deshalb stinkt so manches Restaurant nach abgestanden Fett, die Pommesbude hingegen duftet lieblich hungerfördernd.

4. Die klassische Pommesbude in einem Imbisswagen hat zudem den Vorteil, dass sie für die ausgewogene Ernährung in einem Viertel sorgt, denn während McDoof jeden Tag um Kunden quengelt, ist der Imbisswagen nur einmal in der Woche vor Ort.

5. Hinter einer Pommesbude steht im Regelfall ein Kleinunternehmer, der die Pommes persönlich kredenzt. Die Restaurantkonzerne hingegen beschäftigen dafür Aushilfen, die sich nach einer halbstündigen Einweisung schon *Vize-President of French-Fries-Production* in Wattenscheid-Ost nennen dürfen.

Mangels Pommesbude einigten wir uns auf KFC und weil schon bei der kleinsten Hungerattacke der Magen mehr zu sagen hat, als das Hirn, bestellten wir das größte verfügbare Menü. Und das ist im KFC nun mal *ein verhängnisvoller Fehler**.

*Das beweist mal wieder, wie sehr Gott beim Erschaffen des männlichen Geschlechts gepfuscht hat. Vielleicht hat er ja in der Götterschule in Biologie, Psychologie und Philosophie gepennt, wahrscheinlicher ist jedoch, dass er nebenbei ein paar Engelsrundungen hinterhergeschaut hat, während er Adam zusammenschusterte.

Kaum hatten wir unser Menü bestellt, stand es auch schon vor uns, so was nannte man Ultra-Fast-Food. Uns schwante sofort, dass wir uns geringfügig übernommen hatten. Das Menü hatte die Größe einer Persil-Waschmitteltonne aus den 70ern, gefüllt mit einer *leblosen Hühnerwohngruppe**.

**Unser schlechtes Gewissen meldete sich.
Doch auch unser Hunger.
Natürlich gewann der Hunger. Trotzdem ist es erschreckend, dass man mit einer einzigen Mahlzeit so viele Hühnerleben auslöschen kann. Hierfür möchte ich mich bei allen hinterbliebenen Hähnen und Hennen entschuldigen und gelobe Besserung.*

Nach dem Essen fühlten wir uns wie Beth Ditto. Leider konnten wir uns nicht ganz so damenhaft benehmen, da wir zu der Hühnerwohngruppe zweieinhalb Liter Cola geschenkt bekommen hatten und diese bis auf den letzten Rest austranken. Schließlich mussten wir den anderen Restaurantgästen mal demonstrieren, dass gegessen wird, was auf den Tisch kommt.

Zu unserer großen Überraschung kamen trotz der englischen Invasion der Insel zwei deutsche Touristinnen ins KFC. Wie wir mitanhören durften, wollten sie auch etwas Gesundes bestellen und einigten sich auf einen Salat mit zwanzig Hähnchenteilen.

Eine Nanosekunde nach dem Essen holten sie ihre Handys heraus und saßen sich von nun an schweigend gegenüber. Offensichtlich brauchten sie sich nicht mehr, denn sie waren ja online. Bei der Intensität mit der sie herumtippten, konnte es sich nur um Facebook handeln. Oder sie waren total auf dem Retro-Trip und schrieben eine E-Mail.

Mündliche Kommunikation ist seit der Erfindung des Internets total überbewertet. Wer braucht die auch noch, jetzt wo es *Facebook** gibt?

*Ich bin übrigens der festen Überzeugung, dass Tiere Facebook weitaus sinnvoller nutzen würden. Sie würden ihren Artgenossen nämlich keine bescheuerten Nachrichten senden, in denen sie beschreiben, was sie heute zum Frühstück gegessen haben, sondern ihnen mitteilen, wo diese leckeren Sachen zu finden sind. Oder nehmen wir Insekten: Die würden sich verabreden, um gemeinsam ein altes, liegengebliebenes Apfelkerngehäuse in ihren Bau zu tragen und nicht, um mit fünftausend Leuten vor einem Haus zu stehen, weil sie mal wieder versehentlich zu einer Party eingeladen wurden.

Da wir noch ein Hit-Album fertigzustellen hatten, nahmen wir Abschied von unserer Hühnerwohngruppe und besorgten im Supermarkt die übliche Wagenladung Eiswürfel samt Bier und karrten das Zeug in den Lift. Dank unserer Vorarbeit lief das inzwischen wie auf Schienen.

An der Kasse hatte Christian zwar etwas besorgt auf sein Portemonnaie geblickt, aber nach dem ersten kalten Bier war das schnell wieder vergessen.

Wir fingen einen Song an, von dem wir gar nicht wussten, was er sollte. Kein Wunder, unser Körper war voll und ganz mit der Verdauung beschäftigt. Und so kamen wir auf die völlig wahnwitzige Idee, einen *Verdauungsspaziergang** zu unternehmen.

*Noch nie in der Geschichte der Menschheit hat ein Verdauungsspaziergang irgendetwas gebracht, außer zusätzlichen Komplikationen. Diesen Umstand teilt der Verdauungsspaziergang übrigens mit dem Verdauungsschnaps.

Damit wir neben dem Pacha und dem falschen Hard Rock Cafe wenigstens eine dritte Sehenswürdigkeit von Ibiza zu sehen bekamen, entschlossen wir uns, zum Café del Mar zu gehen.

Kaum hatte ich meinen Rucksack mit absolut lebensnotwendigen Utensilien gepackt, *gingen wir auch schon los**.

*Kennen Sie diese Leute, auf die man im Urlaub immer warten muss? Tja, ich war mit genau so jemandem verreist.

Schon bald kamen wir an einem steinigen Strand vorbei. Darauf folgte ein zweiter steiniger Strand und nach einem weiteren Abschnitt steinigem Strand wurde es auf dem nächsten voller und voller. Genau wie das Publikum, das auf irgendwelchen Felsbrocken herumstand und mitgebrachte Alkoholika in überdimensionierten PET-Flaschen vertilgte. Schätzungsweise jeder Nullkommafünfte hatte einen Ghettoblaster dabei, weswegen wir uns in etwa so fühlten wie auf einer Kirmes mit Schwerhörigen. Dagegen war das Oktoberfest das reinste Dorffeuerwehrfest. Wie wir feststellten, waren alle wegen des gerade beginnenden *Sonnenuntergangs** hierher gepilgert.

*Ich kann mir im Übrigen nicht vorstellen, dass jemals ein Mann freiwillig - das heißt ohne von einer weiblichen Person dazu genötigt zu werden - Interesse an einem Sonnenuntergang hatte. Falls tatsächlich Frauen aus Versehen oder besonderer Klugheit dieses Buch lesen, ihr müsst jetzt für einen kleinen Moment mal ganz, ganz stark sein: Das mit dem Sonnenuntergang war definitiv nur ein Trick, um euch rumzukriegen und endlich den Deckel draufzumachen. Es ist in etwa vergleichbar mit einem von der Frau vorgetäuschten Orgasmus, nur dass wir Männer beim Sonnenuntergang nicht stöhnen müssen.

Überall standen Menschen in Partylaune, was uns ganz depressiv machte. Man musste sich durch die Meute drücken wie wir die Hühnerwohngruppe durch unseren Enddarm. Dabei waren wir noch nicht mal am Café del Mar! Wie voll musste es dort erst sein!

Gar nicht, wie wir ein paar Meter weiter feststellten. Totale Leere. Niemand saß dort.

Es war wie auf einer Party der Piratenpartei. Alle trinken Mitgebrachtes und die Veranstalter gehen Pleite. Macht ja nix, gibt ja genügend andere.

Doch wir waren aus anderem Holz geschnitzt: Aus einer Mischung aus Solidarität, Gutmenschentum und Erschöpfung setzten wir uns auf die Terrasse.

Die anderen schauten uns an, als ob wir total bescheuert wären, aber das war uns egal.

»Was für Schnorrer!«, sagte ich. »Wir hingegen sind ehrbare Ritter des Kapitalismus, oder?«

Christian nickte, allerdings nur solange, bis er mir die Speisekarte hinschob. »Hast du gesehen wie teuer das hier ist?«

Ich warf auch einen Blick auf die Karte und mir wurde sofort schwindlig. »Verdammt, wir sind für den falschen König in den Krieg gezogen.« Ich stand auf. »Lass uns sofort hier verschwinden.«

Exakt in dem Moment kam ein Ober an unseren Tisch und blickte uns an, als seien wir zu doof, wie die anderen zwischen den Steinen zu stehen und selbstmitgebrachte Getränke zu konsumieren. »Deutsche, oder?«

Wir nickten, denn er war unverkennbar ein Landsmann.

»Wenn ihr hier sitzt, müsst ihr auch was bestellen.«

»Ich steh doch schon, oder?«, antwortete ich.

»Aber dein Kollege sitzt.« Er deutete auf Christian. »Also?«

»Ich hätte gerne eine Cola, por favor.« Ich hatte nur die Preise für Wein und Sekt gesehen und eine Cola war bestimmt deutlich billiger.

»Und der andere Herr?«, fragte der Ober.

»Ich nehme auch eine Cola, bitte mit Zitronenscheibe.«

»Die kostet aber extra.«

Christian seufzte. »Dann ohne.«

»Das macht vierzehn Euro. Und bitte gleich bezahlen.«

»Wir wollten eigentlich nur zwei kleine Cola.«

»Sag ich doch, vierzehn Euro.«

»Aber im Supermarkt *nebenan kostet das nur ein Zehntel!**«

»Sieht das hier aus wie ein Supermarkt?«

Christian schob ihm fünfzehn Euro hin, der Ober steckte die Scheine ein und ging, ohne uns das Wechselgeld zu geben.

*Dieses Geschäftsgebaren erinnerte mich fatal an die Musikindustrie, mit deren Aneinanderreihung von Fehlern man ganze Managementbücher füllen könnte. Der Hauptgrund für das Totalversagen der Musikindustrie ist jedoch, dass dort schlicht und einfach keine Menschen mehr arbeiten, die an Musik interessiert sind. Man findet dort nur noch Controller, die sich pseudojugendlich gerieren, aber einen Hit nicht mal erkennen würden, wenn er ihnen mit dem Arsch ins Gesicht springt.

Dafür können die Controller Zahlen so toll hin- und herschieben, dass viele immer noch glauben, die Musikindustrie sei wirtschaftlich irgendwie relevant. In Wirklichkeit macht die gesamte deutsche Musikindustrie nur noch den Umsatz eines gewöhnlichen McDonalds-Drive-in an einem Sonntagnachmittag. Der einzige Unterschied ist, dass im Drive-in weniger Leute arbeiten, die sich wichtig nehmen.

Die nächsten zwanzig Minuten geschah absolut gar nichts und während wir so vor uns hin verdursteten, betrachteten wir den Sonnenuntergang. Er war so unspektakulär wie in Castrop-Rauxel.

Weil Christian immer stiller wurde, dachte ich erst, er würde den Sonnenuntergang romantisch finden, doch dann fiel mir auf, dass er weiß wie Schnee war.

»Was ist denn los?«, fragte ich.

»Mir geht's gar nicht gut«, stöhnte Christian. »Irgend so eine Säure klettert ständig meinen Hals hoch und bei jedem Schluck brennt mein Magen wie Hölle.«

Ich holte das internationale Diagnosehandbuch aus meinem Rucksack und blätterte darin. »Klingt nach Sodbrennen in Tateinheit mit Gastritis«, diagnostizierte ich schließlich. »Die Ursachen dafür sind zu viel Alkohol, fettiges Essen, Koffein.«

»Komisch«, antwortete Christian. »Nichts davon trifft auf uns zu.«

Ich musste an die Badewanne voller Bier, die frittierte Hühnerwohngruppe und die Unmengen Cola aus dem KFC denken, die wir in uns hineingestopft hatten und gab ihm recht. »Jeder Engländer ernährt sich ungesünder. Und solange die keine Gastritis haben, können wir die auch nicht haben.«

Nach einer weiteren gefühlten Ewigkeit kam endlich unsere Cola. »Das ist doch ein altes Hausmittel gegen Magenprobleme«, sagte Christian und trank das Glas in einem Schluck leer. Ich tat es ihm nach und sofort brannte auch mein Magen dermaßen, als würde die freiwillige Feuerwehr von San Antonio dort ihre Löschübungen durchführen.

»Das liegt am frischen Orangensaft von heute Morgen«, behauptete Christian.

»Du hattest doch gar keinen«, ächzte ich. »Und dir geht es noch mieser als mir.«

»Du siehst aber auch grad aus wie der Tod.«

Das ist ein Satz, den man zu einem Hypochonder besser nicht sagen sollte.

Denn ich kippte vornüber auf den Tisch.

Als ich ein kleiner Junge war, sagte ich zu meinem Vater: 'Wenn ich erwachsen bin, werde ich ein Musiker.' Und mein Vater antwortete: 'Du kannst nicht beides tun, mein Sohn.'
Chet Atkins, Countrymusiker

14

San Antonio, Freitag, 24.06., 21:27

Da Ohnmächtige nur bedingt zum Geschichtenerzählen geeignet sind, mache ich mal weiter. Man konnte ja über den Ober sagen, was man wollte, aber er war sofort bei uns. »Besoffene dulden wir hier nicht!«

»Wir sind nicht besoffen!«, widersprach ich. »Jedenfalls nicht richtig.«

Der Ober lehnte sich näher zu mir. »Ich geb euch eine Minute, danach hole ich die Polizei.«

Da es sich im Gefängnis eher schlecht musizieren ließ, gab ich klein bei, rüttelte Thomas wach, schleppte ihn zum Strand und setzte ihn auf einen der Felsbrocken.

»Und unbequeme Stühle haben die auch noch in dem blöden Café del Mar«, fluchte ich und rieb mir den Kopf.

»Wir sind rausgeschmissen worden.«

»Echt? Haben wir randaliert, oder was?« Ich war fast ein wenig stolz, das hatte ich uns gar nicht zugetraut. Vielleicht wurden ja doch noch echte Musiker aus uns.

»Du bist zusammengeklappt«, entgegnete Christian.

Ich seufzte. »Wahrscheinlich haben wir eine Hühner-Cola-Alkoholvergiftung.«

»Und was machen wir jetzt?«

»Einen Frontalangriff mit Medikamenten!« Das war leicht gesagt, doch unvorsichtigerweise ruhte mein Notfallkoffer im Hotel und meine Survival-Apotheke, die ich in den Rucksack gepackt hatte, verfügte zwar über ein vollständiges OP-Besteck, jedoch nicht über Pillen gegen Vergiftungen.

Panik stieg in mir auf. Und jetzt hielt sich auch noch Christian mit schmerzverzerrtem Gesicht den Bauch. Sofort spürte auch ich höllische Magenschmerzen. Es fühlte sich an, als hätte ich ein Alien im Bauch, das reif zum Schlüpfen war. Wahrscheinlich hatten wir nur noch wenige Minuten zu leben!

Und schon kippte Christian zur Seite, als habe man ihm die Luft rausgelassen. Der Fall war so eindeutig, ich konnte mir den Blick in das internationale Diagnose-Handbuch sparen. Er war im *Kentucky-Delirium**.

---

*Der übliche Zustand nach dem Verzehr von mehr als neun frittierten Hähnchenstücken der Firma Kentucky Fried Chicken. Typische Symptome sind fortgeschrittene Bewegungsunfähigkeit, Apathie und das Gründen von Bon-Jovi-Fanclubs.

Um Hilfe zu holen, versuchte ich, Ibiza-Paul auf dem Handy anzurufen, doch weil jeder vor dem Café del Mar ein Foto des Sonnenuntergangs gleichzeitig bei Facebook, Snapchat und Instagram hochlud und parallel dazu mit seinen besten Freunden telefonierte, war das Handynetz total *überlastet** und ich kam nicht durch.

Panisch blickte ich wieder zu Christian. Er war immer noch ohnmächtig und inzwischen so weiß, wie die gebleachten Zähne von Heidi Klum. Und ich sah wahrscheinlich nicht besser aus.

*Ich möchte an dieser Stelle noch mal kurz die Zeit vor meinem eventuellen Ableben nutzen, um etwas zum Thema Handybenutzung loszuwerden. Herr Moritz Knigge (ein Nachfahre des berühmten Freiherrn von Knigge) sagte kürzlich in einer Fernsehsendung, dass er die Privatisierung des öffentlichen Raums für eines der größten Probleme unserer Zeit hält.

Ich muss ihm zu dieser Aussage wirklich gratulieren, denn ich möchte im Supermarkt nicht mehr mit anhören müssen, wie eine Dame mit Skelettfigur und einem verblichenen Tattoo auf ihrem unbekleideten Oberarm in ihr Handy brüllt, dass die kleine Chantalle ja wohl auch Jürgens Tochter sei und er ruhig mal die Wiederholung der Sendung Frauentausch sausen lassen könne, um sie vom Kindergarten abzuholen.

Überhaupt finde ich, der ständige Austausch von Informationen am Handy in der Öffentlichkeit ist reine Wichtigtuerei. Wie gerne erinnere ich mich an einen Aufkleber, der früher an Telefonzellen angebracht war und der heute noch viel sinnvoller auf Handyverpackungen geklebt werden könnte: FASSE DICH KURZ!

Ein großer Satz der deutschen Nachkriegsgeschichte der nicht in Vergessenheit geraten sollte. Vor allen Dingen nicht in meiner Situation!

Jetzt musste ich schnell handeln! Kurzerhand nahm ich meinen iPod aus der Survival-Apotheke, steckte Christian die Kopfhörer ins Ohr, drehte auf volle Lautstärke und spielte *den schlimmsten aller möglichen Songs** ab.

*Welcher das war, erfahren Sie übrigens, wenn ich später meine persönliche Top 10 des Grauens vorstelle. Der Song war auf alle Fälle so furchtbar, dass ich sofort aufwachte und mir die Kopfhörer aus den Ohren riss.

Ich half Christian hoch, auch er wollte diesen Ort so schnell wie möglich verlassen. Ich stützte ihn beim Gehen ab und langsam kamen wir voran, Schritt für Schritt.

Genaugenommen schafften wir innerhalb von fünfzehn Minuten exakt zwei Schritte. Wenn das so weiterging, würden wir die nächste Silvesterparty irgendwo in der Steinwüste Ibizas feiern.

Christian wurde immer schwerer und ich fühlte mich total schlapp. Dabei war ich früher ein großartiger Sportler gewesen, zehntausend Meter hatte ich mit links absolviert, aber kaum setzt man mal fünfzehn Jahre mit dem Training aus, verkrümeln sich schon die Muskeln. Ich schaffte mit letzter Kraft einen halben Meter, dann musste ich mich zwischen Kreislaufkollaps und Weiterschleppen entscheiden.

Ich entschied mich für den Kollaps, aber mein Körper weigerte sich und taumelte weiter.

Dann wurde Christian wieder bleich und fiel erneut in Ohnmacht. Ich fühlte seinen Puls – beziehungsweise fühlte ihn nicht – und wusste sofort, dass hier selbst die schlimmste Musik der Welt nicht mehr helfen konnte.

Nein, auch nicht das letzte Album vom Wendler.

Ich packte meine Survival-Apotheke und setzte Christian eine Atropin-Spritze in den Bauch. Sofort kam er wieder zu sich. »Ich muss was beichten«, sagte er. »Heimlich fand ich Bon Jovi schon immer super.«

Ich verabreichte ihm eine zweite Spritze und alles war wieder gut.

Schon kurz darauf konnten wir uns wieder auf den Weg machen. Christian ging es von Minute zu Minute besser, aber je tiefer ich in meinen eigenen Körper hineinhorchte, desto deutlicher bemerkte ich schwere Erschöpfungssymptome. Als auch noch 'Living on a prayer' aus irgendwelchen Boxen dröhnte und ich mit dem Fuß *mitwippte**, ließ ich mir von Christian präventiv drei Spritzen verpassen. Danach war ich musikalisch wieder zurechnungsfähig, allerdings auch wach wie eine Nonne im Männerkloster.

*Tatsächlich hatte Thomas schon mit meinem Handy den Bon-Jovi-Fancluberöffnungsantrag von der KFC-Homepage heruntergeladen und war kurz davor gewesen, diesen auszufüllen, als ich ihm die Spritzen verpasste.

Da wir äußerst vernunftbegabte Wesen waren, beschlossen wir, uns von jetzt an gesund zu ernähren. Dem standen nur zwei Dinge im Weg: Unsere gut gefüllte Bierbadewanne und die englische Okkupation San Antonios. Wir überlegten, sämtliche Alkoholika in unserem Besitz den Pool-Okkupanten zu schenken, wollten jedoch nicht für deren Suchtkarriere verantwortlich sein. Daher beschlossen wir in einem Akt der Selbstaufopferung, das Bier selbst zu trinken. Nach dem ersten Schluck merkten wir, dass die Magenschmerzen nicht schlimmer wurden.

Zwei Stunden später waren wir voll wie zwei chinesische Staudämme und hatten *'Manchmal'** geschrieben.

*Das ehrlichste Lied der Platte, oder das einzige, bei dem wirklich jedes Wort gelogen ist. So genau wissen wir das leider nicht mehr, kein Wunder in einer Welt wie dieser, voller Misstrauen, Zwietracht, illegalen Waffengeschäften, Atombedrohungen, Kim Jong-un und Hartmut Engler.

> Es ist nicht anzunehmen, dass die Musik von Bon Jovi die Folge eines Wunsches nach künstlerischem Ausdruck ist.
> *Max Goldt*

15

San Antonio, Samstag, 25.06., 10:23

Ich war gerade eingeschlafen, als sich plötzlich die Hotelzimmertür öffnete und alle jemals in meinem Leben vertilgten Hühner vor mir standen. Sie waren von den Toten auferstanden und wollten mich mit ihren spitzen Schnäbeln in die Hühnerhölle picken, aus der sie kamen.

Spontan wollte ich mich mit Messer und Gabel bewaffnen, doch ich saß ja nicht in einem Restaurant, sondern in einem Hotelzimmer, in dem es nicht mal einen Kühlschrank gab.

Weil dieser geniale Plan also scheiterte, sprang ich über unseren Balkon auf die Straße, die Hühner mir hinterher. Jene, bei denen ich nur die Wings gegessen hatte, plumpsten hilflos auf den Boden. So war es nun mal mit der körperlichen Wiederauferstehung. Auch nur Pfusch.

Doch es gab noch genügend andere Hühner, die mich verspeisen wollten.

Ich rannte über die Straße, die halben Hähnchen nahmen die Verfolgung auf, kippten jedoch in der ersten Kurve mangels Stabilität um.

Jetzt blieben nur noch die Nuggets aus meiner McDonalds-Jugend übrig. Wie Zombies robbten sie hinter mir her. Nichts an ihnen fehlte, und doch waren sie Untote. Was immer da drin war, es stammte nicht von einem Huhn. Ich beschloss, das Zeugs nie wieder zu essen.

Falls ich überhaupt noch dazu kam.

Ich hängte die robbenden Chicken-Zombies ab, rannte zurück zum Hotelzimmer, doch die Tür war verschlossen. Panisch hämmerte ich an der Tür, hörte die Zombies schon mit ihren scharfen Krallen die Treppe hochkommen. Als sie mich schon fast erreicht hatten, öffnete sich endlich die Zimmertür. Ibiza-Paul stand im Türrahmen und brabbelte irgendetwas Unverständliches.

Und ich wachte auf.

Es klopfte an der Tür, schnell, diabolisch streng.

Jene Leute, die in Hollywoodfilmen immer als Erste sterben, hätten nun den Fehler gemacht, die Tür zu öffnen. Also blieb ich liegen.

Im Gegensatz zu Christian. Er war anscheinend nicht so filmaffin wie ich, stand auf und bevor ich etwas sagen konnte, öffnete er die Tür.

Hätte der Teufel persönlich dahinter gestanden, ich wäre nicht überrascht gewesen.

Wie in meinem Traum war es allerdings nur Ibiza-Paul. Er kratzte sich am Sack und brabbelte etwas

Unverständliches. Nachdem er unsere Badewanne um zwei Bier erleichtert hatte, war er endlich in der Lage, einen klaren Satz zu formulieren. »Was war denn gestern los?«

»Ich hab den Mikroständer geholt und bin nicht mehr in die Disco reingekommen«, sagte ich.

»Selbst schuld«, sagte Ibiza-Paul. »Wo ich gerade meine Spendierhosen angezogen hatte.« Er holte sich drei weitere Bier aus der Badewanne. »Ist übrigens bald leer, ihr solltet mal auffüllen.« Er reichte uns zwei Flaschen und stieß mit uns an. »Die wollen im Hard Rock Cafe übrigens den Mikroständer wiederhaben. Es sei eine unschätzbar kostbare Devotionalie. Wie bist du überhaupt auf die Idee gekommen, den zu klauen?«

»Du hast gesagt, ich soll den mitnehmen!«

»Und wenn ich dir jetzt sage, du sollst eine Bank überfallen, machst du das dann auch?«

Vielleicht lag es an der frühen Morgenstunde, aber Ibiza-Pauls Argumentation klang irgendwie bestechend.

Er klatschte in die Hände. »Vamos! Wir gehen erst im Hard Rock Cafe vorbei und dann an den Playa Antitextil. Damit ihr mal braun werdet.«

»Antitextil?«, wiederholte Christian. »Das klingt irgendwie verlockend.«

Auch diese Argumentation klang in dem Moment schlüssig. Wahrscheinlich waren das die Nachwirkungen des Atropins.

Wir packten den Mikroständer ein und gingen los. Viel zu spät erst sah ich, dass die Karottenfrau vor dem Eingang des Hard Rock Cafes stand. Ich wollte noch flüchten, doch sie hatte mich schon erkannt. Sofort lief sie auf mich zu, »Stalkst du mich schon wieder?«

Ich schüttelte den Kopf.

»Weißt du jetzt wenigstens, wo das Pussycat ist? Du hast doch versprochen, das herauszufinden.«

Ich erklärte ihr den Weg so überzeugend, dass ich beinah selbst daran geglaubt hätte und sie ging ihres Weges.

Tja, so löst man Probleme.

Im Hard Rock Cafe behaupteten wir, die Translokation des Ständers sei die logische Folge der zu vielen Transfette in den Pommes, gaben ihn zurück und bestellten je einen Gemüseteller, ein Tomaten-Gurken-Sandwich mit Fleischbeilage und einen Hopfensaft. Irgendwann mussten wir ja mal anfangen, uns gesund zu ernähren. Schließlich waren wir Gevatter Tod gerade noch mal von der Schippe gesprungen.

Während wir uns mit Ibiza-Paul über die angesagtesten Diäten auf Ibiza unterhielten, kam die Bedienung an unseren Tisch. »Dreimal *Pommes** mit Hamburger und Bier?«

Wir reckten strahlend unsere Hände. »Ist für uns.«

Tja, so ist das eben, wenn man ziemlich gut darin ist, sich immer neue Vorsätze auszudenken, aber ziemlich schlecht, sie dann auch umzusetzen.

---

*Die Pommes konnte man inzwischen tatsächlich essen. Ich ging noch einmal zur Nachjustierung in die Küche und brachte den Kollegen meine zweite Pommes-Weisheit bei:

Dreiundzwanzig Prozent des Pommesgeschmacks stammen nämlich von der Pommestüte. Die falsche Pommestüte kann den Geschmack also völlig ruinieren. Denn die Tüte bindet überschüssiges Fett und sorgt dafür, dass die Pommes sich wie Schäfchen gegenseitig warmhalten und nicht so schnell auskühlen. Deswegen schmecken Pommes im Restaurant niemals so gut wie in einer Fritten-Ranch.

Außer das Restaurant beweist seine Pommes-Kompetenz und serviert die Pommes in Tüten.

Anschließend packte Ibiza-Paul uns in seinen Ford Transit und brachte uns an einen ziemlich kargen Landstrich, in dem sich ziemlich karge Menschen in ziemlich karger Kleidung herumtrieben.

»Das ist ja ein FKK-Strand«, bemerkte ich, da ich mit besonders schneller Auffassungsgabe gesegnet war.

»Logisch ist es das«, sagte Ibiza-Paul. »Oder was meinst du, was *Playa Antitextil** heißt?«

Wie immer hatte er recht. Wir legten uns in eine abgeschiedene Ecke der Bucht und zogen uns bis auf die Badehose aus.

»Was ist denn das?« Ibiza-Paul blickte uns so herausfordernd wie splitternackt an. »Hosen runter!«

»Äh, ich erkälte mich so leicht«, erklärte ich.

»Wo? Unter der Badehose?«

»Außerdem gibt es hier bestimmt Sandflöhe«, versuchte ich eine neue Ausrede. »Und ich weiß ganz genau, wo die besonders wehtun.«

»Und was ist mir dir?« Er deutete auf Christian.

»Ich bin nicht in der DDR großgeworden.«

Ibiza-Paul seufzte. »An den Playa-Antitextil wollen, aber prüde sein wie zwanzig Nonnen!«

Ich war mir zwar sicher, dass sich unter zwanzig Nonnen bestimmt eine fand, die weniger prüde war, als wir, aber wir brachen unseren Strandbesuch trotzdem ab und ließen uns von Paul wieder nach San Antonio fahren. Toller Ausflug!

*Nudisten sollen ja unter ernsthaften Nachwuchsproblemen leiden. Nach dem letztem Dönerskandal kann ich das durchaus verstehen: Wer will schon was mit Gammelfleisch zu tun haben?

Es hat für mich auch nichts mit Freiheit zu tun, wenn ich mir die ausgeleierten Körper anderer Menschen anschauen muss. Es reicht doch schon, wenn ich mir das jeden Tag im Spiegel mit ansehen muss!

Nebenbei bemerkt ist das die einzige Errungenschaft des Fernsehens: Von diversen Talkshows und Pseudo-Reality-Shows mal abgesehen, gehen uns dort niemals körperliche, sondern nur geistig hässliche Menschen auf die Nerven. So bleibt uns wenigstens im Fernsehen der Anblick von Körperteilen, die wie angeknabberte Fladenbrote aussehen, erspart.

Da wir nicht zum Fladenbrotbacken hier waren, sondern zum Musikmachen, setzte uns Ibiza-Paul schon bald wieder vor unserem Hotel ab. »Könnt ihr mir ein paar Kröten leihen?«, fragte er. »Meine Rente kommt erst nächsten Monat.«

»Die Rente kommt immer erst nächsten Monat«, antwortete ich. »Das ist beim Gehalt auch so.«

»Ein paar Kröten werdet ihr doch für mich übrig haben, oder?«

»Wie viel denn?«

»Ich dachte so an zweihundertfünfzig Euro, für den Eintritt ins Pacha. Schließlich ist heute Samstagabend und die Mädels von gestern wollen uns unbedingt wiedersehen.«

»Welche Mädels?«, fragte Christian.

»Eine hat sich auf der Bühne vor dir fast ausgezogen. Knackige fünfundzwanzig, Brüste wie Apfelsinchen ...«

Anscheinend hatte Christian noch andere *Jobs**, von denen ich nichts wusste, auf alle Fälle holte er beim Wörtchen *Apfelsinchen* einen zweiten Geldbeutel heraus und gab Ibiza-Paul die Kohle.

*Okay, ich gebe es zu, ich hab neben meinen Tätigkeiten als Brotbäcker und Busfahrer noch als Backfischbrater gearbeitet.

Von diesen Einkünften habe ich mir eine eiserne Reserve angelegt, um sie vor den Hells Angels, der Deutschen Bank und meiner eigenen Dummheit zu verstecken.

Die ging jetzt allerdings auch zur Neige. Also nicht meine Dummheit, sondern die eiserne Reserve.

Im Übrigen wäre eine Auflistung der Jobs, in denen ich bisher beschäftigt war, und die mit weniger als fünf Euro pro Stunde bezahlt wurden, so endlos wie die längste Single der Welt. Und fast so widerwärtig.

Ohnehin ist es wesentlich kürzer, jene Jobs aufzuzählen, in denen ich noch nicht gearbeitet habe: Bankkaufmann, Bahnschaffner und Bundeskanzlerin.

»Dann seht mal zu, dass ihr heute Abend ordentlich Standgas habt«, sagte Ibiza-Paul. »Schließlich kann ich nicht schon wieder jede Runde schmeißen.«

Da Ibiza-Paul offensichtlich den Eintritt übernehmen wollte, versprachen wir, seinem Rat zu folgen und holten eine weitere Fuhre Bier on Ice aus dem Supermarkt.

Es lief super: Das Bier in Strömen, die Klimaanlage auf Hochtouren und der Song den wir schrieben, in jeder Disco rauf und runter.

Jedenfalls in unserer Fantasie. Zu diesem Ding konnten selbst wir tanzen, und das war gewissermaßen ein Wunder, denn wir gehören zu jenen aussterbenden Männern, die sich erfolgreich einem Tanzkurs verweigert haben. Und so hieß der Song wie das, was nach oben geht, wenn der Refrain kommt: *1000 Hände**.

*In Wirklichkeit jedoch eine Anspielung auf die durchschnittliche Anzahl von Händen pro Nacht an den Brüsten einer ibizenkischen Liebesdienerin. Eine Electro-meets-Swinger-Club-Hymne, die erst durch die koitierende Konnotation ihre wahre Gestalt offenbart.

> Wenn ich einen Fernseher aus dem Hotelzimmer werfen will, dann bringe ich meinen eigenen mit.
> *Johnny Rotten, Sex Pistols*

16

San Antonio, Samstag, 25.06., 23:24

Später am Abend und unpünktlich wie ein Maurer klopfte Ibiza-Paul an unsere Tür. »Heute gibt es Tapas«, sagte er. »Aber nicht dort, wo die ganzen Touristen rumlungern, sondern nur die Einheimischen.«

Bis auf Frau Hola-Quetal hatten wir auf Ibiza noch überhaupt keine Einheimischen gesehen. Neben den Urlaubern schienen sich auf der Insel hauptsächlich hängengebliebenen Ex-Touristen aufzuhalten, die sich als Profi-Aussteiger fühlten, obwohl sie nur ihren Pass verloren hatten oder vergessen, ihn zu verlängern.

Oder zu doof dazu waren.

Wir waren dementsprechend gespannt und folgten Ibiza-Paul zur 'besten Tapas-Bar der Welt'. Beim Blick auf die Karte beschlichen mich erste Zweifel, doch wahrscheinlich lag es nur an meiner kulinarischen Unkenntnis, dass ich Speisen wie *Wiener Schnitzel, Rumpsteak, Schweinshaxe mit Sauerkraut* und

Currywurst bisher nicht der Kategorie *Tapas** zugeordnet hatte.

Das meinte zumindest Ibiza-Paul und er hatte auch einen unwiderlegbaren Beweis für seine These: In der Tapas Bar fanden wir die erste und einzige Speisekarte auf ganz Ibiza in Spanisch! Zwar nur in einer Vitrine, aber immerhin!

*Wie wir hinterher feststellten, ist Tapas eine lokale Abkürzung für: In triefendem Altfett panierte abgelaufene Speisereste.

Wir bestellten drei Wiener Schnitzel, die so flach gekloppt waren, wie die *Witze**, die Ibiza-Paul den ganzen Abend erzählte.

*Hier ein Beispiel:
Unterhalten sich zwei Rumänen. Sagt der eine: »Deutschland ist Paradies. Trinkst du morgens ein Prosecco, dann ficken, ficken, ficken, nix arbeiten.«
Sagt der andere: »Ist ja super. Aber wie ist abends?«
Antwortet der Erste: »Abends ist noch besser, trinkst du Flasche Champagner, dann ficken, ficken, ficken und wieder nix arbeiten.«
»Echt? Warst du schon dort?«
»Ich nix, aber meine Schwester.«

Das Wiener Schnitzel schmeckte so sehr nach Calamares, dass ich schon den WWF anrufen wollte, um die Entdeckung der neuen Tierart Schweinefisch zu melden. Leider vereitelte die Bedienung meine Pläne, da sie uns nach der zweiten Bestellung mitteilte, dass das Schnitzel leider ausgegangen sei.

Tja, so ist das Leben als Schweinefisch: Kaum entdeckt, schon ausgestorben.

Wir trösteten uns mit ein paar frittierten Calamares, die nach allem schmeckten, nur nicht nach *Tittenfisch**.

*Ibiza-Paul behauptete hartnäckig, es hieße nicht Tintenfisch, sondern Tittenfisch, schließlich sei das eine Unterart der Octopussys. Da wir wie Gott im Biologieunterricht gepennt hatten, konnten wir ihn leider nicht widerlegen.

Nachdem wir uns ordentlich gestärkt und unsere Leber einer Belastungsprobe in Form des landestypischen, in unseren Gefilden jedoch total unbekannten Jägermeisters unterzogen hatten, machten wir uns per Taxi auf in Richtung Pacha.

Dieses Mal kostete der Eintritt siebenundsechzig Euro pro Person, laut Banderas-Scharping, weil die schwedische House-Mafia spiele und das einen Top-Zuschlag rechtfertige. Jetzt musste man sogar schon dafür zahlen, von der Mafia ausgenommen zu werden! Die nicht mal aus Italien kam, sondern aus Schweden!

Ibiza-Paul zahlte mit dem von uns geliehenen Geld, nahm die Freibons und holte drei Bier. »Damit wären meine Schulden bei dir abbezahlt«, sagte er zu Christian und deutete gleichzeitig auf drei nur unbedeutend bekleidete Vortänzerinnen. »Alter, was für Oschis! Da gehst du kaputt.«

Systembedingt startete der Anblick der Frauen einen Bootvorgang in unserem Hirn und Ibiza-Paul kam mit der Nummer durch. Vielleicht war er doch cleverer, als wir dachten.

Ibiza-Paul behauptete, die Mädels, die es auf uns abgesehen hatten, wären noch viel schärfer. Zwar konnte er sie nirgends finden, aber es war ja noch früh am Abend.

Die nächste Runde gab Christian aus und die folgende Ibiza-Paul auf dem Klo unter dem Wasserhahn. Wie er sagte, sei es überlebenswichtig, in einer Techno-Disco viel Wasser zu trinken. Auf unseren Einwand hin, dass wir gar keine Drogen genommen haben, erklärte er, Alkohol sei ja wohl die schlimmste Droge von allen, das würde man doch schon an dem Geheule von Whitney Houston, Mariah Carey und Elton John sehen und vor allem hören.

Wieder hatte er recht. Dessen ungeachtet wollte er trotzdem noch einen trinken und so gab Christian mir das letzte Geld aus seiner eisernen Reserve und ich ging zur Bar. Während ich dort wartete, bis der Barkeeper mich nicht mehr ignorierte, sah ich drei Hocker weiter die Karottenfrau sitzen. Sie stand sofort auf und stellte sich vor mich. »Deine Wegbeschreibung war voll der Beschiss«, sagte sie. »Ich bin nicht im Pussycat gelandet, sondern im Pussyflat.«

»Ich dachte, du wolltest dahin«, redete ich mich raus.

»Du weißt schon, was das ist, oder?«

»Pussyflat?«, wiederholte ich. »Ein Salon für trendbewusste Katzen?«

»Das ist ein Flatrate-Puff!« Die Karottenfrau stemmte ihre Arme in die Hüften. »Was wolltest du mir denn damit sagen?«

Während ich in meinem Hirn noch nach einer Antwort suchte, schüttete sie mir ihren Wodka-Möhrensaft ins Gesicht und stapfte davon. Zwar klebte der Cocktail auf meiner Haut wie eine Bukkake-Attacke, aber wenigstens hatte ich jetzt die Aufmerksamkeit des Barkeepers.

Ich bestellte drei Bier, brachte sie Christian und Ibiza-Paul und machte mich auf dem WC frisch.

Als ich wiederkam, war Unglaubliches geschehen: Es lief nicht mehr der übliche Ohrdurchfall, sondern ein Song aus den *80ern**: 'People from Ibiza'. Zwecks Tanzertüchtigungen hatte Christian mein Bier Ibiza-Paul gegeben und der hatte es nicht angerührt! Vielleicht war der Kerl in seinem Innersten doch ein Mensch und keine Schmarotzermaschine.

*Die 80er-Jahre waren übrigens nicht halb so bunt und schön, wie sie immer dargestellt werden. Erstens sind nicht alle Menschen im Golf durch die Gegend gefahren und es haben auch nicht alle Netzhemden getragen oder Atari gespielt. Auch waren nicht alle Mädchen in Limahl und die Jungs in Nena verknallt. Und selbst wenn die meisten es sich gar nicht vorstellen können: Es gab damals noch keine Grumpy Cat.

Nicht mal Internet.

Und Handys auch nicht.

Jedenfalls wenn man davon absieht, koffergroße Ungetüme als *Handy* zu bezeichnen.

Zum Telefonieren mussten wir erst mal eine Telefonzelle suchen und konnten uns ohnehin nur ein Ortsgespräch leisten. Das war in etwa so, als müsste man heute Roaming-Gebühren zahlen, wenn man als Schalker nach außerhalb von Gelsenkirchen telefoniert. Schon damals haben es die Telekommunikationsunternehmen also verstanden, uns mit niederträchtigen Tricks das Geld aus der Tasche zu ziehen.

Obwohl sie seinerzeit noch dem Staat gehörten. Aber das hat ja auch nichts zu sagen, oder wie bitteschön lassen sich Hunde- und Sektsteuer rechtfertigen, während der Treibhausgasverursacher Kerosin steuerbefreit ist? Wahrscheinlich nur damit, dass einige Landesväter all das Geld ihrer Untertanen in überflüssige Regionalflughäfen gesteckt haben, die nur deshalb nicht pleite gehen, weil es günstiger ist, mit dem Billigflieger von Hahn nach London zu fliegen, als dann mit der U-Bahn ins Hotel zu fahren. Womit wir wieder beim Problem Ryanair wären.

Ich gesellte mich zu Christian auf die Tanzfläche.

Und während Sandy Marton *den schlechtesten Text der 80er** trällerte, fand ich Ibiza auf einmal doch toll.

*Wir hätten den Text hier ja gerne abgedruckt, aber da Sandy Marton von seinem Text anscheinend nicht mehr hundertprozentig überzeugt ist, hat er uns die Genehmigung dafür nicht erteilt. Doch ich hatte schon eine Idee, wie wir uns rächen konnten. Denn merkwürdigerweise darf eine Coverversion *nicht verboten werden***.

**Ausnahmsweise wäre ich hier mal für ein Verbot, denn das hätte Coverversionen wie 'Knocking on Heaven's Door' von Guns N' Roses, 'Das Boot' von U96 und 'Who the fuck is Alice' von Gompie verhindert.

Einmal fragte ich Axl warum er das 'E' bei seinem Namen weggelassen hatte. Er fing an zu weinen und sagte, er dachte, er hätte das richtig buchstabiert.
Slash, Guns N' Roses

17

San Antonio, Sonntag, 26.06., 02:16

Als Christian und ich von der Tanzfläche wiederkamen, war Ibiza-Paul verschwunden. Stattdessen stand an seiner Stelle ein Typ, der aussah wie David Hasselhoff ohne Locken. Genaugenommen hatte er gar keine Haare mehr oder sie daheim vergessen. »Ihr seid ja richtige Party-Animals«, sagte er und reichte uns zwei Bier. »Was treibt ihr hier auf Ibiza?«

»Wir machen Musik.«

»Ihr seid Musiker?« David Lockenlos lupfte seine fülligen Augenbrauen. »Wollt ihr auf einem Kreuzfahrtschiff Musik machen?«

»Das ist doch viel zu teuer«, winkte ich ab.

»Als Musiker müsst ihr für die Unterkunft natürlich nichts zahlen«, sagte er. »Und Essen ist auch mit drin.«

»Bist du ein Mäzen?« Ich blickte ihn hoffnungsfroh an.

»Mäzen?« Lockenlos überlegte kurz irritiert, doch dann nickte er. »Klar, das war ich doch schon immer.«

»Das klingt ja toll«, antwortete ich. »Aber wir haben hier schon ein Hotel.«

»Das klingt ja toll«, antwortete zeitgleich Christian. »Wir sind dabei!«

»Ja, was denn nun?« David Lockenlos musterte uns.

»Wir fahren mit«, antwortete Christian, während ich ihm auf den Fuß trat.

»Ich kann da nicht mitfahren«, zischte ich zu ihm, während ich zu David Lockenlos sagte: »Wir müssen das mal kurz besprechen.«

Wahrscheinlich geschah das nicht gleichzeitig, sondern hintereinander, aber nach einigen Bier bekommt man das selbst nicht mehr so mit. Ich nahm Christian beiseite. »Mittelmeer, das ist Hochsee«, erklärte ich. »Da gibt es Haie, Killerwale und Makrelen. Und außerdem bekommt man da ganz schnell eine Orientbeule.«

»Orientbeule? Was soll das denn sein? Eine Latte beim Anblick einer Bauchtänzerin?«

»Von wegen, das sind medizinballgroße Geschwüre am ganzen Körper, auch Leishmaniose genannt, weil du am Ende der Krankheit nicht nur wie ein Leichnam aussiehst, sondern einer bist.«

»Du übertreibst doch wieder maßlos«, entgegnete Christian. »Ich finde, die Kreuzfahrt wäre mal eine coole Abwechslung.«

»Und vom Harnröhrenwels hab ich noch gar nicht erzählt«, sagte ich. »Das ist der Schlimmste von allen. Wie der Name schon sagt ...«

»Zufällig hab ich mal als *Fischverkäufer** gearbeitet«, unterbrach mich Christian. »Und Welse sind Süßwasserfische. Also bist du im Mittelmeer sicher vor denen.«

*übrigens auch als Fanta-Cola-Bierverkäufer, als Fachzeitschriften-Anzeigenverkäufer und - haltet euch fest - als Chefredakteur eines Musikmagazins. Selbstverständlich ging das Heft pleite, schließlich hatte ich einen Ruf zu verteidigen.

»Ja, aber das ganze Süßwasser aus den Flüssen fließt doch ins Meer«, sagte ich. »Und mit denen die Welse.«

»Ich dachte, du hast studiert?«, fragte Christian, da er offensichtlich an meiner Intelligenz *zweifelte**.

*Zweifeln hätte ich das in dem Moment nicht mehr nennen wollen.

»Ja, ich hab studiert«, antwortete ich. »Aber nur BWL. Da lernt man nix fürs Leben.«

»Also fahren wir?«, fragte Christian.

Ich nahm einen Schluck Bier. Bisher war das ja ganz gut gelaufen mit der Reise. Wenn man mal von der Hühner-Cola-Alkohol-Vergiftung absah.

»Die Kreuzfahrt katapultiert uns auf eine neue künstlerische Ebene«, sagte Christian. »Lässt unsere Kreativität in Strömen fließen. Und das Bier erst recht. Denn die Kabine hat bestimmt eine Minibar.«

Ich war schlüssigen Argumenten gegenüber schon immer viel zu aufgeschlossen. Also sagte ich: »*Ja**.«

*In Wirklichkeit sagte er: »Na gut.« Aber da will ich mal ein Auge zudrücken. Hauptsache er hat zugestimmt, denn ich hatte keine Ahnung, wie wir die restliche Zeit in Ibiza ohne einen Cent überleben sollten. Und das Album war noch nicht mal halb fertig, also war das Schiff unsere einzige Hoffnung.

Wir drehten uns wieder zu David Lockenlos. »Wir kommen mit«, sagte ich. »Wann geht es denn los?«

»Morgen um sechzehn Uhr.«

»Das ist ja mitten in der Nacht!«, rief ich.

»Was?« Lockenlos blickte mich irritiert an.

»Er meint, das passt super«, sagte Christian.

»Seid rechtzeitig da, sonst fährt das Schiff ohne euch.«

»Klar«, antwortete ich. »Und wir müssen wirklich nichts anderes machen als Musik und nichts dafür zahlen?«

»Bin ich ein Mäzen, oder nicht?«

»Ja, super, dann bis morgen«, sagte ich und schleppte Christian auf die Tanzfläche. Der schwedische Mafia-DJ spielte zwar gerade den *größten Scheiß**, aber das war mir jetzt egal.

*Wahrscheinlich irgendetwas von David Guetta, Guru Josh oder DJ Ötzi featuring Justin Bieber.

Schließlich hatte ich vor einigen Jahren den Grundkurs 'Überleben in der Techno-Disco' mit Bravour abgeschlossen, ihn aber noch nie anwenden können.

Das Ganze ist weitgehend selbsterklärend, weswegen der Kurs auch nur drei Minuten dauert.

Das Prinzip ist so simpel, dass man es selbst noch – oder vor allem – mit drei Promille anwenden kann: Man überträgt übliche Tätigkeiten des Haushalts auf Tanzbewegungen und führt diese aus. Meine besten Moves sind: *Karten geben, Staubsaugen und Flugzeuge einweisen**.

*Besonders gelungen fand ich hingegen: Wäsche aufhängen, Tauchen und mein persönlicher Favorit: beidhändig Fenster putzen.

Klingt komisch, funktioniert aber super. Schon nach kurzer Zeit waren wir von unglaublich gut aussehenden Frauen umringt, die uns einluden, mit ihnen auf der *Frauentoilette schmutzige Spielchen zu spielen**.

*Tatsächlich luden wir sie zu ein paar Drinks ein, was die Frauen allerdings mit einem Hinweis ablehnten, *wir sollten uns ganz schnell verpissen***.

Bei dir war das vielleicht so, aber ich war wirklich mit einer auf dem *Frauenklo*. Trotz des Erfolgserlebnisses fühlte ich mich aus *unerfindlichen Gründen** ein wenig derangiert.

Das würde ich auch, wenn ich mit einem Mann auf dem Frauenklo gewesen wäre. *

****Kann nicht sein, sie hatte *Brüste.******

*****Das ist bei stark übergewichtigen Männern****** so.

*******Schnauze jetzt!*******

*******Wie du mir hinterher erzählt hast, wart ihr genaugenommen auch gar nicht zusammen auf dem Klo, denn als er in der Kabine saß, hast du nicht mehr reingepasst. Bist also im Grunde immer noch Jungfrau.

Wie schon gesagt, fühlte ich mich nach dem Tanzen ein wenig derangiert und schlug vor, nach Hause zu fahren. Von Ibiza-Paul fehlte immer noch jede Spur. Wir riefen uns vor dem Pacha ein Taxi.

Da auch nach langer Wartezeit keines kam, ließen wir uns von der Polizei nach Hause *fahren**.

*Das ist jetzt stark verkürzt. Aber ich hab auch keine Lust, hier zu erzählen, wie das so lief. Auf alle Fälle kann ich sagen, dass es keine gute Idee ist, an ein Bild des spanischen Königs zu pinkeln. Meinen Erinnerungen zufolge schmiss uns die Polizei hochkant aus der Wache, weswegen wir nach Hause liefen und nicht gefahren wurden. Nebenbei bemerkt erklärt das einen gewissen Songtitel.

Da es sich danach nicht mehr lohnte, ins Bett zu gehen, kloppten wir noch schnell einen Song in den Computer: *'Der König geht zu Fuß'**

*Nach unserem Besuch im Pacha und seinem Toilettenerlebnis glaubte Thomas plötzlich, er wäre wieder siebzehn und Italiener. Das fatale Resultat ist hier zu hören.

Italo Disco meets **Neuzeit** oder wie Sandy Marton hätte klingen wollen, aber nie konnte, weil er als Kroate versuchte, in Ibiza Italo-Disco zu machen.

Textlich eine total billige Obrigkeitskritik unter unserem Niveau, im sicheren Wissen, dass wir unsere früheren Leben bestimmt als Hofnarren verbracht haben.

**Es war das Bonbon aus Wurst,
das ihr Glück gebracht
Bonbon aus Wurst, die ganze Nacht
Bonbon aus Wurst, riesengroß
Bonbon aus Wurst, ganz famos.
Tingelingeling ...**
Helge Schneider

18

San Antonio, Sonntag, 26.06., 15:31

Obwohl wir die Nacht durchmachen wollten, waren wir eingenickt wie unschuldige Dreijährige. Als ich auf den Wecker schaute und mich gerade noch mal umdrehen wollte, bemerkte ich, dass uns noch exakt neunundzwanzig Minuten blieben, um auf das Kreuzfahrtschiff zu kommen. Hastig weckte ich Christian und wir packten in affenartiger Geschwindigkeit unser Studio zusammen.

Hier zeigte sich ein komparativer Vorteil unserer Band. Während die Beatles und Rolling Stones noch stundenlang mit dem Abbauen des Schlagzeugs beschäftigt wären, waren wir schon nach fünf Minuten fertig. Kein Wunder, wenn man nur einen

Laptop, ein Mikrofon und einen Mikroverstärker einpacken musste.

Mein Notfallkoffer hingegen kostete wertvolle Minuten. Ich geriet nur kurz in Versuchung, ihn zurückzulassen, bis ich mir *die zehn schlimmsten Krankheiten der Menschheit** in Erinnerung rief.

*Ich kann sie inzwischen auswendig:

10. Tripper nach gutem Sex.

9. Tripper nach schlechtem Sex.

8. Tripper nach gar keinem Sex. Die Krankheit kann nämlich auch durch die Mastdarmschleimhaut übertragen werden.

7. Penisverkrümmung (Induratio penis plastica). Die Ursache ist unbekannt, dafür die Diagnose recht einfach: Der Penis sieht nämlich nach dem Ausbrechen der Krankheit exakt aus wie eine sehr, sehr krumme Banane.

6. Die schon angesprochene Leishmaniose, auch Orientbeule genannt. Kommt in den Tropen vor, aber auch im Mittelmeerraum, vor allem auf den Balearen. Wird von Sandmücken übertragen und von RTL II.

5. Mein Freund der Spulwurm, der sich laut neusten Studien in 1,3 Milliarden Menschen eingenistet hat und dort mal eben pro Opfer 27 Millionen Eier legt. Die weltweite Eierpopulation ist demnach eine Zahl mit so vielen Nullen, dass sie nur Frau Hola-Quetal berechnen kann.

4. Bilharziose, klingt nach dem Klebstoff für ein Ikea-Regal, ist aber in Wirklichkeit ein schneckenähnlicher Egel der durch die Haut in die Leber wandert und sich von dort aus lustig

fortpflanzt, bis der Mensch dem Wahnsinn anheimfällt.

3. Narkolepsie: Narkoleptiker schlafen genau in dem Moment ein, in dem sie versuchen, sich zu konzentrieren. Also beispielsweise während einer Führerscheinprüfung, einem Examen oder dem Elfmeterschießen (Letzteres gilt nur für Engländer).

2. Der ebenso andiskutierte Harnröhrenwels ist auch für eine Krankheit verantwortlich. Dieser heimtückische, schlangenartige Fisch aus dem Amazonas schwimmt nämlich in den Penis von Männern, nistet sich dort ein und kann nur auf extrem schmerzhafte Weise wieder entfernt werden.

1. Der Marburg-Virus. Klingt harmlos, ist aber das gefährlichste Virus der Welt. Löschte bei seiner Entdeckung im hessischen Marburg mal eben die ganze Laborbesatzung aus. Und ist vermutlich die Erklärung für die Existenz von Roland Koch, Volker Bouffier und Moses Pelham.

Uns blieben noch zweiundzwanzig Minuten bis das Schiff ablegte. Vollgepackt rannten wir aus dem Hotelzimmer auf den Flur, wo uns Frau Hola-Quetal über den Weg lief. »Ihr schon vamos?«, fragte sie überrascht.

»Ja, leider«, antwortete Christian und rannte weiter.

Doch dann drehte er sich doch noch einmal um. »Wie kann man die Riemannsche Vermutung beweisen?«

Frau Hola-Quetals Augen begannen zu strahlen. »Du müsse Produkt aus Zetafunktion mit Gammafunktion bilde und s mit eins minus s vertausche, dann ist invariant«, sagte sie. »Rest ist Kinderspiel.«

Christian versprach ihr, sie für den Mathematik-Nobelpreis zu nominieren, dann verabschiedeten wir uns.

Wir rannten hinab zum Hafen. Bei geschätzten vierzig Grad im Schatten eine körperliche Höchstleistung, die selbst *Lance Armstrong** nur mit Doping bewerkstelligt hätte.

*Was auch wieder nichts zu sagen hat. Wahrscheinlich hat Lance Armstrong sich selbst dann gedopt, wenn er aufs Klo musste.

Drei Minuten vor vier erreichten wir den Hafen. Vor uns lag ein riesiges Kreuzfahrtschiff. Schneeweiß glänzte es in der Sonne, dreihundert Meter lang, mindestens zwölf Decks, Wasserrutsche, Kino-Leinwand. In ungefähr einem Wort: Luxus pur. Und dort durften wir umsonst rein?

Ich rannte noch schneller, Christian mir hinterher. Für Außenstehende mussten wir ausgesehen haben wie Speedy Gonzalez samt Zwillingsbruder, mit Koffern bepackt.

Ich schaute in Richtung Sonnendeck. In der ersten Reihe standen ausnahmslos Bikini-Schönheiten, die uns zuwinkten.

Was war das hier?

Das Paradies? Hatte Gott keinen Bock mehr zu warten, bis die Menschen endlich vernünftig wurden und hatte das Himmelreich schon mal vorab vorbeigeschickt?

Mit leichtschürzig bekleideten Engeln, kostenlosen Cocktails und *gegrillten Schweinehälften für alle?**

*Pommes nicht zu vergessen.

In großen Lettern stand *MS Luxuria* auf dem Schiff.

Es war die Inkarnation all meiner Wünsche.

Wir erreichten das Schiffsheck. Das Horn tutete schon.

Nur wo befand sich der Einstieg?

Meine Augen hetzten am Schiffsrumpf entlang, wurden von dessen Weiß fast geblendet. Da! Vorne an der Spitze stand eine Passagiertreppe. Dreihundert Meter entfernt.

Uns blieb nur noch eine Minute.

Wir rannten, wie wir noch nie zuvor gerannt waren.

Noch zweihundertfünfzig Meter.

Zweihundert Meter.

Einhundertfünfzig Meter.

Einhundert Meter

Fünfzig Meter.

Einhundert Meter, weil ich den Notfallkoffer fallengelassen hatte, und ihn wieder holen musste.

Fünfzig Meter.

Vierzig.

Dreißig.

Zwanzig.

Allmählich ging mir die Puste aus.

Zehn.

Fünf.

Und dann wurde die Passagiertreppe eingezogen, die Schiffstür schloss sich, der Motor startete und das Schiff fuhr davon.

Wie die letzten Deppen standen wir am Kai.

Zwischen uns und dem Schiff lagen zehn Meter Meer.

Dann elf, zwölf, ich wollte springen, doch Christian hielt mich zurück.

Wenn es wirklich einen Gott gab, war das ein sadistischer, gemeiner und hinterhältiger *Arsch**.

**Das merke ich mir. Gott.*

**Es gibt keinen Teufel,
nur Gott wenn er betrunken ist.**
Tom Waits

19

San Antonio, Sonntag, 26.06., 16:01

Völlig erschöpft setzen wir uns auf unsere Koffer. Irgendein Glatzkopf kam auf uns zu, winkte.

Ich hatte mit der Welt abgeschlossen, ignorierte ihn.

Doch der Typ stellte sich direkt vor mich. »Was macht ihr denn hier?«, fragte er.

Dann erst erkannte ich ihn. David Lockenlos.

»Wenn ihr noch aufs Schiff wollt, dann aber schnell«, sagte er. »Wir legen gleich ab.«

Christian und ich waren völlig perplex. Hatten wir doch noch eine Chance, dem Schicksal in die Eier zu treten? Wir schnappten unsere Koffer und folgten Lockenlos. Ich blickte am Kai entlang, konnte aber nirgends ein zweites Kreuzfahrtschiff erkennen. Wir mussten im falschen Hafen sein.

Doch Lockenlos ging immer weiter auf dem Landungssteg in Richtung Meer.

Und dann sah ich es.

Unser Schiff.

Wir standen direkt davor.

Es war eine Nummer kleiner als die *MS Luxuria*.

Genaugenommen ein paar Nummern.

Flach wie eine Flunder, grau wie eine Maus lag es da. Das einzige Highlight war das Sonnendeck: Es bestand aus vier Plastikstühlen, die mit fünf Handtüchern reserviert waren. »Ist das ein geiles Kreuzfahrtschiff oder ist das ein geiles Kreuzfahrtschiff?«, fragte Lockenlos.

»Schon ... irgendwie«, antwortete ich. »Aber warum ist es so klein?«

»Klein?« Lockenlos schüttelte den Kopf. »Da passen zweihundert Passagiere drauf.«

»Aber wegen zweihundert Passagieren würde die *MS Luxuria* gar nicht ablegen, oder?«

Lockenlos winkte ab. »Die *MS Luxuria* ist purer Massentourismus. Viertausend Passagiere, nur Familien mit Kindern, unglaublich laut. Um am Büfett dranzukommen, stehst du eine halbe Stunde an. Und hast du das Messer vergessen, zack, wieder eine halbe Stunde. Wir hingegen sind ein exklusives Schiff, klein aber fein.« Er deutete mit dem Finger auf uns. »Und ihr seid die Avantgarde, denn das ist der neue Trend: Individuelle Kreuzfahrten.«

Dieser alte Kahn sollte der neue Trend sein? Ich war nun wirklich für alle Arten von schwachsinnigen Argumenten zugänglich, aber das ging selbst mir zu weit. »Die *MS Luxuria* sah aber irgendwie repräsentativer aus.«

»Und wer fährt die größten Autos? Die geilsten Typen oder die größten Schwachköpfe?«

Tja, da musste ich ihm dann doch rechtgeben. Trotzdem, selbst in Vietnam, wo ich mir auf der Halong Bay eine eingebildete Bilharziose eingefangen hatte, waren die Schiffe moderner gewesen.

Und sind trotzdem regelmäßig gesunken.

»Das Schiff hier sieht ziemlich alt aus«, sagte ich und zeigte auf ein paar Rostflecken am Bug.«

»Das ist Retro-Design«, antwortete Lockenlos. »Das Schiff ist *nieten- und nagelneu**.«

*In Wirklichkeit meinte er damit, dass es ein alter rostiger Kahn war, bei dem einige Nieten und Nägel erneuert worden waren, damit es nicht auseinanderfällt.

»Ist das Schiff überhaupt hochseetauglich?«, fragte ich, immer noch skeptisch.

Lockenlos wischte meine Frage mit einer Handbewegung beiseite. »Die *MS Luxuria* hat bloß Alleinunterhalter an Bord. Aber wir ausschließlich echte Künstler!«

Und wir gingen an Bord.

Naiv wie wir *waren**.

*Aus aktuellem Anlass hier noch die fünf größten Katastrophen der Schifffahrt:

5. Im Jahr 1274 sinkt die mongolische Invasionsflotte Kublai Khans (ein Enkel Dschingis Khans) vor Japan durch einen Taifun, 10.000 Soldaten ertrinken. Kublai Khan lernt daraus: nichts.

4. Die Spanische Armada wird 1588 erst von den Engländern geschlagen (damals gab es noch kein Elfmeterschießen) und fällt dann einem Sturm zum

Opfer, 13.000 Mann und der größte Schatz der Geschichte landen auf dem Boden des Atlantiks.

3. Im Jahre 292 vor Christus versinkt die persische Flotte mit 20.000 Mann mal eben bei der Umrundung der griechischen Insel Athos im Mittelmeer.

2. Schon 1281 hat unser Lieblingsmongole Kublai Khan wieder eine Flotte zusammen und will erneut Japan einnehmen. Dieses Mal mit 70.000 Mann und 2.000 Schiffen. Wenn schon, denn schon! Doch da Kachelmann noch nicht geboren ist, sind zwar alle weiblichen Untergebenen dem Khan treu, es warnt ihn aber auch niemand vor dem erneuten Taifun. Wieder ist alles futsch, inklusive der 70.000 armen, unschuldigen Seelen. Daran sollte man bei Gelegenheit mal denken, beispielsweise wenn über schlechtes Wetter gemeckert wird, nur weil der Sommer mal wieder zu heiß, zu kalt, zu regnerisch oder zu trocken ist.

1. Im Jahr 255 vor Christus sinkt die Römische Flotte von Economus, mit 300 Schiffen und 100.000 Soldaten. Hätte es die FDP damals schon gegeben, hätte sie das sicher als Konjunkturprogramm für Leichengräber verkauft. Mir gab vor allem zu denken, dass die Schiffe während eines Sturms mitten im Mittelmeer sanken. Zogen bei uns nicht auch schon die ersten Wolken am Horizont auf?

Wer sich übrigens wundert, warum die Titanic auf der Liste fehlt, die kommt irgendwann so ab Platz 50. Man konnte also mit Fug und Recht behaupten, Schiffsreisen waren unverantwortlicher, gefährlicher Extremtourismus.

Es hängt immer von den eigenen Entscheidungen ab, ob man unter die Räder kommt oder ob man seinen Weg geht. Schon Kant sagte: 'Wir sind verantwortlich für uns selbst.' In England mögen wir Kant, allein schon wegen seines Nachnamens.
Lemmy Kilmister, Motörhead

20

San Antonio, Sonntag, 26.06., 16:12

Wir legten ab. Obwohl die See glatt war wie eine zugefrorene Pfütze, schwankte das Boot, als hätte es zu viel getrunken.

Mir wurde augenblicklich schlecht.

Wir folgten Lockenlos in unsere Kabine. Sie war dunkel wie ein Darkroom. Und auch nicht viel größer.

Fenster hatte sie keine.

Dafür Löcher in den Wänden.

Hoffentlich schauten da nachts nicht irgendwelche Schwänze heraus.

Ich guckte in eines der Löcher und blickte einer Ratte ins Gesicht. Das war nun wieder ein gutes Zeichen, denn zumindest eine hatte das Schiff noch nicht verlassen.

Entgegen unserer Erwartung gab es in der Kabine keinen Kühlschrank, aber auf dem offenen Meer würden wir ohnehin an keinem Supermarkt vorbeischippern, um ihn nachzufüllen. Außerdem hatte das Schiff bestimmt jede Menge Bars.

Lockenlos reichte uns zwei Zugangskarten für unsere Kabine und einen Vertrag, den wir unterschreiben sollten. So wie wir früher unsere Plattenverträge unterschrieben hatten, signierten wir auch diesen, ohne ihn *durchzulesen**.

*Wenn im Fernsehen bedeutende Staatschefs irgendwelche total wichtigen Verträge unterzeichnen, lesen sie sich die fünfhundert Seiten ja auch nicht erst durch.

Das Schiff schaukelte derweil immer heftiger und mir wurde noch übler als übel. Ich taumelte auf das Oberdeck, wo mir mein Magen sofort ein Ultimatum stellte: Entweder er durfte seinen Inhalt loswerden, oder er quittierte seinen Job.

Ich entschied mich für Variante eins und lehnte mich über die Reling.

Während ich mich so entleerte, glitt mein Blick am Schiffsrumpf entlang.

Er blieb am Schriftzug mit dem Namen des Schiffes hängen: *MS Donau.*

Nachdem ich die Seemöwenfütterung beendet hatte, schleppte ich mich zur Kommandobrücke.

Der Typ am Ruder sah exakt aus wie dieser italienische Kapitän namens Schettino, der es im Alleingang geschafft hatte, die Costa Concordia zu *versenken**. Und wo? Natürlich im Mittelmeer. Zwei blutjunge Italienerinnen eskortierten ihn, an denen auch Silvio Berlusconi seine Freude gehabt hätte.

*So viel zur Illusion, Schiffe seien unsinkbar. Es gibt auf jedem Schiff, in jedem Großbetrieb und in jedem Atomkraftwerk mindestens einen Volltrottel, der es schafft, sämtliche Sicherheitsvorkehrungen zu missachten und das Ding in die Luft zu jagen, respektive auf den Meeresgrund.

Ich klopfte an die Brücke und der Kapitän öffnete mir.
»Kapitän Schettino?«, fragte ich.

»Ich nix Schettino, ich Scheffino«, sagte er und zeigte auf sein Namensschild, das aussah, als habe jemand mit einem Edding zwei 't' durch zwei 'f' ersetzt.

»Kann es sein, dass das Schiff hier ein Flusskreuzfahrtschiff ist?«, fragte ich.

Er lächelte meine Frage weg. »Das ist total moderne Schiff, wir habe sogar Internet.«

»Warum fahren wir mit einem Flusskreuzfahrtschiff auf dem Mittelmeer?«, konkretisierte ich meine Frage.

»Ganze einfach«, sagte er. »Schiff hat Zulassung für Fluss verlore.« Er zuckte mit den Schultern. »Also was wir könne mache? Wir fahre auf Meer.«

»Aber das ist doch viel zu gefährlich!«

»Ach was, hast du mal gesehen Jachthafe in Ibiza? Sind lauter kleine Schiffe. Und wie komme die da hin? Bestimmt nicht von Fluss. Also wo ist gefährlich?«

»Das Mittelmeer ist ein riesiges Meer, mit Monsterwellen, Tsunamis ...«

»Papperlapapp«, winkte er ab. »Ich kenne Mittelmeer wie Westentasche. Bin schon an jede Felse knappe vorbeigeschrammt.« Er blickte nachdenklich auf den Boden. »Und an manche auch nicht.« Schon eine Sekunde später lächelte er wieder. Er war eben ein echter Italiener. »Aber egal, so ist Lebe. Geht auf, geht ab, und irgendwann geht unter.«

Meine ultimative Forderung, sofort wieder nach Ibiza zurückzukehren, ignorierte er einfach. »Wir ohnehin komme balde wieder nach Ibiza, in funfe Tage.«

Die Lage war so beschissen, dass man sie sich nur noch schöntrinken konnte. Ich verließ die Brücke und ging in die Kabine. Doch Christian war nicht da.

Ich fand ihn schließlich auf dem Sonnendeck. Fünf Rentner standen um ihn herum und beschimpften ihn. Offensichtlich hatte er einen *Kleinkrieg** begonnen.

*Ich hatte lediglich herumliegende Handtücher von den Plastikstühlen entfernt und dem Wäschecontainer übereignet. Rechtschaffene Menschen sollten so etwas grundsätzlich tun. Denn wer heute Liegen okkupiert, marschiert möglicherweise morgen wieder in Polen ein.

»Dös is unsern Stuhl«, rief einer der Handtuchliegenbesetzer. Er sah aus wie die Lego-Ausgabe des Gröfatz.

»Und nur weil Sie den Stuhl ausgeleiert haben wie eine zehn Jahre alte Gummipuppe, meinen Sie, er gehört Ihnen?«, fragte Christian.

»Ich wechsel mei Gummibupp jedes Jahr«, entgegnete der Handtuch-Hitler. Als er die irritierten Blicke seiner Altersgenossen sah, hinterließ er noch eine olfaktorische Visitenkarte aus seiner hintersten Körperöffnung und verduftete.

Die anderen brummelten noch irgendetwas in ihre imaginären Bärte und traten den Rückzug an, bestimmt, um sich mit neuen Handtüchern zu bewaffnen.

»Das Schiff wurde von *deutschen Rentnern** eingenommen«, sagte Christian. »Ich wünschte, es wäre Nacht oder die Engländer kämen.«

Tja, sie kamen nicht und da wir im Innersten unseres Herzens Pazifisten waren, schlug ich einen Versöhnungsdrink an der Bar vor.

Christian nickte. »Wenn es hier eine Bar gibt, bin ich dabei.«

»Was heißt hier: wenn?«

»Ich hab noch keine gesehen«, antwortete Christian. »Und ich bin schon durch beide Decks gelaufen.«

Mir wurde gleichzeitig heiß und kalt und meine Leber durstig. »Selbst ein Flusskreuzfahrtschiff muss doch eine Bar haben!«, sagte ich.

»Was?«

»Erzähl ich dir *später*.«

Systematisch durchsuchten wir das gesamte Schiff, fanden eine Kegelbahn, eine Häkelecke und einen Ein-Loch-*Golfplatz**.

*Kann aber auch nur ein Wasserabfluss gewesen sein.

Und dann endlich, im Unterdeck entdeckten wir sie, versteckt in einem turnhallengroßen Raum, jedenfalls für Liliputaner. Es gab genau drei Getränke: Pils, Korn und Kaffee.

Der Barkeeper sah zwar aus wie ein Sachse, sprach aber einwandfrei *Deutsch**.

*Mit Spanisch hätte er hier auf dem Schiff ja auch nicht viel anfangen können.

Wir bestellten zwei Pils. »Dauert sieben Minuten«, sagte der Barkeeper und ließ sich unsere Kabinenkarte geben.

»Kein Problem, wir haben Zeit«, antwortete ich noch, da stürmte plötzlich Lockenlos auf uns zu. Auf seiner Glatze standen Schweißperlen und seine Augen waren groß wie Tennisbälle. »Was macht ihr denn hier?«

»Na, Bier trinken.«

Lockenlos deutete auf seine Rolex, dessen Armband er mit Tesafilm repariert hatte. Es geht halt nichts über chinesische Wertarbeit. »Ihr spielt doch in fünf Minuten!«

»Nee, wir schieben heute mal eine ruhige Kugel.«

»Was schiebt ihr? Ihr spielt in fünf Minuten!«

Das war ja ein komischer Mäzen. Der machte richtig Druck. Ihm konnte doch egal sein, wann wir unsere neuen Songs aufnahmen. Aber da er uns die Reise sponserte, gab ich mich kompromissbereit. »Okay, in zwei Stunden fangen wir an.«

»In zwei Stunde spielen die Trippers!« Lockenlos zeigte auf ein paar Bretter, die wohl eine Bühne sein sollten. »Warum ist da noch nichts aufgebaut? Ihr seid doch eine Band, oder? Und in fünf Minuten seid ihr dran!«

»Aber unser Bier dauert sieben Minuten«, widersprach ich, während ich im Augenwinkel sah, wie Christian einen glasigen Blick bekam. Ich befürchtete das Schlimmste.

Natürlich trat es unmittelbar ein. »Wir sollen spielen?«, fragte Christian. »Jetzt, auf der Bühne?«

Lockenlos fuhr sich durch seine nicht mehr vorhandenen Locken. »Hat denn keiner von euch den Gastspielvertrag gelesen?«

»Gastspielvertrag?«, fragten Christian und ich im Chor.

»Wenn ihr den gelesen hättet, wüsstet ihr, dass ihr jeden Tag von siebzehn bis neunzehn und von dreiundzwanzig bis ein Uhr nachts spielt.«

»Aber es ist doch gar kein Publikum da!« Ich deutete auf den völlig leeren Raum. Außer dem Barkeeper und uns waren nur noch ein paar Spinnweben anwesend.

»Genau das ist eure Aufgabe, die Leute hier hereinzulocken, damit sie was trinken und die Kasse klingelt.«

Christian nickte und ging in Richtung Bühne.

Ich hielt ihn zurück. »Wie stellst du dir das vor?«, fragte ich. »Was sollen wir denn spielen?«

»Ist doch ganz einfach«, antwortete Christian. »Wir spielen unsere neuen Songs. Und alle werden uns zu Füßen liegen.«

Ich hätte nie gedacht, dass Leute für ihr Geld arbeiten müssen.
Paris Hilton

21

Mittelmeer, Sonntag, 26.06., 17:00

Ich holte meinen Laptop aus der Kabine und Christian die Biergläser von der Bar. Als ich wiederkam, fiel mir auf, dass es hier keinen Techniker gab. Jedenfalls keinen, der etwas von Hightech-Audio-Engineering verstand.

Zum Glück verfügte ich über die notwendige Expertise und schloss ein Kabel für den Laptop und eines für das Mikrofon ans Mischpult an. Ich zog die Regler nach oben, ploppte ins Mikrofon und hörte den Plopp über die Boxen. Fertig. Soundcheck in dreißig Sekunden, wieder hätten sich die Beatles eine Scheibe von uns abschneiden können.

Auf der Bühne stand ein kaputtes *Digitalpiano**, das zwar scheiße aussah, aber wenigstens nicht mehr so klingen konnte.

*Digitalpianos kamen in den 90er Jahren auf den Markt und waren der armselige Versuch, einen Computer so klingen zu lassen, wie ein echtes

Klavier. Was bei der damaligen Rechnerleistung nur schiefgehen konnte. Trotzdem waren Digitalpianos in den 90ern in fast jedem Hit zu hören, was im Grunde alles über das Jahrzehnt sagt. Wir hingegen finden: Nur ein totes Digitalpiano ist ein gutes Digitalpiano.

Ich stellte den Laptop auf das Piano, öffnete den Sequencer und ließ ein paar atmosphärische Sounds als Intro einfliegen. Dann startete ich unsere Single 'Du', schließlich sollten die Leute gleich wissen, wo es langgeht. Ich *mutete** die Gesangsspuren und machte exakt das, was ich sonst auf der Bühne auch immer tat: So tun, als ob ich dazu spielte.

*Muten ist Tontechnikerdeutsch. Also Englisch für Stummschalten. Im Studio kann man jede beliebige Spur muten. Ich wäre froh, wenn es das auch im echten Leben gäbe. Wie viel schöner wäre es, wenn man einfach alle unnötige Zugdurchsagen, plärrende Kinder und CSU-Politiker muten könnte.
Bei manchen CSU-Politikern bin ich mir allerdings nicht sicher, ob da nicht schon ab Geburt ein Megafon einbaut ist, das man nicht ausschalten kann.

Christian sang live zu meinem Sequencer-Playback. Und ich musste zugeben, es klang *spitze**.

*Das kann ich ausnahmsweise mal bestätigen.

Und zwar so spitze, dass Hans Rosenthal vor Freude an die Decke gesprungen wäre. Dummerweise waren wir exklusiv dieser Meinung. Denn es gab immer noch kein Publikum. Ich drehte die Anlage lauter, doch auch den nächsten Song spielten wir allein. Wenigstens war das eine gute Gelegenheit für einen intensiveren *Soundcheck**.

*Ein Soundcheck ist die Möglichkeit vor dem Konzert zu testen, ob alle Instrumente angeschlossen und deren Lautstärke aufeinander abgestimmt sind.
Soweit die Theorie, tatsächlich dient der Soundcheck allerdings nur einem einzigen Zweck: Der Headliner kann alle anderen Bands unterdrücken. Denn die Band, die als Letztes spielt, darf als Erste Soundcheck machen und lässt alle anderen Bands so lange warten, bis nur noch wenige Minuten Zeit bis zum Publikumseinlass sind. So sichert man als Headliner, dass man besser als die anderen Bands klingt und zeigt schon mal, wer die dicksten Testes im Scrotum hat.

Da immer noch niemand kam, erzählte Christian in der Pause zum nächsten Song die besten Witze von Ibiza-Paul. Als ihm keine mehr einfielen, bestellte er per Mikrofon an der Bar zwei Bier.

Eine halbe Stunde später hatten fünf Rentner den Weg zur Bar gefunden, drei Männer und zwei Frauen. Die zwei Frauen schienen die Häkelecke gesucht zu haben und gingen wieder, doch die Männer setzten sich an die Bar.

Jetzt konnte es endlich losgehen. Ich lud 'Du' in den Rechner und spielte auf dem kaputten Digitalpiano die Eingangssequenz notengenau mit.

Jedenfalls in meiner Fantasie.

Da! Der ältere der drei Rentner wippte mit dem Fuß! Oder war das ein Parkinson-Tremor? So genau konnte man das bei denen ja nie wissen.

Die Alten bestellten jeder einen Kurzen, stürzten den Korn hinunter, standen auf und nein, tanzten nicht, sondern sie gingen.

Wieder waren wir allein. Kurz vor 18 Uhr jedoch füllte sich die Bar, ein Rentner nach dem anderen kam und flugs hatten wir zwanzig Gäste. War unser Konzert zur falschen Zeit angekündigt worden? Aber warum drehten uns dann alle den Rücken zu und schienen sich überhaupt nicht für unsere Musik zu interessieren?

Dann endlich, nach drei Stücken kam die erste Publikumsreaktion und zwar vom einzigen Zuschauer ohne Hörgerät: »Spielt mal was von Heino, oder den Wildecker Herzbuben!«

Woraufhin wir so taten, als seien wir auch schwerhörig.

Dann, auf einmal wurde es hinter der Bar hell. Hatte jemand die Lichtanlage gefunden?

Ich blickte genauer hin und traute meinen Augen nicht. Hinter der Bar hing eine Leinwand und darauf lief ausgerechnet die Sportschau. Sonntagabends! Die unnötigste Sendung der Welt, da kam ja nicht mal Bundesliga.

Doch die Rentner blickten gebannt zur Leinwand.

Es lief ein Bericht über die *Doping de France, eine obskure Mischung aus Radrennen, Champagnerduschen und Arzneimittelmissbrauch**.

*Wobei ich für Doping beim Radfahren vollstes Verständnis habe. Hat sich jemand schon mal überlegt, wie langweilig und lahm Radrennen im Fernsehen wären, wenn nicht alle Fahrer gedopt wären? Danke Gott**, dass wir das niemals erleben müssen.

**Bitte. Gott.

Fragt sich nur, warum man so etwas von unseren GEZ-Gebühren bezahlen muss. Nun wurde auch noch bei der Sportschau der Ton eingeschaltet, ganz so als hätte man unsere Existenz vergessen.

Christian sang sich die Seele aus dem Leib, wir spielten einen zukünftigen Gassenhauer nach dem nächsten, doch niemanden interessierte es.

Bis auf Lockenlos.

Er schaute uns exakt fünf Minuten zu und stellte dann auf der Bühne den Strom ab.

**Wer sich an die 80er erinnern kann,
hat sie nicht miterlebt.**
Falco

22

Mittelmeer, Sonntag, 26.06., 18:43

Lockenlos stellte sich so breitbeinig vor uns, dass man hätte glauben können, dort wo bei anderen die Eier hingen, wäre bei ihm ein Kühlschrank angebracht. »Jetzt hört mal zu, Jungs«, sagte er. »Ich hab euch nicht engagiert, damit ihr eure eigenen Sachen runternudelt. Ihr spielt ausschließlich die größten Hits der *80er**, 90er und von heute! Ist das klar?«

*Das ist eine gute Gelegenheit, meine zehn schlimmsten Hits der 80er aufzuzählen:
10. Simply Red - Money's Too Tight (To Mention)
Eine Nummer, die in jeder Pizzeria lief und einem somit gleichzeitig den Tag und das Essen versauen konnte. Mick Hucknall hätte ich gerne mal das Ameisengift aus dem Film *Phase IV* auf den Kopf geschmiert und abgewartet was passiert. Nichts war schlimmer, als dieser furchtbare nasale Gesang. Außer die nachfolgenden neun Titel:

9. Geier Sturzflug - Bruttosozialprodukt

Als Musiker verkleidete Taxifahrer, denen das Wörtchen 'arbeitsscheu' aus jeder Pore dringt, singen über das Bruttosozialprodukt. Ein Werbefilm der FDP hätte nicht schlimmer sein können. Dank dieser Nummer mussten die Herren Geier Sturzflug lange Zeit überhaupt nicht mehr arbeiten und konnten sich eigene Taxis kaufen, in denen sie wahrscheinlich bis heute unbedarfte Studenten ausbeuten und mit ihrer Musik tyrannisieren.

8. Dexy's Midnight Runners - Come On Eileen

Typen in Latzhosen sollten entweder Autos reparieren oder sich umziehen. Auf keinen Fall sollten sie Musik machen. Ich frage mich bis heute, wie die potentielle Käuferschicht der Band aussehen sollte: Schmutzige Typen mit Latzhosen und komischen Halstüchern, die auf Gehsteigecken stehen und Passanten belästigen, so wie im Video zu dem Song?

Die Band wurde übrigens ständig umbesetzt, da es niemand lange mit dem griesgrämigen Sänger aushielt. Das wiederum kann ich gut verstehen: Wenn ich ständig so eine Scheißnummer singen müsste, hätte ich auch schlechte Laune.

7. Matt Bianco - Yeh-Yeh!

In diesem Video kommen alle musikalischen Verbrechen der Welt zusammen: völlig aus dem Takt spielende Bongospieler, unrhythmisches Fingerschnipsen und ein total nerviger Song.

Das Schlimmste an diesem Track ist allerdings, dass man die Katastrophe vorher schon hätte ahnen können. Quasi ein GAU mit Ansage. Ein Jahr zuvor kamen nämlich zwei ähnlich beschissene Singles raus, von denen insbesondere 'Half A Minute' in Erinnerung blieb, der gefühlte hundertmal länger als die versprochene halbe Minute dauerte. Der Gipfel der Unverschämtheit ist allerdings die Bezeichnung des Musikstils: New Jazz. Ich bin wahrlich kein Fan des Genres, aber das hat der Jazz wirklich nicht verdient.

6. Fine Young Cannibals - She Drives Me Crazy

Das ist mal wieder so eine Band, deren Platten wahrscheinlich nur von den Außendienstmitarbeitern der eigenen Firma gekauft wurden. Jedenfalls versuche ich bis heute jemanden zu finden, der unumwunden zugibt, eine Platte der Fine Young Cannibals gekauft zu haben. Thomas jedenfalls behauptet hartnäckig, seine geklaut zu haben, und das nur aus Versehen.

5. Video Kids - Woodpeckers from Space

Um solche Umtriebe in Zukunft zu verhindern, hätten ab Erscheinen der Nummer alle Eltern ihren Kindern das Taschengeld streichen müssen. Hat sich natürlich niemand dran gehalten. Womit auch 'Schnappi' zu erklären ist.

4. Kaoma - Lambada

Nichts gegen Lambada, aber in einem Land, in dem die meisten Menschen tanzen, als hätten betrunkene Ärzte ihnen eine Schrankwand in den Hintern operiert, sollten solche Tänze verboten werden! Jedes Kindheitstrauma war Dreck gegen den Anblick der hysterischen Hausfrauenhorden, die damals glaubten, Lambada tanzen zu müssen.

3. Musical Youth - Pass the Dutchie

Immer wieder schlimm mitanzusehen, was Kinderarbeit für Schäden anrichtet. Außerdem ein klassisches Beispiel dafür, dass auch durch ständiges Wiederholung eines Refrains aus Fischmehl kein Kaviar wird.

2. UB 40 - Red Red Wine

Dieser Song ist ungefähr so aufrichtig wie der türkische Flamenco-Gitarrist in einer von Vietnamesen betriebenen Tex Mex Bar in Herne Baukau. Davon abgesehen klingt der Sänger, als kämpfe sich das Mikrofon gerade durch seiren Enddarm. Der Song wurde in Deutschland übrigens ausschließlich von leichtgläubigen Schwergewichtigen gekauft, was immerhin für Platz 12 in den Singlecharts reichte.

Um solche musikalische Wucherungen wie UB 40 schon im Keim zu ersticken, sollte Reggae grundsätzlich nur von Jamaikanern gespielt werden. Und auch nur in Jamaika.

Damals war ich übrigens felsenfest davon überzeugt, dass nach Reggae niemals ein schlimmerer Musikstil erfunden werden könnte. Doch dann kamen Hip Hop, Rap und Christian Metal.

1. Opus - Live is Life

Als ob es nicht gereicht hätte, uns den gescheiterten Maler zu schicken, mussten wir im Jahr 1984 auch noch Opus ertragen. Ein Haufen von scheinbar besoffenen österreichischen Dorftrotteln, die loszogen, um die Welt mit ihrer Kirmesmusik in die Knie zu zwingen. Ist Gott sei Dank auch beim zweiten Mal in die Hose gegangen, obwohl sie es dieses Mal sogar bis Amerika schafften.

»Die größten Hits der 80er, 90er und von gestern?«, fragte ich zutiefst angeekelt, angesichts der gerade zitierten Liste wohl mehr als verständlich. »Da können die Gäste ja gleich das Radio anschalten.«

Lockenlos winkte ab. »Erstens gibt es hier keinen Empfang und zweitens wollen die Leute das so.«

»Nein, das will niemand, es ist nur der kleinste gemeinsame Nenner«, widersprach ich. »Das ist wie Bild-Zeitung, McDonalds und Angela Merkel.«

»Und genau das ist hier angesagt!«, entgegnete Lockenlos.

»Ich dachte, das ist eine individuelle Kreuzfahrt und kein Massentourismus?«

»Und ich dachte, ihr habt euren Gastspielvertrag gelesen. Das steht nämlich drin, dass ihr nur Top-40-Songs spielt.« Er deutete auf die Biergläser, die inzwischen auf der Bühne herumstanden. »Und es steht auch drin, dass ihr eure Getränke selber zahlt.«

Mit diesen Worten ließ er uns stehen.

Christian und ich studierten erst die *Getränkekarte** und dann unseren Gastspielvertrag.

*Ein Bier kostete vier Euro fünfzig. Wenn ich unsere letzte Bestellung mitzählte, war ich trotz meiner eisernen Reserve vor sieben Minuten Pleite gegangen.

Im Vertrag stand, dass wir bei Nichteinhaltung der Gastspielverpflichtung eine Konventionalstrafe in Höhe von zwanzigtausend Euro zu zahlen hätten. Plus die Kosten für die gesamte Kreuzfahrt.

Wir hatten also vorhin unseren Offenbarungseid unterschrieben.

»Spielen wir halt ein paar Top 40 Songs«, sagte Christian.

»Wie denn?«, fragte ich. »Ich kann doch keine drei Tasten gleichzeitig drücken. Jedenfalls nicht koordiniert. Alles was ich auswendig kann, ist 'Alle meine Entchen' und das klappt auch nur bei jedem fünften Versuch.«

»Damit kannst du immer noch mehr als ein durchschnittlicher Alleinunterhalter«, antwortete Christian. »Ohne *Midi-Files** wären die doch auch total aufgeschmissen.«

*Früher mussten Musiker Partituren kaufen, um bekannte Stücke nachspielen zu können. Heute kauft man stattdessen ein sogenanntes Midi-File: Dort sind alle Noten in der richtigen Tonhöhe, Länge und Lage gespeichert und der Computer oder das Keyboard spielen den Song wie von Zauberhand allein.

Midi ist übrigens eine Digital-Schnittstelle, die schon in der Steinzeit existiert hat, also seit 1982. Das Ding ist einfach nicht totzukriegen, genauso wie der Ottomotor, nicht-aufreißbare Plastikverpackungen und die Rolling Stones.

»Midi-Files! Das ist die Idee!« Ich machte die Becker-Faust. Passte ja zu den *80ern**. »Hier gibt es doch Internet! Ich lade ein paar Midi-Files runter, wir lassen den Laptop dudeln, du singst dazu, und wenn die Alten tanzen, spielen wir unsere Sachen. Und dann ist die Party nicht mehr zu stoppen.«

*Modetechnisch waren die 80er übrigens eine einzige Katastrophe, ich sag nur moonwashed Jeans, Netzhemden und Schulterpolster bis ins benachbarte Ausland. Man muss die Zeit wirklich miterlebt haben, um es zu verstehen, wie sich so viele Menschen gleichzeitig von Geschmack und Ästhetik verabschieden konnten.

Natürlich schließe ich mich selbst von dieser Tatsache aus, ich habe auch keine rosafarbenen Jogginganzüge getragen, keine Neon-Turnschuhe oder Schweißbänder. Falls doch, halte ich mich an Falco, Helmut Kohl und Helmut Niersbach und kann mich auf keinen Fall mehr dran erinnern.

Von neuem Mut euphorisiert, stürmten wir in unsere Kabine. Weil ich mangels regelmäßigem Einkommen keine Kreditkarte besaß, loggten wir uns mit Christians *Plastikportemonnaie** ins Internet ein.

*Das ist das tolle an Kreditkarten, man hat noch Kredit, obwohl man schon genau weiß, dass man die Rechnung niemals wird bezahlen können.

Das Netz war lahm wie ein Hund ohne Beine. Nach zehn Minuten öffnete sich endlich die Homepage eines Midi-File-Anbieters. »Was kostet das Internet eigentlich pro Minute?«, fragte Christian.

»Äh, hab ich weggeklickt«, sagte ich. »*Aber was kann das schon groß kosten*?*«

*Dieser Satz führt so sicher ins Verderben, wie 'Ich gehe mal spazieren' in einem Horrorfilm, ausgesprochen wahlweise von einer dickbusigen

Blondine, dem Klassennerd oder dem Quotenschwarzen.

In den nächsten drei Stunden gelang es uns exakt zwei Songs herunterzuladen: 'Yesterday' und 'I was made for loving you'. Danach wurde Christians Kreditkarte gesperrt. Ob wegen Dispoüberschreitung oder als Schutzmaßnahme aufgrund völlig sinnentleerter Nutzung konnten wir im Nachhinein nicht mehr eruieren.

Derweil rockten die Trippers die Bühne, wie es nur 70-Jährige können: Jede Gichtzuckung der beiden wurde mit Szenenapplaus gefeiert. Dabei kamen selbst ihre Ansagen vom Band. Dagegen waren wir die reinste A-Cappella-Band. Die Jungs waren grottenschlecht.

Doch es half alles nichts. So waren die Gesetze im Musikbusiness. Die Trippers waren mal in den Charts gewesen. Mit einer Single, Platz 98. Ergo fanden sich immer ein paar Deppen, deren Jugenderinnerungen an diesem einen Song hingen und sei es nur, weil er zufällig während der ersten *Fummelei** im Radio gelaufen war.

*Solchen Sentimentalitäten verdankt Bryan Adams übrigens seine Karriere.

Da bei Midi-Files grundsätzlich die schlechtmöglichsten Sounds hinterlegt sind, tauschte ich sie kurzerhand aus und dann gingen auch schon die Trippers von der Bühne.

Mit Standing Ovations! Jedenfalls von den Rentnern, die nicht im Rollstuhl saßen.

Nur Lockenlos klatschte nicht. Er sagte kein Wort, als wir an ihm vorbeigingen. Aber auf dem Weg zur Bühne kroch mir sein kritischer Blick den Rücken hoch.

Als Opener spielten wir 'I was made for loving you'. Es kam mittelgut an, was hieß, dass immerhin niemand den Auftrittsort verließ, aber auch niemand einen Mucks machte. Bei 'Yesterday' nickten tatsächlich zwei Rentner kurz mit dem Kopf und ich dachte schon, wir hätten sie geknackt, aber sie bestellten nur ein Bier. Tja und dann war unser Set zu Ende.

Ein Typ, der nur noch drei Haare sein Eigen nannte, wünschte sich 'Live is Life'. Selbst wenn ich gekonnt hätte, niemals hätte ich das gespielt. Doch wir hatten auch keinen anderen Song mehr. Ratlos blickte ich zu Christian.

Er nickte, hatte offensichtlich einen Plan. Nicht umsonst war er der Entertainer von uns beiden. »Und jetzt spielen wir 'Yesterday' in der Interpretation von Kiss«, rief er ins Publikum. Dann beugte er sich zu mir. »Spiel noch mal 'I was made for loving you'.« Ein wenig irritiert startete ich den Song, doch dann, als er die erste Textzeile sang, erkannte ich seinen Plan: 'Yesterday, all my trouble seemed so far away.'

Das Publikum war schon zu voll oder zu schwerhörig, um von dem Texttausch irritiert zu sein. Nur der Typ mit der Drei-Haare-Frisur wünschte sich weiterhin 'Live is Life'. Wir ignorierten ihn so gut man das eben kann, wenn jemand schreiend direkt vor der Bühne steht.

Wir wiederholten unser musikalisches Legospiel mit dem Text von 'I was made for loving you' auf der Melodie von 'Yesterday' und als ich wieder ins Publikum schaute, war Lockenlos verschwunden.

Anscheinend nahm er uns die Nummer ab. Christian sang weitere Variationen, immer auf dieselben beiden Lieder.

Besonders gut passen übrigens auf 'Yesterday' die Texte von 'Satisfaction', 'Tutti Frutti' und 'Tschernobyl, das letzte Signal vor dem Overkill'.

Schließlich hatten wir genug von dem Quatsch und spielten unsere eigenen Songs. Sie kamen nicht schlechter an als die Kombination von 'I was made for loving you' und 'Candle in the wind'. Und das waren immerhin zwei Welthits.

Einige Rentner klatschten sogar und am Ende mussten wir tatsächlich Autogramme schreiben. Zwar nur für vier Fans, von denen drei taubstumm waren, aber immerhin. Außerdem irritierte es mich, dass wir auf Tripper-CDs unterschreiben sollten, aber unsere Scheibe gab es ja noch nicht.

Da die vier Oldies noch nicht ins Bett wollten, ließen wir uns von ihnen noch zu ein paar Bier einladen und schrieben nebenher den Song *'Alte Hits**'.

*Ibiza-Clubsound meets Flusskreuzfahrtschiff. Fragt sich nur, was schlimmer ist.

Das Leben ist wie eine Pommesbude. Egal was Du bestellst, es wird alles im selben Fett frittiert.
Christian Purwien frei nach Forrest Gump

23

Palma de Mallorca, Montag, 27.06, 09:53

Wir wurden von einem brutal lauten Geräusch geweckt, das klang, als habe jemand direkt unter unserem Bett einen zweitausend-PS-Motor montiert.

Was ja auch so war.

Die weniger beschissenen Kabinen auf diesem Kahn wurden nämlich alle von den Passagieren belegt. Doch auch unter den beschissenen Kabinen gab es an Bord eine strikte Hierarchie, die beim Kapitän anfing und bei der philippinischen Küchenaushilfe endete.

Und dann erst kamen wir.

Auf hoher See war der Motor natürlich immer zu hören, aber gerade klang er nach Kolbenfresser mit gerissenem Keilriemen. Ich rannte auf den Flur und blickte aus dem Bullauge.

Wir waren in einer verdammten Zeitspirale gefangen! Alles war verkehrt: Es fühlte sich an wie mitten in der Nacht, doch die Sonne schien. Das Meer hörte am

Horizont einfach auf. Wahrscheinlich endete hier irgendwo die Erdenscheibe. Trotzdem sah ich Land.

Okay, vielleicht fuhren wir auch nur rückwärts.

Christian wurde jetzt auch wach und schaute aus dem Bullauge. »Ich glaube, wir legen an«, sagte er.

»Ist die Kreuzfahrt schon um?«, fragte ich. Morgens, wenn mein Hirnmotor noch nicht rund läuft, sage ich häufiger so blöde Sachen. So kurz nach dem Aufstehen lasse ich auch gerne alles fallen und verbrauche daher mindestens zehn Eierbecher und zwanzig Elektrorasierer pro Jahr.

»Ich werd verrückt«, sagte Christian. »Wir sind auf Malle!«

»Malle?«, wiederholte ich. »Wir sind mit *dem* Schiff auf die Malediven gefahren?« Tja, es war eben noch sehr früh am Morgen.

»Ballermann, Mallorca, Teutonengrill«, erklärte Christian.

»Ach so«, sagte ich. »Malle.«

Christian nickte. »Lass uns an Land gehen.«

Warum kam ich morgens nicht auf so tolle Ideen? Wie auch immer, wir packten unsere Sachen – also nichts – und stolperten von Bord.

Die Sonne brannte, wie sie es nur konnte, wenn man die Nacht im Keller zugebracht hatte. Was ja bei uns im Grunde so war. Außerdem hatten wir maximal zwei Stunden Schlaf abbekommen. Ja, so war das Leben als Musiker, beschissene Arbeitszeiten und dann noch Feiern bis zum Umfallen, natürlich nicht aus Spaß, sondern nur, um dem Image gerecht zu werden.

Ich rieb mir die Augen. Vor uns türmte sich eine riesige Kathedrale auf. Eine, die man nicht eben mal an einem Nachmittag aufstellt. »Ich hab nie verstanden, warum Menschen nicht einfach das Leben genießen und stattdessen die Regeln eines Gottes befolgen, der sich alle zweitausend Jahre mal meldet«, sagte ich.

Christian blickte mich irritiert an. »Hast du wieder deinen Morgenwahnsinn?«

Ich nickte schuldbewusst. »Mein Hirn ist noch nicht wach, da komme ich immer auf so blöde Ideen.«

»Lass uns zum Ballermann gehen«, sagte Christian. »Da kommst du bestimmt auf andere Gedanken.«

Wir fragten die ersten Menschen, die uns über den Weg liefen nach dem Ballermann und konnten uns sofort mit ihnen in unserer Muttersprache unterhalten. Ich war mir nicht sicher, ob ich das gut finden sollte, entschied dann aber, dass es nur Zufall war, dass wir schon auf den ersten Metern Deutschen über den Weg liefen.

Fünf Minuten später wusste ich, dass es hier keine Zufälle gab.

Die Klischees über Mallorca trafen allesamt zu. An jeder Ecke servierten sie Wiener Schnitzel, es gab mehr Biergärten als in München und die deutschen Rentner trugen alle die Bild-Zeitung unter dem Arm.

Wie ich im Vorbeigehen sah, hatten sich diese Boulevard-Ratten mal wieder eine tolle Schlagzeile einfallen lassen: Musikmanager erdrosselt sich mit Staubsauger!

Darunter war ein Foto abgebildet, irgendein älterer Typ, den ich nicht kannte.

Christian kannte ihn dafür umso besser. »Scheiße«, stammelte er und wurde schlagartig totenbleich. »Dieser Idiot! Ausgerechnet mit einem Staubsauger!«

»Wer?«, fragte ich, in völliger Unkenntnis der brutalen Realität, während Christian dem Rentner die Bild-Zeitung abschwatzte.

»Na wer wohl?«, sagte Christian und blättere zu dem Artikel. »Flenner.«

»Flenner?«, wiederholte ich. Irgendwo hatte ich den Namen schon mal gehört.

Christian seufzte. »Der Chef von Sonixhit.«

In dem Moment wäre glatt mein Herz stehen geblieben, wenn ich mir nicht vor Jahren präventiv einen Herzschrittmacher hätte einbauen lassen.

»Was? Wie? Wo? Wer? Warum?«, rief ich, völlig geschockt.

»Unser Retter hat sich bei Sexspielchen mit dem Staubsauger stranguliert.«

Als sich meine Gehirnfunktionen wieder einigermaßen normalisiert hatten, las auch ich den Artikel. Von Sexspielchen stand dort allerdings nichts. »Wie kommst du denn drauf, dass es beim Sex passiert ist?«

Christian räusperte sich mal wieder umständlich. »In dem Film, den ich mit Flenner gemacht hab, hat ein Staubsauger eine gewisse Rolle gespielt.«

»Was denn für ein Film?«, fragte ich. »Ein Spot für Vorwerk?«

»So ähnlich«, antwortete Christian. »Der Film hieß Vampire-Suckers.«

»Ein Vampir-Film?«

»Nicht so richtig.« Christian räusperte sich erneut lang und breit. »In dem Film kommen außerirdische Amazonen auf die Welt und saugen uns mit riesigen Staubsaugern leer. Man konnte sich nur vor ihnen retten, wenn es nichts mehr zum Leersaugen gab.«

»Klingt nach einem ziemlich schwachsinnigen Science-Fiction-Film.«

Christian schüttelte den Kopf. »Es war ein ziemlich schwachsinniger Porno.«

»Was? Du hast in einem Porno mitgespielt?«

»Na ja, erst sollte ich das Ding nur vertonen, aber dann war im wahrsten Sinne des Wortes Not am Mann und ich bin eingesprungen.«

»Eingesprungen?«

»Na ja, das Wörtchen 'eingespritzt' gibt es in dem Zusammenhang leider nicht.«

»Und über die Ansteckungsgefahr hast du dir keine Gedanken gemacht?«, fragte ich. »Aids, Hepatitis A, B, C, D, E und nicht zu vergessen: Genitalherpes!«

»Die Darsteller gehen alle regelmäßig zum Arzt.«

»Ich geh auch regelmäßig zum Art und bin ständig krank.«

»Ich nicht«, sagte Christian. »Das war gut bezahlt, die Frauen waren total nett und mein Gott, ich war fünfundzwanzig!«

»Und jetzt hast du seit fünfzehn Jahren Aids?«

»Hör mal zu!« Christian blickte mich ungewohnt zornig an. »Wenn ich so paranoid wäre wie du, wäre ich schon lange verhungert. Ich kann mir die Jobs eben nicht aussuchen, schließlich ist das deutsche Wirtschaftswunder schon mehr als fünfzig Jahre vorbei. Also muss ich nehmen, was kommt.«

»Was kommt. Aha.«

Ich hatte mich bisher noch nie mit Christian gestritten, aber bisher waren wir ja auch noch nie Pleite gewesen.

»Ich hatte halt keine reiche Erbtante, die mich durchgefüttert hat!«, sagte er noch, dann lief er davon.

»Dafür hab ich einen Freund, der mein ganzes Geld mit einer Pommesbude durchgebracht hat!«

Christian lief erst langsamer, dann blieb er stehen und starrte betroffen auf den Boden. Er drehte sich zu mir. »Wenn wir uns bekriegen, wird es nicht besser.«

Ich nickte, denn wir konnten uns nur gemeinsam aus dieser Jauchegrube namens Leben ziehen. »Okay, Frieden«, sagte ich. »Lass uns ein geiles Album aufnehmen!«

Christian lächelte. »Aber erst gehen wir zum Ballermann.«

Während wir dorthin liefen, fiel mir ein, dass Christian zwar den einen oder anderen Song geschrieben hatte, aber noch nie ein Stück eigenständig produziert und aufgenommen hatte. Denn er stand nicht nur mit sämtlichen Instrumenten, sondern auch mit dem Sequencer auf Kriegsfuß. »Und wie wolltest du den Porno vertonen?«, fragte ich. »So ganz allein?«

»Ich war nicht allein«, antwortete er. »Die Frauenstimmen hab ich nicht gemacht.«

»Die Frauenstimmen?«

»Na, das *Gestöhne**. Das hab ich synchronisiert, nicht die Musik.«

*übrigens befinde ich mich da in guter Gesellschaft. Auch Christoph Maria Herbst und Til Schweiger haben zu ihren Anfangszeiten Pornos synchronisiert. Im Grund ist das also der Start einer deutschen Bilderbuchkarriere: vom Porno-Synchronisator zum Millionär.

»Und wie kam es dann dazu, dass du mitgespielt hast?«, fragte ich.

»Weil die Darsteller eine Szene vermasselt hatten, musste man einen Nachdreh machen, und da sind Flenner und ich ins Spiel gekommen.« Christian seufzte. »Und jetzt ist er tot, also müssen wir uns was Neues einfallen lassen.« Er hatte den Satz noch nicht mal zu Ende gesprochen, da fiel sein Blick auf ein Plakat und ich wusste, wir waren endgültig verloren.

Alles, was ich anfasse, wird zu Gold. Verona habe ich drei Wochen angefasst und das reichte dann.
Dieter Bohlen

24

Palma de Mallorca, Montag, 27.06., 10:07

Es war Zeit für ein erstes Fazit. Unsere Lage war so beschissen wie ein Denkmal in einer Taubenkolonie: Unsere persönliche *Finanzkrise** war eskaliert und jegliche Hoffnung zu deren Lösung hatte sich zerschlagen.

*Trotzdem verstehe ich nicht, warum die Politiker wegen der Euro-Finanzkrise so rumeiern. Statt dass wir uns an irgendwelchen griechischen Banken beteiligen oder die Schulden vergemeinschaften, sollen die Griechen uns einfach Kreta verkaufen. Dann haben wir wenigstens was für die ganzen Milliarden. Und in Italien und Spanien wird sich auch ein nettes Inselchen finden, zumal Malle ja eh schon okkupiert ist.
Die Spanier, Italiener und Griechen, die auf den Inseln wohnen, bleiben einfach da, ihren Regierungen waren sie bisher schon egal, also wird sich gar nichts ändern. Und wir hätten endlich auch im

Winter Sonne. Klar, es gäbe so ein paar Landessprachen mehr, aber in der Schweiz klappt das ja auch. Und wenn jedem Land irgendwo ein Fleckchen gehört, das wäre ein wirkliches Zusammenwachsen Europas.

Aber ich bin ja kein Politiker und deswegen ist der ganze Mist, den die wegen der Krise veranstalten natürlich alternativlos.

Zumal Christian dieses Plakat gesehen hatte und trotz all unserer Probleme immer noch an den Ballermann wollte. Doch wir hatten gerade beschlossen, es gemeinsam durchzuziehen, also ging ich mit.

Lange bevor wir den Ballermann sahen, hörten wir ihn. Es klang so furchtbar, dass ich am liebsten umgedreht wäre. Denn nur gegen eines bin ich allergischer als gegen Scheiß-Musik, nämlich gegen schlecht nachgesungene Scheiß-Musik.

Doch es war zu spät, Christian hatte wieder der Casting-Virus gepackt. Doch es war nicht irgendein Casting, sondern das Schlimmste von allen.

Wahrscheinlich weil Mallorca fast deutscher als Deutschland war, hielt man hier nämlich ein Casting für 'Deutschland sucht den Superstar' ab. Und bevor ich Christian über die Casting-Gefahren aufklären konnte, hatte er sich schon in der Schlange der Teilnehmer angestellt.

»Was soll das hier werden?«, fragte ich ihn. Der Glanz in seinen Augen gab mir schwer zu denken.

»Ich gewinne«, antwortete er.

»So wie jedes Mal?«

Er winkte ab. »Das ist meine Chance. Hörst doch selbst, keiner von denen kann singen!«

In dem Moment tänzelte eine Sängerin über der Bühne, die zwar ganz apart aussah, aber so klang, als wolle sie mal ausprobieren, ob auch Frauen in der Lage sind, elefantenähnliche Brunftschreie auszustoßen. »Das ist das Prinzip der Sendung«, seufzte ich. »Wär doch total langweilig, wenn jeder singen könnte. Über wen soll sich dann das Publikum lustig machen?«

»Jaja«, sagte Christian. »Ein paar müssen aber schon singen können. Sonst funktioniert das nicht.«

»Und was willst du singen?«, fragte ich. »'Yesterday'?«

»Lass dich überraschen«, antwortete er und verschwand in der Bewerberbox.

Ich stellte mich ins Publikum und scannte schon nach drei Sekunden den Strand nach einer Apotheke ab. Nein, nicht wegen der unzweifelhaften Folgeschäden dieser Musik, sondern auf der Suche nach Ohropax.

Mit Apotheken verhält es sich jedoch wie mit der Polizei: Wenn man sie braucht, sind sie nicht da. Und wenn man sie grad überhaupt nicht brauchen kann, was in meinem Fall allerdings so gut wie nie vorkommt, dann stehen sie an jeder Ecke.

Es folgten drei Supersternchen und zwei Supernovas, die sich einen Wettstreit darin lieferten, für jede einzelne Note den falschmöglichsten Ton zu treffen. Ihr Rhythmusgefühl war zudem derart unterentwickelt, dass ich mich fragte, ob sie überhaupt auf den richtigen Song sangen.

Trotzdem jubelte das Publikum nach jedem Stück. Es war das komplette Gegenteil zur *MS Donau*. Hier klatschten die Leute selbst dafür, dass jemand ohne

Unfall vom Klo kam. Und für das, was man dort hinterlassen hatte.

Kurz bevor mir die ersten Gehirnzellen mit dem Absterben drohten, kam endlich Christian auf die Bühne. Diese Casting-Heinis hatten ihn in einen beigen Leinenanzug gesteckt, so dass er aussah wie Howard Carpendale mit Haarausfall. Zudem hatten sie ihm die Glatze poliert, was es nicht besser machte.

Doch schon bei seinen ersten Tönen war das alles vergessen. »I was tramping up and down, all around from town to town ...« People from Ibiza!

War es eine gute Idee, diesen Song ausgerechnet in Mallorca zu singen? War das nicht so gefährlich, wie auf Schalke die Stadionhymne des BVB anzustimmen?

Christian schien sich darüber keine Gedanken zu machen, im Gegenteil, er sang sich routiniert durch die erste Strophe.

Die Zuschauer waren von diesem plötzlichen Qualitätsanstieg völlig konsterniert und vergaßen zu klatschen. Doch es war zu spät, jetzt kam der Refrain. Ich schloss die Augen. Und dann sang er die magischen Worte:

People from Mallorca,
oh people from Mallorca.
Mallorca wonderland.
People from Mallorca,
oh people from Mallorca.
Aaah – dancing on the sand.

> Ich habe mein Image so viele Male neu erfunden,
> dass ich gar nicht mehr wahrhaben will,
> dass ich ursprünglich eine übergewichtige
> koreanische Frau war.
> *David Bowie*

25

Palma de Mallorca, Montag, 27.06., 11:27

Mit dem letzten Ton des Songs brach der Applaus über Christian herein wie ein Tsunami. Die Leute wussten doch noch, was gut war.

Im Gegensatz zur Jury. Zwei in den 90ern stehengebliebene Vokuhilas wollten Christian aus dem Wettbewerb werfen, weil er die textliche Vorgabe nicht sauber umgesetzt habe. Trotz der Veranstaltung hatten die beiden Frauen in der Jury jedoch noch Ohren am Kopf und lehnten die Disqualifikation ab. Sie behaupteten, Christians Show sei die beste Darbietung des Tages gewesen. Nach alldem, was ich hier bisher gesehen hatte, war das zwar kein wirkliches Qualitätsmerkmal, aber es reichte trotzdem für den Recall.

Dort wurde weiterer musikalischer Atommüll in unseren Gehörgängen entsorgt. Schnell war offensichtlich, dass es nur einen ernsthaften Konkurrenten für

Christian gab: Einen langhaarigen Baumarktverkäufer, der 'Born to be wild' immerhin so gut intonieren konnte, dass man nicht an spontanem Ohrenkrebs erkrankte. Die beiden Vokuhilas riefen ihn zum neuen John Bon Jovi aus und auch die zwei Jury-Frauen hatten ihre Ansprüche heruntergeschraubt und bliesen ihm Zucker in den Arsch.

Schließlich kam Christian wieder an die Reihe. Seine Wahl überraschte mich: 'Sun of Mallorca'. Also eigentlich 'Sun of Jamaica' von der Goombay Dance Band, aber Christian hatte ja auf unserer Kreuzfahrtschifftournee gelernt, wie man unpassende Texte passend macht.

Er sang wie ein junger Gott. Okay, wie ein Gott ohne Haare und in einem beigen Leinenanzug, aber wer weiß schon, ob Gott heimlich nicht sogar Strapse trägt. Das würde zumindest einige Merkwürdigkeiten in der *Bibel** erklären.

*Dort darf zum Beispiel ein gewisser Lot ungestraft seine Töchter schwängern während seine Frau zur Salzsäule** mutiert, nur weil sie während der Flucht aus Sodom ein einziges Mal zurückschaut.

**Jeder hat mal einen schlechten Tag. Gott.

Wieder waren die Frauen von Christians Show begeistert und die Vokuhilas ließen sich von ihnen erneut überzeugen, Christian nicht zu disqualifizieren.

Es folgte eine weitere Runde, deren Sinn nur darin bestand, dass die größten Furzbirnen, die es nicht direkt ins Halbfinale geschafft hatten, noch mal zeigen konnten, dass sie wirklich gar nichts draufhatten.

Mangels Konkurrenz schafften es schließlich zwei musikalische Legastheniker ins Halbfinale, doch gegen den Baumarktrocker mit 'Highway to Hell' und Christian mit 'Sonderzug nach Mallorca' hatten sie keine Chance.

Das hieß Finale! Vielleicht wurde es doch noch was mit Christians Superstarkarriere! Ja, er würde der erste Superstar sein, dessen Name man nicht schon nach zwei Wochen vergaß! Wir würden unser Album millionenfach verkaufen. Auf der Welt gäbe es nie mehr Krieg und ich würde jede Woche im Lotto gewinnen.

Mittwochs und samstags.

Oder so ähnlich. Schließlich war das hier nur das Casting und der Sieger gewann nichts als einen Startplatz in der Fernsehshow. Trotzdem, manche würden sich ein Bein ausreißen, dort mitmachen zu dürfen. Wobei es sich an Krücken eher schlecht tanzt und singt, aber das ist ein anderes Thema.

Allmählich füllte sich der Ballermann mit Zuschauern und die Kehlen derselben mit Sangria. Am Rand des Publikums fielen mir einige Männerschränke auf, deren Lederjacken das Logo der *Hells Angels** zierte. Ihre Antipathie war klar verteilt: Jeder war todgeweiht, außer der Baumarktrocker.

*Ach du liebe Scheiße!

Doch die Hells Angels konnten noch so viel schreien, Christian hatte die Herzen der Mallorquiner gewonnen. Und der Mallorquinerinnen.

Leider bestand das Publikum ausschließlich aus Deutschen. Es waren zwar auch Einheimische da, aber die konnten schlecht klatschen mit den vollen Tablets in ihren Händen.

Es würde also knapp werden.

Zu den Rockern gesellte sich ein humpelnder, grauhaariger Mann, der trotz seiner schmächtigen Gestalt von den Körperschränken unterwürfig begrüßt wurde. Er gab ein paar Anweisungen und die Rocker verteilten sich im Publikum. Unter ihren Lederkutten sah ich abgesägte Schrotflinten aufblitzen. Ich wollte auf die Bühne und Christian warnen, doch genau in dem Moment verkündete die Jury den Beginn des Finales. Sie hatten sich dafür etwas *ganz Besonderes** einfallen lassen: ein Duett der beiden Kontrahenten.

*Irgendwie ist der Menschheit der Bullshit-Indikator abhandengekommen. In einem Land, das die Meinungsfreiheit hochhält, ist leider hinzunehmen, dass auch geistig Minderbemittelte ihre Ideen äußern dürfen, aber niemand sollte verpflichtet sein, über diesen Unfug zu diskutieren oder ihn gar umzusetzen.

Das beliebteste Killerargument in dem Zusammenhang ist: 'Warum nicht?' Damit kann man auch den größten Schwachsinn rechtfertigen. Wahrscheinlich war 'Warum nicht' das zentrale Argument, mit dem ein Hirnlosfilm wie 'Cowboys und Aliens' durchgedrückt wurde. Bestimmt waren alle total begeistert, dass noch nie zuvor jemand solch einen Film gedreht hatte. Nur warum bisher alle die Finger davon gelassen hatten, das hatte sich keiner gefragt. Falls zufällig die Produzenten Brian Grazer und Ron Howard, die mit dem Film einige Milliönchen versenkt haben, dieses Buch lesen, hier die Antwort: Weil die Idee total bescheuert ist!

Endlich kamen die Kontrahenten auf die Bühne. Christian mit polierter Glatze im Leinenanzug, daneben der Baumarktrocker im Holzfällerhemd. Inzwischen war jedem mit mehr als drei Gehirnzellen klar, dass die beiden Vokuhilas in der Jury von den Hells Angels gekauft waren. Wahrscheinlich hatten sie Unsummen auf den Sieg ihrer Sänger-Marionette gewettet.

Erst jetzt fiel der Jury auf, dass zwei Männer im Finale standen. Für ein Duett war das eher ungünstig, denn für gewöhnlich werden diese von einer Frau und einem Mann gesungen, jedenfalls außerhalb homoerotischer Kreise.

Und so war der Song, den die beiden singen mussten, auch gar kein Duett.

Christian begann:

Start spreading the news
I am leaving today
I want to be a part of it
Mallorca, Mallorca.

Und dann kam nichts.
Nur das Playback.
Der Baumarktrocker hatte seinen Einsatz verpasst.

Und Christian sang das Stück allein fertig.

Alle jubelten. Bis auf die Hells Angels.

Der Baumarktrocker bestürmte die Jury und behauptete, er wäre von Christians Textvergewaltigung total überrascht worden. Doch die beiden Mädels in der Jury ließen ihn auflaufen, schließlich muss ein Sänger auch dann seinen Job machen, wenn der Schlagzeuger mal wieder zu spät aus seinem Solo rausfindet und der Bassist eingepennt ist.

Und so blieb selbst den beiden Vokuhilas nichts anderes übrig, als Christian zum Sieger zu küren.

Christian bekam einen goldenen Sangriaeimer überreicht, hielt eine kurze Dankesrede und bat mich auf die Bühne.

Ich ging nach oben und das Publikum klatschte. Jetzt würde alles gut werden!

Die Hells Angels im Publikum guckten wie tollwütige Rinder, denen man das frische Gras direkt unter der Nase wegmäht. Im nächsten Moment deutete der alte Grauhaarigen mit dem Finger auf Christian und mich. Sofort holten die Rocker ihre abgesägten Schrotflinten aus der Lederjacke, zielten auf uns beide und noch bevor wir 'Piep' sagen konnten, erschossen sie uns.

Und alles war vorbei.

Sein oder Nichtsein.
Das ist nicht wirklich eine Frage.
Jean-Luc Godard

26

Palma de Mallorca, Montag, 27.06., 14:03

Im Himmel angekommen, überredeten wir Gott, dass dies ein ziemlich blöder Schluss für unsere Geschichte sei und er schickte uns wieder auf die *Erde** zurück.

*Das hab ich jetzt doch etwas anders in Erinnerung. Die Hells Angels holten zwar ihre Wummen heraus, aber sie schossen nicht.
Also noch nicht.
Ergo waren wir noch am Leben.
Außerdem bezweifle ich, dass Gott uns nach all den blasphemischen Sprüchen einfach so auf die Erde zurückgeschickt hätte. Oder ist die Erde in Wirklichkeit die Hölle**, jedenfalls für Leute mit gutem Musikgeschmack und es hat außer denen nur noch niemand *gemerkt?*

**Hey! Verrate nicht alle meine Tricks. Gott.

Na gut, ich hab geringfügig übertrieben, wir kamen nicht in den Himmel, sondern lebten noch. Aber in dem Moment, als die Hells Angels ihre abgesägten Schrotflinten herausholten, dachte ich wirklich, alles sei vorbei.

Ich warf mich schützend vor *Christian**.

*Für mich sah das mehr wie ein Stolpern** aus.

**Das nächste Buch schreibe ich wieder allein! Ist ja furchtbar, wenn man sich ständig an die Wahrheit halten muss.

Wie auch immer, kaum war ich gestolpert, kamen schon die Hells Angels auf die Bühne. Ich warf mich schützend vor den goldenen *Sangriaeimer**.

*Und warum bist du dann dahinter gelandet?

Einer der Hells Angels machte einen auf dicke Unterhose und schoss in die Luft, respektive in das, was er dafür hielt. Er traf zwar auch ein Stückchen Luft, aber im Wesentlichen die zentrale Bierversorgungsleitung des Ballermanns.

Dann brach die Hölle los.

Und wir mittendrin statt nur dabei.

Was seine Vorteile hatte, denn so konnten wir in dem Tumult von der Bühne entkommen. Wäre der in der Sonne funkelnde goldene Sangriaeimer nicht gewesen, hätten die Hells Angels uns nie gefunden.

Doch das Ding glitzerte wie die halbe Lichtstraße und schon richteten sich zwanzig Schrotflinten auf *uns**.

*Ein großer Nachteil des Ballermanns ist übrigens, dass er neben der Bierbude nur aus ein paar Strandplanen, Liegestühlen und Sonnenschirmen besteht. Auch ohne eingehende wissenschaftliche Untersuchung wage ich zu behaupten, dass dieses Zeugs nicht gerade aus den schussfestesten Materialien besteht.

Ich überlegte, ob ich die Hells Angels mit der Kraft meiner Argumente überzeugen konnte, schließlich waren wir daran schuldlos, dass sie einen singenden Heimwerker unterstützten, der zu blöd war, seinen Einsatz zu treffen.

In dem Moment deutete der alte, grauhaarige Sack wieder auf Christian und machte das unzweideutige Zeichen für Halsabschneiden. Bevor die Hells Angels schießen konnten, schleuderte Christian den verräterisch glitzernden Sangriaeimer in ihre Richtung.

Tja, eigentlich eine gute Idee, denn nun hätten wir tatsächlich unerkannt entkommen können.

Wenn, ja wenn Christians Glatze die Sonnenstrahlen nicht reflektiert hätte wie ein Parabolspiegel.

Und so leuchtete er in der Sonne wie Helferlein von Daniel Düsentrieb.

Die Hells Angels zielten auf uns und dann schossen sie.

**Ich halte viel von Beethoven –
vor allem von seinen Gedichten.**
Ringo Starr

27

Palma de Mallorca, Montag, 27.06., 14:05

Ich sah schon den Film meines Lebens an mir vorüberziehen, der nebenbei bemerkt einige dramaturgische Schwächen aufwies, als mir auffiel, dass wir gar nicht getroffen worden waren.

Christians polierte Glatze hatte offensichtlich die Hells Angels *geblendet!**

*Vielleicht waren die Kerle aber auch einfach nur zu voll und hätten nicht mal einen Elefanten getroffen, auch nicht aus einem Meter Entfernung.

Das tolle an Schrotflinten ist, dass man Nachladen muss.

Jedenfalls nach dem zweiten Schuss.

Noch war jedoch nur der erste gefallen. Die Hells Angels feuerten erneut aus allen Rohren.

Wie durch ein Wunder verfehlten sie uns auch dieses Mal. Und als sie nachgeladen hatten, waren wir schon über alle Berge.

Beziehungsweise hinter der Bierbude verschwunden.

Die Hells Angels hatten uns in dem Tumult aus geplatzter Bierleitung, Hausfrauenpanik und bewegungsstarren deutschen Rentnern verloren. So unauffällig wie möglich, also gestresst wie typisch deutsche Touristen, die nicht mal im Urlaub die innere Uhr abschalten können, liefen wir abseits der Touristenströme zurück zu unserem Schiff.

Man glaubte es kaum, aber was wir unterwegs sahen, hätte glatt in Spanien sein können: Kleine Lädchen, aus denen braungebrannte Männchen herausschauten, Frauen in Flamenco-Schühchen und Schilder mit Aufschriften, die wir nicht *entziffern konnten**.

*Möglicherweise wäre das einfacher, wenn jemand den Spaniern mal beibringen würde, wie man ein Fragezeichen richtig herum setzt.

Am Schiff stürmten wir in unsere Kabine und verbarrikadierten sie.

Wir waren gerettet.

Dachten wir.

Doch dann klopfte es an unsere Tür.

Hatten die Hells Angels uns doch gefunden und standen mit geladenen Schrotflinten vor unserer Tür? Oder klingelten die Zeugen Jehovas jetzt selbst an Schiffstüren?

»Das ist bestimmt Thrombose-Peter«, sagte Christian und das erste Mal überhaupt sah ich ihn zittern.

Auch diesen Namen hatte ich schon mal gehört, aber ich und mein Namensgedächtnis, das waren zwei verschiedene Welten. »Wer ist das noch mal?«, flüsterte ich.

»Der Dortmunder Hells Angels Chef, dem ich die Kohle schulde. Ich glaube, der hat eine Finca auf Malle.«

»Oh, oh«, sagte ich noch, da klopfte es erneut an unsere Tür. »Ich weiß, dass ihr da seid!«, rief eine Männerstimme.

Lockenlos!

Erleichtert öffneten wir die Tür. »So was wie gestern will ich nicht noch mal erleben.« Lockenlos begrüßte uns nicht mal, hielt nur warnend den Zeigefinger nach oben. »Die Leute haben sich beschwert, dass ihr nur so neumodische Sachen gespielt habt.«

»Das könnte am altmodischen Publikum liegen«, widersprach ich.

»Das ist ein Kreuzfahrtschiff und kein Kindergeburtstag. Heute Abend spielt ihr nur Hits. Und zwar lückenlos«, sagte Lockenlos.

Wir versprachen, nur absolute Schenkelklopfer zu spielen und verbarrikadierten uns wieder.

Es gab nur eine Lösung für das Problem: Wir mussten Lockenlos umlegen.

Oder vielleicht neue Midi-Songs herunterladen.

Da es uns bedauerlicherweise an krimineller Energie fehlte, entschieden wir uns für die Midi-Files.

Denn momentan war das Kreuzfahrtschiff unser einziger Zufluchtsort vor den Hells Angels, außerdem konnten wir auf See die traurige Realität und unsere Pleite verdrängen.

Jedenfalls solange wir nicht unsere Bordrechnung bezahlen mussten. Doch auch die Midi-Files gab es nicht umsonst.

Da Christian ein unermüdliches Stehaufmännchen war, nahm er seine Kreditkarte und rief den Internet-Browser auf. Kaum hatte er seine Kartennummer eingegeben, streckte das Plastikgeld auch schon die Waffen. Nur um dem Richter auch wirklich nachweisen zu können, alles probiert zu haben, bevor wir Lockenlos in Kopflos umwandelten, nahm Christian die bisher vor mir geheim gehaltene eiserne-Reserve- Kreditkarte aus seiner Tasche und gab die Nummer ein. Die Sanduhr ratterte, die Maus klickte und das Wunder geschah: Wir fühlten uns wie Boris Becker. *Wir waren drin!**

*Ich habe bis heute nicht verstanden wie das damals gemeint war. Wo war er drin? In der Besenkammer? Oder in Frau Ermakova?

Herr Becker, falls Sie das zufällig lesen, bitte entschuldigen Sie diesen primitiven Witz. Aber ich konnte einfach nicht wiederstehen, das kennen Sie ja, oder?

Ich rief die Seite mit den Midi-Files auf und suchte nach den Jahrescharts der *80er**. Es war erschütternd, so wie ein Wiedersehen mit den größten Klassendeppen, die man schon lange vergessen hatte.

*Und während die Bits sich einzeln durch das Low-Speed-Internet kämpften, zählte Thomas mir seine schlimmsten Hits der 80er auf:

10. Europe - The final countdown

Als Erstes muss ich mit einer erschütternden Beichte beginnen: Ja, ich gebe es zu, in den 80ern fand auch ich Dauerwellen cool. Bei Frauen. Warum Männer damit rumliefen und dann noch mit einem geklauten Van-Halen-Sound die weltweiten Charts eroberten, war mir allerdings schon damals ein Rätsel. Wenigstens blieb Europe ein One-Hit-Wonder, was beweist, dass es ganz, ganz selten doch gerecht zugeht auf dieser Welt.

9. Chris Norman - Midnight Lady

Mit Reibeisen schnippelt man Gurken. Es soll auch Frauen, mit einer Reibeisen-Haut geben, eine besonders ekelerregende Form von Cellulitis. Ergo sind Reibeisen total unnötig! Und das gilt erst recht für eine Reibeisen-Stimme.

Noch schlimmer als eine Reibeisen-Stimme zu Rock-Musik ist es jedoch, dieses heisere Gekreische mit Plastik-Pop zu kombinieren. Das passt zusammen wie Sauerkraut und Vanilleeis. Das kann nur dadurch gesteigert werden, den einzigen Hit und den ganzen anderen Scheiß von einem Sinfonieorchester nachspielen zu lassen. Hat Chris Norman bestimmt auch gemacht, aber ich traue mich nicht, das im Internet zu recherchieren, weil ich dann bestimmt eine Gehörlähmung bekäme.

8. Milli Vanilli - Girl you know it's true

Die Wahl zum bescheuertsten Bandnamen aller Zeiten würde Milli Vanilli jederzeit gewinnen. Auch sonst kommt man mit denen gut durch jede Bad-Taste-Party. Eines hab ich bei der Band jedoch nie verstanden: Wenn der Gesang der beiden Eierpetzer schon so furchtbar war, dass kein Piep von ihnen auf den eigenen Platten ist, sondern alles von professionellen Studiomusikern eingesungen wurde, wieso klingt das trotzdem dermaßen beschissen? Wahrscheinlich verhält es sich bei Frank Farian wie bei einem Drogendealer, der zwar weiß, dass Crystal-Meth der letzte Dreck ist, es den Kids aber trotzdem andreht.

7. Modern Talking - Cheri, Cheri Lady

Spätestens bei dem Titel hätte jedem Fünfjährigen auffallen müssen, das Dieter Bohlen den gleichen Song schon drei Mal veröffentlicht hatte, jedoch mit immer bescheuerterem Text. Der Anblick des vor schleimigen Kitsch triefenden Videos weckte übrigens damals in mir den spontanen Wunsch sofort zu erblinden.

6. David Hasselhoff - Looking for freedom

David Hasselhoff ist inzwischen der Grund für die meisten Deutschenwitze in den Vereinigten Staaten. Wenigstens hat er damit Hitler abgelöst, was auch wieder bezeichnend ist. Im Übrigen verdankt David Hasselhoff seinen Erfolg den nach dem Mauerfall völlig unbedarften Ostzonenbewohnern, die ihr Begrüßungsgeld damit genauso sinnlos verramschten wie wir zuvor die zwangsumgetauschten DDR-Mark.

5. Bill Medley & Jennifer Warnes - (I've had) the time of my life

Der Titelsong des Films 'Dirty Dancing'. Womit eigentlich alles gesagt wäre, wenn mir das Ding nicht einen Teil meiner Jugend versaut hätte. Wirklich alle Frauen, auf die ich in den 80ern stand, fanden den Film damals super romantisch und wollten sich nur noch von Typen wie Patrick Swayze begatten lassen. Immerhin lernte ich so, dass innere Werte wichtiger sind als große Titten.

4. Salt 'n' Pepa - Push it

Dieses unsägliche Stück Analkuchen hasste ich vom ersten Ton an. Doch es kam noch schlimmer. Während eines Bio-Tests, vor dem ich absolut nichts gelernt hatte, sang der Nervkopp vor mir die ganze Zeit diesen Song, weil er ohnehin schon sitzengeblieben war. Und so stand am Ende des Tests auf meinem Blatt nicht mehr als mein Name. Um mir diese Schmach zu ersparen, gab ich den Test einfach nicht ab. In der nächsten Stunde behauptete ich dann dreist, der Lehrer hätte meinen brillanten Test verschlampt. Er nahm mir den Unsinn ab, was wahrscheinlich daran lag, dass ich sonst immer brillante Tests geschrieben hatte. So viel zum Thema Glaubwürdigkeit.

3. Starship - We built this city.

Psychedelic Rock meets Fußkrätze. In Wikipedia steht zum Rap-Part des Songs der schöne Satz: *Der Sinngehalt der Passage ist umstritten.* Ich würde sagen, der Sinngehalt des gesamten Songs ist mehr als nur umstritten. Wenigstens hat das amerikanische Musik-Magazin Blender eindeutig Stellung bezogen und den Song schon 1984 als schlechtesten Song aller Zeiten auf Platz 1 gewählt. Da wussten sie allerdings noch nicht, was noch alles an Gehörterror auf uns zukommen sollte.

2. Rick Astley - Together Forever

In Wirklichkeit ein Lied über siamesische Zwillinge, was die Textzeile 'There ain't no mistaking, It's true love we're making' in einem ganz neuen Licht erscheinen lässt. Rick Astley war einer der Marionetten unter den Fittichen von Stock Aitken Waterman, deren Wegwerfpopproduktionen dazu führten, dass ich ab Mitte der 80er kein Radio mehr hörte.

Eine späte Genugtuung war immerhin, dass die Reunion von Stock und Aitken im Jahre 2010 voll in die Hosen ging. Bei der wie für sie geschaffenen musikalischen Resteverwertung namens European Song Contest starteten die beiden zusammen mit Josh Dubovie für die unumstrittene Pop-Macht Großbritannien und belegten, nein, nicht den vorvorletzten, nicht den vorletzten, sondern den allerletzten Platz.

1. Level 42 - Lessons in Love

Es reicht vollkommen, sich das Video des Songs ohne Ton anzuschauen, dann hat man schon dessen ganze Hässlichkeit erahnt, ohne sich das Gehör vollzumüllen. Die Fresse von Sänger Mark King ist wie geschaffen für Wutanfälle von Mike Tyson, und der Keyboarder Mike Lindup tanzt wie ein frisch am Rücken gelähmter Bankkaufmann.

Eine besondere Beachtung verdienen auch die ausnehmend hässlichen Frisuren der Band. Bis dahin dachte ich immer, Waffenhändler wäre der verachtenswerteste Beruf unter der Sonne, aber zumindest in den 80ern war es zweifellos der Friseur.

Selbst Wikipedia wurde angesichts dieser Band von geistiger Umnachtung befallen. Dort steht doch tatsächlich, Level 42 wären dem Genre New Wave zuzuordnen. Würde man die gleiche Exaktheit beispielsweise auf Politiker anwenden, ginge Donald Trump glatt als aktenfressender, hochintelligenter Gutmensch durch.

Ich lud die drei Superstar-Songs von Christian herunter und überlegte mir gerade, welche Verbrechen der Musikindustrie wir noch auf das Publikum loslassen sollten, als ich aus dem Internet flog.

Erst dachte ich noch, dass ich ein Opfer der instabilen Verbindung sei, doch dann hielt mir Christian einen Zettel hin, den er irgendwo in der Kabine ausgegraben hatte.

Darauf standen die Online-Tarife an Bord unseres Luxusschiffes. Eine Minute Internet kostete 24 Euro 98 Cent, plus Mehrwertsteuer und Serviceentgelt.

Wir überschlugen kurz, was uns die knappe Stunde im Internet gekostet hatte und fielen in Ohnmacht.

**Alles, was zu dumm ist, um ausgesprochen
zu werden, wird gesungen.**
Voltaire

28

Palma de Mallorca, Montag, 27.06., 16:25

Als ich wieder erwachte, war ich sicher, im Himmel zu sein. Jemand spielte Klavier und ich fragte mich, ob Richard Clayderman es tatsächlich in Gottes Lustgarten geschafft hatte. Der Kerl wurde mir immer unergründlicher. Also Gott. Warum Richard Clayderman und nicht Bono? Wo der doch die halbe Welt gerettet hat. Jedenfalls in seinen Songs.

Doch was da sang, war auf alle Fälle keine irische Pathosstimme.

Sondern Christian.

Waren wir tatsächlich im Himmel gelandet?

Steckten die Hells Angels mit Lockenlos unter einer Decke und hatten unsere Körper mit Schrotkugeln perforiert?

Doch was sang Christian da?

»Manche Träume sterben langsam, erst der eine, dann der andere.«

Selbst ohne große Textexegese deutete das nicht gerade auf den *Himmel** hin.

*Wenn ihr wüsstet, Gott.

»Mann ist das geil«, sagte Christian, während er sang. Trotz meiner geistigen Umnachtung wusste ich sofort, dass es unmöglich war, gleichzeitig zu singen und zu sprechen, jedenfalls vor Beginn der modernen Aufnahmetechnik.

Ich öffnete die Augen.

Wenn das der Himmel war, sah er verdammt nach unserer Kabine aus.

Christian saß neben mir und obwohl er seine Lippen nicht bewegte, hörte ich ihn. Mein Laptop war angeschaltet, der Sequencer geöffnet und ein Song lief. Mit Christians Gesang und einem Piano, sonst nichts.

»Was ist das?«, fragte ich.

»Leere«, antwortete Christian.

»Wie Leere?«

»Der Track, den du löschen wolltest. Haben wir nach der Nacht im Pacha aufgenommen.«

»Sicher, dass es keine Heinzelmännchen waren?«, fragte ich noch und dann war alles wieder da: Das Debakel mit dem Mikrofonständer, das Einspielen des Pianos und die Geschichte, wie ich als Dreijähriger entdeckte, das Waschmittel ganz toll schäumt, wenn man es das Klo herunterspült. Woraufhin ich damals das gesamte Badezimmer unter Wasser gesetzt habe.

Ich wollte den Song sofort noch mal hören, doch Christian machte mich darauf aufmerksam, dass wir in fünf Minuten auf der Bühne stehen mussten.

Außerdem habe er auf meiner Festplatte noch ein Midi-File von 'Live is Life' gefunden.

Das konnte ich mir nun gar nicht erklären. Hatte ich das aus Versehen runtergeladen oder aus Blödheit, damals in den 80ern?

Obwohl es damals noch gar kein Internet gegeben hatte.

Dafür Disketten mit Midi-Files, auf denen das Stück sich bestimmt wie ein Virus verbreitet hatte. Wie auch immer. Da wir zwar käuflich waren, aber nicht bekloppt, beschlossen wir, das Stück trotz akutem Song-Mangel nicht zu spielen.

Dieses Mal freute ich mich sogar auf unser Konzert. Es würde ein fulminantes Hitfeuerwerk geben! Jedenfalls bis uns die Songs ausgingen. Aber bisher hatten wir die zwei Stunden ja auch irgendwie überstanden.

Als wir auf die Bühne kamen, stand schon der Typ mit Drei-Haare-Frisur davor und wünschte sich 'Live is Life'.

Es gab mir ein tolles Gefühl, den Song nicht zu spielen, obwohl wir es jetzt gekonnt hätten. Neben dem Drei-Haare-Mann waren nur eine Handvoll Zuhörer anwesend, dazu der Barkeeper und eine unglaublich scharfe Schwarzhaarige. Die leider nur geschäftlich hier war, also Staub wischte.

Wir begannen mit Christians Superstarshow. Nach dem dritten Titel klatschte jemand. Erst dachte ich an eine akustische Fata Morgana, doch dann wusste ich, wir waren auf dem richtigen Weg. Als die Coverversionen alle gespielt waren, wechselten wir nach bewährtem Muster Songs und Texte aus. Niemand hätte gemerkt, dass wir immer das Gleiche spielten, hätte Christian nicht aus Versehen auf 'New York, New York' den Text von 'New York, New York' gesungen.

Was für ein Fauxpas.

Jetzt konnte nur noch unsere neue Wunderwaffe helfen: *Leere*.

Der Höhepunkt unseres künstlerischen Schaffens.

Das inzwischen recht zahlreiche Publikum reagierte in etwa so interessiert wie ein Chinese, wenn bei uns ein Sack Reis umfällt. Mitten in den Schlussakkord hinein rief jemand: »Spiel doch mal was von Miki Krause!«

Er wurde nur übertönt von dem Typen mit der Drei-Haare-Frisur, der sich immer noch 'Live is Life' wünschte.

Ich wollte schon von der fünfhundert Millimeter hohen Bühne in den sicheren Tod springen, als mein Blick auf die schwarzhaarige Putzfrau fiel. Sie hatte Tränen in den *Augen**.

*Es kann auch billige Wimperntusche gewesen sein. Wobei selbst ich den Eindruck hatte, dass wir die Putzfrau emotional berührt hatten. Okay, das ist zwar nur ein intellektueller Ersatz für körperliche Berührung, aber von Letzterem verkaufte man für gewöhnlich keine Platten.

Von ihren Tränen der Rührung beflügelt, spielten wir unsere anderen Songs doppelt so geil wie sonst. Was ja eigentlich unmöglich ist, aber wenn Fußballer immer mindestens 200 Prozent bringen müssen, dann können wir das auch von uns behaupten.

Die Bar füllte sich, wir spielten Hit auf Hit und dann, vor dem letzten Song, geschah etwas Unglaubliches: Das Publikum erhob sich!

Standing Ovations!

Es war wie ein multipler musikalischer Orgasmus!

Jetzt konnte uns nichts mehr stoppen!

Jenseits eines bestimmten Punktes gibt es kein Zurück mehr. Das ist der Punkt, den es zu erreichen gilt.
Franz Kafka

29

Mittelmeer, Montag, 27.06., 18:54

Schon kurz nach Erfindung des Internets hatte es sich in männlichen Single-Kreisen eingebürgert, mit heruntergelassener Hose auf Bildstrecken herumzuklicken, auf denen sich mehr oder eher weniger bekleidete Frauen räkelten.

Eine Sexbombe folgte auf die nächste und dann, kurz vor dem Höhepunkt, gerade hinter dem Point of no return, klickte man aus Versehen auf das Foto von Alice Schwarzer, das man als eine Art Panik-Button am obersten Bildschirmrand versteckt hatte.

Was folgte war der schlimmste Orgasmus des Lebens.

Und genauso fühlte ich mich gerade.

Denn es waren keine Standing Ovations, bei denen merkwürdigerweise niemand klatschte, sondern einfach nur ein paar Minuten vor 19 Uhr, also Zeit zum Abendessen.

Daher waren alle aufgestanden.
Und gegangen.
Um sich den besten Platz am *Buffet** zu sichern.

*Am Büffet gibt es grundsätzlich nur zwei Typen von Menschen: Gehbehinderte Rentner mit Parkinson-Tremor, die für jedes Salatblatt eine halbe Stunde brauchen und alle anderen: Menschen im Rattenmodus.

Da werden Sachen gegessen, die man weder mit Namen kennt, noch jemals zu Hause anrühren würde, allein aus dem Grund, dass sie sonst jemand anders essen könnte.

Was mich allerdings wundert, ist das noch nie jemand die Idee hatte, die bevorzugten Speisen mittels Handtuchauflegen zu reservieren.

Nach dem Konzert waren wir ausgepowert wie ein liegengebliebener Bus voller Burn-out-Patienten.

Natürlich kam sofort Lockenlos auf uns zu, und erinnerte uns noch einmal daran, dass wir die größten Hits der 80er, *90er** und von gestern spielen sollten.

*Eigentlich hatten wir an dieser Stelle die schlimmsten Hits der 90er aufgezählt, aber der Verlag wollte aus dem Buch keine zehnteilige Werksausgabe machen.

Wir ließen Lockenlos einfach stehen, verzogen uns in unsere Kabine und schrieben das einzige mögliche Lied in dieser Situation: *Transplantation**.

*Wenn Männer mal Gefühle zeigen, kennen sie kein Maß mehr. Nur so sind die endlosen Babylobhudeleien zu erklären, die frischgebackene Väter vom Stapel lassen, anstatt sich die ersten drei Lebensjahre des Sohnemanns gepflegt einen hinter die Binde zu kippen, bis man den Kleinen mit auf den Fußballplatz nehmen kann.

Ich erachtete den Verlust meiner Jungfräulichkeit als Karriereschritt.
Madonna

30

Mittelmeer, Montag, 27.06., 23:00

Kaum hatten wir den Song im Kasten, mussten wir schon wieder auf die Bühne. Wir fühlten uns wie *Musikerhuren**.

*Musikerhuren sind Typen, die ihr Geld damit verdienen, Abend für Abend mit Künstlern auf der Bühne zu stehen, deren Alben sie niemals kaufen würden. Die Band von Heino beispielsweise besteht zu hundert Prozent aus Musikerhuren, wobei unklar ist, ob er nicht auch eine ist, wenn ich mir sein letztes Cover-Album anschaue. Natürlich haben diese ganzen Musiker einst an einer eigenen Karriere gebastelt, sie ist jedoch grandios gescheitert, weswegen ihnen nur noch der Weg in die Prostitution bleibt.

Eine milde Form der Musikerhure ist der Musikalienfachverkäufer, dessen unermessliches Frustrationspotenzial sich darin zeigt, dass er Käufer wahlweise ignoriert oder ihnen nur völlig unerschwingliche Musikinstrumente zeigt. Ein dritter Typus bedient grundsätzlich immer mehrere Kunden gleichzeitig, damit er sie wie lästige Ziegenknoddel im Laden herumkicken kann.

Wir spielten das Set runter wie einen nach Käse stinkenden, löchrigen alten Schuh.
Und doch klatschte das Publikum an der Bar.
Alkohol ist ein Teufelszeug.
Nach der Kreuzung von 'Sun of Jamaica' und 'Sonderzug nach Pankow' überlegte ich ernsthaft, meine musikalische Karriere an den Nagel zu hängen, bevor sie überhaupt Schwung aufgenommen hatte. Und das nach zwanzig Jahren Anlauf. Doch Christian mit seinem unerschütterlichen Optimismus überzeugte mich, es nicht zu *tun**.

*Die Welt wäre mit Sicherheit keine bessere, wenn alle Musiker plötzlich keine Musik mehr machen würden. Stattdessen würden sie wahrscheinlich völlig verstört in der echten Welt herumlaufen und ihre riesengroßen Egos zur Schau stellen, ohne zu wissen, was sie mit ihrer Zeit anfangen sollen.
So beginnen Kriege.
Ich bin überzeugt, hier würde der Begriff 'Globale Bedrohung' eine komplett neue Bedeutung erhalten. Wir sollten also alle froh sein, dass Scooter, Kanye West und Eminem Musiker geworden sind. Was passiert, wenn jemandem trotz Minderbegabung die künstlerische Karriere verwehrt wird, haben wir hier ja schon mehrfach andiskutiert.

Endlich hatten wir die Coversongs abgedudelt und begannen mit 'Meer'. Ich blickte ins Publikum. Die scharfe Putzfrau fehlte, dafür hatte ich andere Zuhörer schon die Abende zuvor gesehen. Neben dem Typen mit der Drei-Haare-Frisur war mir eine besonders blonde Frau Mitte fünfzig aufgefallen. Wahrscheinlich war sie mal hübsch gewesen, aber jetzt trug sie ein vom jahrelangen Kettenrauchen gesteinigtes Gesicht zu ihrer betonierten Dauerwelle, dazu High Heels, Leggins und einen Pralinenbauch.

Doch das war egal, denn sie, die bisher nur an der Bar gestanden hatte, tanzte nun zu 'Meer'.

Dann zu 'Alte Hits', 'Du' und den anderen Tracks.

Sie blieb bis zum Schluss.

Und winkte uns zu sich an die Bar.

Da wir schon einige Jahre nicht mehr gehört hatten, wie toll wir oder unsere Musik waren, gingen wir zu ihr.

»Eure Coverversionen sind scheiße«, lallte sie zur Begrüßung. »Aber die eigenen Songs kann man ertragen.«

Früher waren die Fans euphorischer gewesen.

»Ladet ihr mich zu einem Drink ein?«, fragte sie.

Und spendabler auch.

Aber auf den einen Drink mehr, den wir nicht zahlen konnten, kam es jetzt auch nicht mehr an. Ich bestellte eine Runde, Christian die nächste und dann war die Blonde an der Reihe. Sie war inzwischen voll wie eine Tankstelle vor dem Osterwochenende und erzählte gerade zum vierten Mal, sie heiße Gertrud und arbeite als *Chefmatratze**.

*So sagt man anscheinend in bestimmten Kreisen zu einer Sekretärin.

Doch wir spielten ja auch andauernd denselben Song, vielleicht dachte sie also, wir wären etwas schwer von Begriff. Gertrud wollte die Drinks bezahlen und holte ihr Portemonnaie heraus. Eine Visitenkarte fiel heraus und landete auf dem Boden.

Ich befahl meinen Muskeln, sich zu kontrahieren, um die Visitenkarte aufzuheben, doch sie zeigten mir den Stinkefinger und machten nichts.

Christian hatte seinen Körper anscheinend besser unter Kontrolle, bückte sich, nahm die Visitenkarte, warf einen Blick darauf und fror ein wie eine Spielfigur in einem abgestürzten Computerspiel.

Nur eine Sekunde, doch ich hatte es bemerkt.

Christian reichte ihr die Visitenkarte und dem Barkeeper seine Kabinenkarte. »Geht auf mich«, flötete er generös und rückte näher zu ihr.

Was war hier los?

**Im Pop ging es darum zu sagen: 'Fuck me'.
Im Rock geht es darum 'Fuck you' zu sagen.**
Chrissie Hynde, The Pretenders

31

Mittelmeer, Dienstag, 28.06., 04:02

Es dauerte geschlagene 8'067'132 Millisekunden, bis ich es erfahren sollte. Dann endlich schloss die Bar. Da Gertrud nicht mal mehr torkeln konnte, wir aber noch so einigermaßen, brachten wir sie zu ihrer Kabine und verabschiedeten uns gentlemanlike per Handkuss. Kaum hatte Gertrud die Tür geschlossen, fragte ich Christian: »Vischitencharte?«

Das war jetzt keine grammatikalisch und orthografisch perfekte Frage, aber Christian verstand sie trotzdem. Seine Augen glänzten, als habe jemand Gold reingeschüttet. »Halt dich fest! Sie ist Chefsekretärin bei *Bunnyversal**.«

*Bunnyversal ist mit Sonixhit und Werner-Records einer der drei verbliebenen Major-Companies. Natürlich sind das wie gehabt nicht die echten Namen der Plattenfirmen, denn wir möchten immer noch nicht von denen verklagt werden. Wobei ich den Namen Bunnyversal viel besser als das Original finde.

»Echt?«, fragte ich. Eigentlich hätte ich noch viel mehr fragen wollen, aber die Spracheinheit in meinem Gehirn war dazu nicht mehr in der Lage.

»Und zwar nicht von irgendeiner Abteilung«, sagte Christian. »Sondern vom CEO. *Frank B. Windhör**. Dem selbsternannten Retter der Musikindustrie.«

*Auch diesen Namen mussten wir geringfügig anpassen.

Schlagartig war ich wieder nüchtern. Bekamen wir doch noch unsere Chance in die Chefetage der Musikindustrie vorgelassen zu werden? Hatte sich das Glück gewendet? Hatte Gott *Mitleid** mit uns?

*Da passt man einmal nicht auf, lässt der Welt ihren Lauf und schon soll man wieder an allem schuld sein. Außerdem, wann hab ich jemals in der Geschichte der Menschheit Mitleid gezeigt? Schließlich ist noch jeder gestorben, oder? Gott.

Wenn wir unser Album persönlich vorstellen duften, landeten wir nicht auf dem Stapel unverlangt eingesandter CDs, der bei Bunnyversal wie bei den anderen Major-Companies ungehört der Sondermüllverbrennung zugeführt wurden.

Christian hatte offensichtlich genau denselben Gedanken. »Wir brauchen einen Termin bei ihrem Boss«, sagte er.

»Und wie stellen wir das an?«, fragte ich. »Schreiben wir schnell noch einen Hit und überzeugen Gertrud morgen von unserer Genialität?«

Eigentlich hatte ich das ironisch gemeint, aber Christian nickte.

Und so gingen wir in die Kabine und schrieben einen Hit:

Bandit*.

*Eine Hommage an Joachim Witt. Und mit Abstand das persönlichste Lied der Platte. Was aber auch nichts zu sagen hat, jedenfalls wenn man uns kennt.

**Mmm Mmm Mmm Mmm
Mmm Mmm Mmm Mmm.**
Crash Test Dummies

32

Mittelmeer, Mittwoch, 29.06., 01:48

Es gibt Tage, an denen passiert ü-b-e-r-h-a-u-p-t nichts. Es sind diese Tage, an denen es selbst Daniela Katzenberger, Lothar Matthäus oder Horst Seehofer in die Tagesschau schaffen. Und der gestrige Tag war so ein Tag.

Das Einzige, woran ich mich erinnere, war eine Messerstecherei am abendlichen Buffet. Völlig übliches Touristenverhalten.

Sonst passierte nichts.

Absolut nichts.

Wirklich gar nichts.

Auch Frauen haben Eier. Sie hängen einfach ein bisschen höher, das ist alles.
Joan Jett

33

Mittelmeer, Mittwoch, 29.06., 01:49

Ich habe lange mit mir gerungen, ob ich diese beschämenden Peinlichkeiten, in die wir gestern reihenweise tappten, genau wie Thomas verschweigen soll. Aber dann hab ich mir gesagt, dass wir irgendwann darüber lachen können.

So in sechzig oder siebzig Jahren.

Nachdem wir unseren Kater ausgeschlafen hatten, stellten wir fest, dass wir in Menorca ankerten. Menorca ist eine Insel für jene deutschen Rentner, die nicht mal Mallorca richtig aussprechen können. Demzufolge entschieden wir uns, auf den Landgang zu verzichten.

Wir hatten ohnehin nur noch eine halbe Stunde bis zu unserem nächsten Auftritt. Wir nutzten die Zeit, uns zu überlegen, wie wir Gertrud von unseren musikalischen Vorzügen überzeugen konnten. Uns fiel nur eine einzige Lösung ein: Sie war ein wenig außergewöhnlich, aber irgendwie mussten wir unserem Traum vom Gold, Geld und dem sorgenfreien Leben ja nachhelfen. Sonst würde das nie was werden mit der Begleichung unserer Schulden.

Doch der Reihe nach.

Da der Landgang in Menorca bis 19 Uhr dauerte, spielten wir unser 5-Uhr-Set für den Barkeeper, drei Ratten und zwei Brotkrümel. Nicht mal die Putzfrau schaute vorbei.

So konnten wir noch ein wenig an Bandit feilen. Wir wiederholten den Song immer wieder, bis er saß wie der BH von Katy Perry.

Da wir heute Abend fit sein mussten, beschlossen wir, nichts zu trinken und kauften dem Barkeeper zwei Fliegen ab, natürlich auf Bordkredit.

Die Zeit bis zu unserem zweiten Auftritt nutzten wir, um unsere Körper in Form zu bringen, was nicht gerade in fünf Minuten geht, wenn man vierzig Jahre nichts gemacht hat.

Genaugenommen geht es auch nicht in fünf Stunden, aber mehr Zeit hatten wir nun einmal nicht.

Dann kam unser Auftritt.

Um 23 Uhr. Der Laden war einigermaßen voll.

Das Publikum ebenso.

Wir scannten Gesicht für Gesicht, doch wir konnten Gertrud nicht entdecken. Wenn sie ausgerechnet heute nicht kam, wie sollten wir sie dann von unseren musikalischen Qualitäten überzeugen?

Wir verschoben die Lösung des Problems auf später und Thomas schaltete den Sequencer ein. Wie immer begannen wir unser Set mit den Coverversionen und spielten uns dann über die

Variation derselben zu unseren Stücken. Von Gertrud war nach wie vor noch nichts zu sehen.

Dafür stand wieder der Typ mit der Drei-Haare-Frisur in der ersten Reihe und wünschte sich nach jedem Song 'Live is Life'. Hatte der sonst nichts zu tun? Wie gewohnt überboten wir uns darin, ihn zu ignorieren.

Dann kam Gertrud doch noch. Genau in dem Moment, in dem wir mit 'Bandit' begannen. Sie lächelte und sie tanzte. Der erste Teil unseres Plans hatte also funktioniert.

Thomas war dadurch jedoch dermaßen euphorisiert, dass er aus Versehen im Sequencer 'Live is Life' startete.

Der Typ mit der Drei-Haare-Frisur fiel augenblicklich in Ohnmacht. Während er von den Schiffssanitätern abtransportiert wurde, kämpften wir uns durch den Song. Es fühlte sich an, wie in einer Latrine zu baden, während eine überdimensionierte Kuh Fladen auf einen regnen lässt.

Irgendwie brachten wir das hinter uns und spielten passend zum Sanitätereinsatz 'Transplantation'. Mit jedem Song wurde die Stimmung ausgelassener. Und am Ende spielten wir sogar eine Zugabe: 'Du'.

Gertrud tanzte wie ein Duracell-Häschen und sang den Refrain mit.

Es lief perfekt.

Sofort nach dem Konzert gingen wir zu ihr an die Bar und spendierten ihr eine Runde. »Hast du auch so Lust auf ein Sandwich?«, fiel Thomas direkt mit dem Gehweg, dem Vorgarten und der Tür ins Haus.

Gertrud musterte uns zwei Sekunden lang. »Aber nur wenn ihr eine Flasche Champagner mitbringt.« Wahrscheinlich kostete die Flasche so viel wie in einem Schweizer Puff, aber solange der Barmann uns noch bediente, war uns das egal, denn von Pleite gibt es keine Steigerungsform.

Gertrud hauchte uns ihre Kabinennummer zu und ließ uns stehen. Wir schütteten unsere Getränke herunter, bestellten den Schampus und tänzelten zu ihrer Kabine wie Gigolos.

Gespannt, nervös und ein wenig ängstlich klopften wir an ihre Tür. Sie öffnete, blickte auf den Champagner und unsere ansonsten leeren Hände »Wo sind denn die Sandwichs?«

Wir lachten und ich zog die längste Praline der Welt aus meiner Hose.

Gertrud fiel über das Duplo her wie eine ausgehungerte Löwin. Wir setzen uns auf ihr Bett, doch das Gespräch und die Kapitalistenbrause plätscherten so dahin, als Gertrud endlich die magischen fünf Worte sagte: »Ich muss mal aufs Klo.«

Genau darauf hatten wir gewartet.

Ohne eine Sekunde zu verlieren, taten wir, was wir besprochen hatten.

Wir spannten uns die Fliege um den Hals, legten alles darunter ab und uns in Gertruds Bett, so wie Gott uns *geschaffen** hatte.

*Als ich euch geschaffen hab, wart ihr kleine, süße Wonneproppen mit Pausbäckchen, zarter Haut und ausreichend Haaren auf dem Kopf. Und innerhalb der Garantiefrist von zwölf Monaten seid ihr das auch geblieben. Was danach aus euch geworden ist, entzieht sich meiner Verantwortung. Gott.

Wie auch immer, wir waren nackt bis auf unsere Alimentekabel, die notdürftig von einem Stringtanga im Zaum gehalten wurden.

Dann kam Gertrud wieder.

Sie blickte auf unsere Fliegen, auf unsere Oberkörper und auf unsere mühsam verhüllten Frauenkörperstöpsel und begann zu lachen. »Hört mal zu, Jungs«, sagte sie. »Hier lagen schon Siebzehnjährige mit einem Körper wie Adonis und einer Latte wie ein Baseballschläger. Die hätten alles getan, nur damit ich ihnen die ersten drei Nummern vom Handy meines Bosses verrate. Und wie ihr wisst, ist das nur die Vorwahl.«

Wenn in dem Moment die Welt untergegangen wäre, hätte es nicht schlimmer sein können. »Wir … wir … wollen nicht … seine Vorwahl«, stammelte Thomas. »Wir wollen einen Termin bei ihm.«

»Und ihr glaubt, wenn ihr mit mir in die Kiste geht, dann mache ich das? Denkt ihr, ich mache alles für Sex? Bin ich ein Mann, oder was?«

Wir schüttelten synchron den Kopf.

»Oder habt ihr euch beide unsterblich in mich verliebt und liegt deswegen hier im Bett wie Hopfen und Malz euch geschaffen haben?«

Wir schüttelten schon wieder den Kopf. Wir wagten nicht mal darauf hinzuweisen, dass wir gar keine Bierbäuche hatten.

»Also, dann haut ab.«

Seit meinem fünfzehnten Lebensjahr, als mir die amtierende Miss Germany aus völlig fadenscheinigen Gründen einen Korb gegeben hatte, war ich nicht mehr so erniedrigt worden.

Wir schnappten uns unsere Klamotten, stürmten zur Tür und rannten hinaus auf den Flur. »Ach ja, und spielt nie wieder 'Live is Life'«, hörten wir noch, dann knallte die Tür hinter uns zu.

**Das ist mein größter Einwand gegen Musik,
dass Österreicher darin exzelliert haben.**
Arno Schmidt

34

Mittelmeer, Mittwoch, 29.06., 01:50

Okay, jetzt wo es raus ist, kann ich auch erzählen, wie es weiterging. Wir standen also vor Gertruds Kabine, nur mit einem Tangaslip und einer Fliege bekleidet. Doch es sollte noch schlimmer kommen. Erst hörten wir es nur trippeln, dann das Klackern von High Heels.

Und dann sahen wir sie: die Karottenfrau.

Wir wollten flüchten, doch sie stöckelte schon auf uns zu. »Seid ihr auch in Menorca zugestiegen?«, fragte sie.

Wir schüttelten den Kopf und versuchten irgendwie unsere Jeans anzuziehen.

Was auf einem schwankenden Schiff nicht ganz einfach ist, erst recht nicht, wenn man von einer Frau ständig mit Blicken wieder ausgezogen wird.

»Was hast du denn in Menorca gemacht?«, fragte ich, weil ich hoffte, ihren Blick so von meiner Eiweißtuba ablenken zu können.

»Irgendein Idiot hat mir erzählt, dort wäre das Pussycat«, antwortete sie. »Und was macht ihr hier? Auf dem Weg zur Sauna?«

Wir nickten. Auf die Ausrede wären wir selbst gar nicht gekommen.

»Oder wollt ihr mich sexuell belästigen?« Sie rammte ihr rechtes Bein so vehement nach vorne, dass ich mir nicht klar war, ob das eine *Frage** oder eine Aufforderung sein sollte.

*Es war natürlich eine Frage. Weitere Fragen die endlich mal gestellt werden sollten:
- War Elvis Presley ein guter Lkw-Fahrer?
- Muss man zu viel gekaufte Zigaretten nach einem Flugzeugabsturz verzollen?
- Steht Madonna für ihre nächste Deutschlandtour ein Altenpfleger zu?

Wie immer war Christian schlagfertiger als ich. »Unser Outfit gehört zur Bordunterhaltung«, sagte er und winkte einfach ab.

Die Augen der Karottenfrau verengten sich zu zwei möhrenförmigen Schlitzen. »Ach, euch kann man buchen?«

»Wir sind für die ganze Kreuzfahrt ausgebucht«, entgegnete Christian. »Und müssen auch schon zum nächsten Kunden.«

»Kunden?« Die Karottenfrau blicke uns irritiert an. »Seid ihr vom anderen Ufer?«

»Siehst du hier ein anderes Ufer?« Christian zeigte auf ein Bullauge im Flur.

Die Karottenfrau schaute hinaus und während sie noch nach dem Ufer suchte, flüchteten wir, immer noch hosenlos. Wir liefen direkt in die Arme des Drei-Haare-Mannes. »Spielt jetzt endlich mal 'Live is Life'!«, rief er und wollte uns dort festhalten, wo man jemanden eben festhalten kann, wenn er fast nackt ist.

Als die Karottenfrau um die Ecke kam und das sah, fühlte sie sich in ihrer Ufer-Theorie bestätigt. »Die besten Männer sind immer schwul!«, rief sie, obwohl es genügend Beispiele gab, die diese Theorie *widerlegten**.

*Man denke nur an den Kommunistenjäger McCarthy, den Neo-Nazi Michael Kühnen und natürlich an Jörg Haider, von dem man zwar unter Strafandrohung nicht behaupten darf, dass er schwul war, aber dafür darf man laut Gericht ungestraft sagen, dass er ein Arschloch** war. Ist ja immerhin auch was.

Wahrscheinlich war er auch gar kein Mensch, sondern nur eine mit Rassismus vollgeschissene Menschenhaut. Wer das übertrieben findet, hier ein kleines *Zitat** von Jörg Haider: »Die Waffen-SS war Teil der Wehrmacht und es kommt ihr daher alle Ehre und Anerkennung zu.«

Und hier noch eines: »Das wissen Sie so gut wie ich, dass die österreichische Nation eine Missgeburt* gewesen ist.«

****Und auch wenn mir das schwerfällt, da muss ich jetzt echt mal die Österreicher verteidigen, haben sie uns doch immerhin Mozart, Falco und den Terminator *geschenkt******.

*****Ganz zu schweigen von den österreichischen Erfindungen, ohne welche die Weltgeschichte komplett anders verlaufen wäre. Hier nur die drei bekanntesten: Die Zündholzschiebeschachtel mit seitlichen Reibeflächen, der Flachschornstein für Dampflokomotiven, und last but not least, der allseits beliebte Asbestzement.

Während der Drei-Haare-Mann gegen diese unflätigen Unterstellungen der Karottenfrau protestierte, nutzten wir die Gelegenheit, rissen uns von ihm los und flüchteten.

Ausgepowert und deprimiert wie ein Schalke-Fan am Ende der Saison kamen wir an unsere Kabine.

Nein, noch schlimmer, unser Leben war wie ein Song von Modern Talking: Ein vor Glimmer triefender Haufen Scheiße, der mit jeder Sekunde unerträglicher wurde.

»Morgen wird bestimmt alles besser«, sagte Christian noch, und weil ich es glauben wollte, schlug ich ein paarmal meinen Kopf an die Wand, bis ich friedlich einschlief.

Wenn es beim ersten Versuch nicht klappt, zerstöre alle Hinweise darauf, dass du's versucht hast.
Steven Wright, amerikanischer Comedian

35

Palma de Mallorca, Mittwoch, 29.06., 10:20

Als ich aufwachte, litt ich gleichzeitig an allen zweihundertzweiundfünfzig Arten von Kopfschmerz, die im internationalen Diagnosehandbuch beschrieben sind. Das war schon schlimm genug, aber zusätzlich klopfte es so heftig an unsere Kabinentür, als schlage jemand mit einer Schrotflinte dagegen.

Waren es die Fans, die uns die Bude einrannten? Oder Gertrud, die es sich anders überlegt hatte?

Ich quälte mich aus dem Bett, öffnete die Tür und blickte tatsächlich in den Lauf einer Schrotflinte.

Nun hätte ich mich freuen können, dass mein Gehör so perfekt war, doch irgendwie wurde dieses Gefühl von einem anderen überlagert: Todesangst.

Denn hinter der Tür stand der humpelnde, schmächtige Grauhaarige namens Thrombose-Peter. Und hinter ihm drei Hells Angels, die so massig waren, dass ich nur ihre Oberkörper sah.

Ohne Worte drängten die Hells Angels in unsere Kabine und schlossen die Tür. Zusammen brachten sie mindestens 400 Kilo auf die Waage und das ohne ihre Waffen.

»Seid ihr auch in Menorca zugestiegen?«, fragte ich, weil ich irgendwie glaubte, die Situation mit Smalltalk entspannen zu können.

Die Hells Angels schauten mich an, als habe ich sie gefragt, ob sie unter dem Lederkombi Windeln tragen würden.

»Ihr ankert gerade in Palma de Mallorca«, sagte Thrombose-Peter und klang dabei als sei er der Pate persönlich oder als habe er wenigstens zwei Tischtennisbälle im Mund. »Euer Schiff kommt hier alle zwei Tage vorbei.«

Na das war ja eine abwechslungsreiche Kreuzfahrt.

Doch ich konnte mich nicht recht daran erfreuen, denn einer der Hells Angels richtete seine Schrotflinte auf mich. »Wo ist der Kerl?«

Erst in dem Augenblick fiel mir auf, dass Christian gar nicht neben mir stand. »Wer denn?«, fragte ich und blickte mich so überrascht um wie einer dieser Laienschauspieler bei GZSZ. Wahrscheinlich war Christian in unseren einzigen Zufluchtsort geflüchtet: die Kabinentoilette.

Zum selben Schluss kamen auch die Hells Angels und traten kurzerfuß die Toilettentür klein.

Christian saß zitternd auf dem Klo wie Mel Gibson während eines kalten Entzugs. Zwei der Hells Angels zerrten ihn vom Porzellansofa und warfen ihn vor Thrombose-Peter auf die Knie. Er trat Christian dorthin, wo es besonders wehtut. »Wegen dir haben wir eine Menge Wetten verloren!«

Christian krümmte sich vor Schmerzen, doch er gab immer noch nicht klein bei. »Dann hättet ihr halt einen besseren Sänger engagieren sollen.«

»Und wer hätte dann gegen uns gewettet?«

Ein überzeugendes Argument. Fand ich jedenfalls, angesichts der Schrotflinte vor meiner Nase. »Und was wollt ihr jetzt hier?«, kleinlautete ich.

Thrombose-Peter deutete auf Christian. »Unser Freund hier muss auf die Fernsehsendung verzichten.«

»Und wie soll ich dann die Schulden für euch zurückzahlen?«, fragte Christian.

»Sicher nicht, indem du dich in unsere Geschäfte einmischst.« Thrombose-Peter schüttelte tadelnd den Kopf. »Außerdem dachte ich, du hättest das Geld schon?«

»Ich bin dran«, sagte Christian. »Ihr besitzt nicht zufällig eine Plattenfirma?«

»Nein, besitzen wir nicht«, sagte Thrombose-Peter. »Aber das ist eine gute Idee. Denn so kommst du aus dem Deal mit dem Fernsehsender raus. Du sagst einfach, du hättest ihnen einen Plattenvertrag verschwiegen. Dann wirst du disqualifiziert und wir gewinnen unsere Wetten doch noch.«

»Und wenn ich mich weigere?«

Jetzt blickte auch Christian in den Lauf einer Schrotflinte. »Tja«, sagte Thrombose-Peter. »Dann lösen wir das Problem auf eine andere Art und Weise. Denn tot kannst du auch nicht an der Sendung teilnehmen.«

Ich spürte einen Kloß im Hals und schluckte.

Und Christian schluckte *auch**.

*Die letzten 24 Stunden erinnerten mich an einen Tag der lange zurück lag. Obwohl dieser perfekt begonnen hatte, endete er total beschissen. Damals war es mir morgens auf dem Schulweg zum Bus gelungen, an einer Plakatwand ein Riesenposter der Tennislegende Björn Borg in komplettem und unbeschädigtem Zustand abzulösen. Ich rollte das Plakat ganz vorsichtig auf und freute mich, es später an die Wand meines Jugendzimmers zu hängen, denn in weiser Voraussicht bewunderte ich Björn Borg schon damals wegen seiner langen wilden Haare. Daher empfand ich es als nur halb so schlimm, dass ich wegen des Posters den Bus zur Schule verpasste und einen Riesenanschiss bekam, weil ich erst fünf Minuten vor Ende der ersten Stunde eintrudelte.

Damals war ich absoluter Kiss-Fan und in der Pause bekam ich die beiden Kiss Alben 'Alive II' und 'Hotter than hell' auf Original-Kassette von einem Schulfreund geliehen. Ich freute mich wie Bolle. Doch das war noch nicht alles. Ich zeigte meinen Mitschülern mein mitgebrachtes Mini-Senseo, ein elektronisches Reaktions- und Konzentrationsspiel, das damals sehr teuer war. Alle fanden das toll und ich war mir in dem Moment sicher, es war der beste Tag, den je ein Zwölfjähriger in der Geschichte der Menschheit erlebt hatte.

Strahlend wie tausend Sonnen machte ich mich nach der Schule samt meiner prall mit Devotionalien gefüllten Kodak-Werbetasche auf den Heimweg.

Tja, und was soll ich sagen: Kurz vor unserer Wohnung wurde ich von einer Moped-Gang angehalten, zusammengeschlagen und ausgeraubt.

Damals lernte ich, für den Moment zu leben. Denn schon in der nächsten Sekunde kann ein durchgeknallter US-Präsident die falschen Knöpfe drücken.

Oder irgendein russischer Präsident.

Und vielleicht sogar der von Nord-Korea*.

*Und was ist mit mir? Ich könnte auch Knöpfe drücken, wenn ich wollte! Auch wenn ich mehr darauf stehe, wenn alle qualvoll ertrinken. Gott

Ich spiele Bass, weil ich meinen Lebensunterhalt nicht mit Masturbation verdienen konnte.
Les Claypool, Primus

36

Palma de Mallorca, Mittwoch, 29.06., 10:25

»Ich mach's«, sagte Christian.

Einfach so.

Hatte er nicht immer davon geträumt, ein Casting zu gewinnen?

Außerdem war es unserer einzige Chance, doch noch unsere Schulden zurückzuzahlen. Ausgerechnet an die Hells Angels, die ihm diese Chance nahmen. War das nicht eine himmelschreiende Ungerechtigkeit! Und was machte Gott? Hing wahrscheinlich faul im Himmel rum und schnitt sich die Fußnägel. Anstatt uns zu *helfen**!

*Wenn ich gewusst hätte, dass die Menschen sich irgendwann sogar wegen total sinnloser Castingshows bei mir beschweren, hätte ich den ganzen Kram mit der Erde gleich sein lassen. Oder die Evolution bei den Eintagsfliegen gestoppt. Die stellen wenigstens keine An-

sprüche. Und wenn, sind sie am nächsten Tag vergessen.

Ach ja, und das mit den Fußnägeln ist ja wohl kein Verbrechen. Oder soll ich aussehen wie Bhagwan? Gott.

Wie alle *Nichtadeligen** in der Geschichte der Menschheit mussten wir den Karren selbst aus dem Dreck ziehen, den wir da reingefahren hatten.

*Neben den Adligen lassen übrigens auch Päpste, Politiker und CEOs die Scheiße, die sie selbst verbrockt haben, grundsätzlich von ihren Untergebenen beseitigen.

Thrombose-Peter hielt Christian eine Verzichtserklärung hin, die dieser ohne zu zucken unterschrieb. »Geht doch«, sagte Thrombose-Peter. Die Tinte war nicht mal *trocken**, da zog er das Papier zu sich, als sei er der Teufel und Christian habe ihm gerade seine Seele verkauft.

*Kein Wunder, ich hatte ja auch mit dem Kugelschreiber geschrieben. Aber es ging wirklich so fix, dass ich nicht mal den Punkt über dem 'i' bei Purwien setzen konnte.

»Und wenn wir die Hunderttausend Euro nicht bis Freitag haben, besuchen wir dich noch mal«, sagte Thrombose-Peter. »Anschließend kannst du deinen Kopf unter der Erde suchen. Und deinen Kollegen auch.«

Dann verschwanden die Hells Angels so schnell, wie sie gekommen waren.

»Das klagen wir wieder ein!«, sagte ich, kaum hatten die Hells Angels das Schiff verlassen, waren außer Sichtweite und auch nicht mehr zu hören. Warum nur hatte ich die kommentierte Ausgabe des Bürgerlichen Gesetzbuches daheim gelassen? Dann hätte ich gleich die Klage ausarbeiten können! So schwer konnte das ja nicht sein, schließlich hatte ich mir seinerzeit im Kindergarten ein paar juristische Grundkenntnisse angeeignet, um mich vor Mobbingattacken der anderen Vierjährigen zu schützen.

Doch dann hatte mich gar niemand gemobbt! Da könnte ich mich heute noch drüber aufregen!

Dann allerdings sagte Christian einen Satz, bei dem ich erst glaubte, ich hätte Melonen auf den Ohren, bis er seine Worte wiederholte: »Ich wäre eh nicht in die Sendung gegangen.«

»Was? Du warst doch auf jedem verdammten Casting?«

»Aber ich bin nie so weit gekommen«, sagte er. »Und während der Auftritte am Ballermann hab ich verstanden, dass die Show nur ... na ja nur eine Show ist. Die Leute haben nicht mich gewählt, sondern einen Clown im Leinen-Anzug. Und meinst du, ich singe später freiwillig die Songs vom Bohlen? Entweder wir schaffen es auf unsere Art und Weise oder wir schaffen es gar nicht.«

Durch diese Worte spürte ich neuen Mut.

Dann fiel mir die Geschichte mit Gertrud ein und der Mut zerbröckelte, so schnell er gekommen war.

Christian bemerkte meine Resignation. Er legte seinen Arm um mich. »Wir schaffen es auch ohne *Gertrud**.«

*Ich hätte niemals gedacht, dass ich jemals so einen Satz sagen würde. Er klingt wie aus einem Rosamunde-Pilcher-Film. Aber ich kann ja auch nichts dafür, dass Gertrud nicht Scarlett hieß, Angelina oder wenigstens Sandy.

Also setzten wir uns vor den Laptop und taten, was wir tun mussten: Wir schrieben einen neuen Song. Klar, andere gingen bei schönem Wetter baden, aalten sich in der Sonne und tranken leckere Cocktails, aber dafür starben sie dann wahlweise an Hautkrebs oder Leberzirrhose. Und das war eher hinderlich für eine Karriere als Popstar.

Doch eigentlich ging es darum gar nicht mehr. Wir hatten nur noch ein Ziel: Das Album vollenden. Auf eine Weise, damit es für uns, und nur für uns, das beste Album der Welt war.

Ob andere es gut, geil oder beschissen fanden, war zweitrangig.

Wobei es trotzdem ganz nett wäre, nächsten Freitag zu überleben.

Wenn es Kunst ist, ist es nicht für alle und wenn es für alle ist, ist es nicht Kunst.
Arnold Schönberg

36

Palma de Mallorca, Mittwoch, 29.06., 16:35

Während wir den Song aufnahmen, zogen am Himmel die ersten Wölkchen auf, gefolgt von ein paar harmlosen Regentröpfchen und stundenlangem Platzregen. Die Rentner, die zum Baden von Bord gegangen waren und nun, total durchnässt, wiederkamen, sahen so glücklich aus wie nach der letzten *Rentenkürzung**.

*Wobei in Deutschland die meisten Rentner selbst dann was zu meckern hätten, wenn die Renten verdoppelt würden.

Draußen schien es heftig zu stürmen, jedenfalls wurden die Röcke von ein paar Rentnerinnen am Kai vom Wind hochgeworfen wie bei Marylin Monroe, und entblößten ihre Krampfadern und Stützstrümpfe.

Ich hatte mir in den letzten Stunden zur Eliminierung der schlimmsten Kopfschmerzarten mehrere Aspirin in den Kopf geschüttet und mir gleichzeitig einen Song aus den Händen geschüttelt, während Christian an einem Text gesessen hatte. Es war höchste Zeit für den magischen Moment, in dem man zum ersten Mal hörte, ob Text und Musik zusammenpassten und eine unzerstörbare Einheit bildeten.

Oder ob alles klang wie ein Haufen Erdmännchenkacke.

Doch zuvor mussten wir unseren Auftritt absolvieren.

Denn wir hatten den Plan geschmiedet, sobald wir wieder in Ibiza ankerten, unauffällig von Bord zu verschwinden. Erstens wussten die Hells Angels nun wo wir waren und zweitens wollten wir unser ohnehin begrenztes Talent nicht weiter auf diesem Schlepper verschwenden.

Außerdem wollten wir der offenen Bordrechnung entgehen, schließlich hatten wir auf dem Schiff hart gearbeitet. Dafür durften wir nicht mehr unangenehm auffallen und betraten pünktlich um 17 Uhr die Bühne. Dort hängten wir erst mal die Wäscheleinen ab, die irgendwelche Hausmänner zum Trocken ihrer Allwetterjacken zwischen den Boxen aufgespannt hatten.

Zum Glück war das Publikum mal wieder so rar gesät wie Weizen in der Sahara und so bekam niemand diese Schmach mit.

Wir wollten gerade beginnen, heimlich an unserem neuen Song zu arbeiten, als doch noch Publikum in die Bar trödelte: vier Models und ein alter Sack in weißer Uniform. Das war doch Scheffino! Musste der nicht das Schiff steuern? Ein Pilot ging während des

Fluges ja auch nicht durch die Reihen und machte den Grüßonkel.

Und ein Busfahrer auch nicht.

Jetzt kam Scheffino auch noch zu uns und wünschte sich irgendeinen Titel von *Eros Ramazzotti**, den ich dank meines Y-Chromosoms nicht kannte.

*Wieder so ein Künstler, der seine Existenz gefrusteten deutschen Kik-Verkäuferinnen verdankt. Jedenfalls habe ich noch nie einen Mann gesehen, der behauptet, Eros Ramazzotti gut zu finden. Kein Wunder, der macht ja auch Musik, wie die italienische Fußballnationalmannschaft Fußball spielt: Auf den ersten Blick erfolgreich, aber der ganze Zauber verfliegt, sobald der erste Italiener schauspielernd am Boden liegt.

Da lobe ich mir doch die Engländer, sie sehen zwar bis auf dieses Unterwäschemodell alle aus wie Bierbrauer, spielen aber den ehrlichsten Fußball von allen.

Deswegen haben sie auch schon lange nichts mehr gewonnen.

»Si, si«, antwortete ich, was im Italienischen nichts anderes heißt, als im Deutschen und weil der Kapitän auf die Brücke zurück sollte, anstatt hier einen auf romantischen Südländer zu machen – startete ich 'Live is Life'.

Doch es zeigte sich mal wieder, dass 'Live is Life' direkt aus der *Hölle** stammte.

*Andere sagen auch Österreich dazu.

Allein schon das Hören des Songs bereitete uns körperliche Schmerzen, vom Spielen ganz zu schweigen, doch Scheffino schien die Plattheit des Songs gar nicht zu erfassen. Im Gegenteil, er tanzte dazu einen Sirtaki, umringt von seinen Kapitänsgroupies. Irgendetwas lief hier total schief.

Waren wir im falschen Film? Oder in irgendeinem Fegefeuer, in dem Gott uns zwischengelagert hatte, damit wir nicht noch mehr Unsinn *verzapften**?

*Die Idee hätte glatt von mir sein können, aber dieses Mal bin ich ausnahmsweise unschuldig. Gott.

Andererseits war alles möglich in einer Welt, in der man zu viele Schulden mit noch mehr Schulden bekämpfte.

Plötzlich hörten wir so laut Metall knirschen, das wir schon dachten, die Einstürzenden Neubauten wären auf die Bühne gekommen. Scheffino war offensichtlich kein Fan der Band, denn er blickte kurz auf, fluchte irgendetwas auf Südländisch und stürmte samt seinem Gefolge aus der Bar.

Kaum war Scheffino gegangen, kamen die ersten Rentner. Natürlich nicht, um uns zuzuhören, sondern um zu schauen, ob das Bier heute genauso schmeckt wie gestern und vorgestern.

Und den Tag zuvor.

Wer schon einmal gegen Mittag auf einem Festival gespielt hat, weiß wie man sich fühlt, wenn die eine Hälfte des Publikums ständig auf die Uhr schaut und die andere mit zwei Döner Kebab in der Hand versucht zu klatschen.

Also blieb uns wie immer nur eine Wahl: das eigene Konzert schönzutrinken.

Es gelang uns ganz ordentlich, wobei wir uns wunderten, dass wir im Gegensatz zu den bisherigen Auftritten am Ende des Konzerts keine Schlagseite hatten. Waren wir schon so sehr an das Popstar-Leben gewöhnt? Machten uns ein paar Promille im Hämoglobintank gar nichts mehr aus?

Und warum ging der Weg zu unserer Kabine plötzlich bergauf?

Schlagartig wurde mir alles klar: Das war bestimmt eine letzte Warnung, bevor mich das Delirium Tremens abholte und in den Wahnsinn schickte! Wahrscheinlich waren meine Kopfschmerzen auch ein Vorbote, genauso wie die Gastritis, die ich mangels weiterer Symptome unvorsichtigerweise vergessen hatte. Spontan beschloss ich, dem Alkohol für immer abzuschwören.

Ich kann das jedem nur empfehlen, vor allen Dingen sollte sich niemand von irgendwelchen fehlgeleiteten Musikern beeinflussen lassen. Wer noch alle Gehirnzellen beisammen hat, sollte wirklich die Finger vom Alkohol lassen!

Auf uns traf das allerdings nicht mehr zu. Daher hatte Christian von der Bar zwei Bier mitgenommen und kaum war er in unserer Kabine angekommen, reichte er mir eines.

Erst wollte ich meinem Beschluss treu bleiben, doch dann lächelte die Flasche mich an und versprach, sich um all meine Sorgen zu kümmern. Jedenfalls bis zum nächsten Morgen. Und dann gab es ja wieder eine andere Flasche. Und deren Freunde.

Außerdem ist auch normales Bier zu 95% alkoholfrei. Also was war schon dabei? Und so revidierte ich meine Entscheidung und stieß mit Christian an. Er stellte sich vor das Mikrofon und ich startete am Laptop die Aufnahme. Es war ein historischer Moment. Denn es erklang zum ersten Mal in der Geschichte der Menschheit 'Kühe vor dem Sturm'.

Und zum letzten Mal auch.

Das Joggen hab ich aufgegeben, weil mir immer die
Eiswürfel aus dem Glas gefallen sind.
David Lee Roth, Van Halen

38

Mittelmeer, Mittwoch, 29.06., 19:07

Schon nach dem ersten Durchgang stellten wir fest, dass der Text noch geringfügiger Überarbeitung bedurfte und nannten den Song um in 'Ruhe vor dem Sturm'.

Eine tolle Idee, schließlich waren wir keine Schweizer Bergbauern oder gar Wiederkäuer und daher wussten wir nicht wirklich, wie sich Kühe vor dem Sturm so fühlten. Außerdem sang sich der Refrain so viel besser.

Als hätten wir mit dem Titel die bösen Geister geweckt, wurde es von Stunde zu Stunde ungemütlicher auf dem Schiff. Das Ding schwankte wie eine Quietscheente in King Kongs Badewanne.

Kurz vor elf wurde mir total schlecht und das, obwohl ich schon fünfzehn Reisetabletten geschluckt hatte.

»Ich muss mal nach oben«, sagte ich noch, da stand ich schon an der Reling und fütterte die Seepferdchen.

In einer dieser weiteres Unheil androhenden Kotzpausen, die jeder kennt, der schon mal wegen einer ordentlichen Magen-Darm-Grippe den Sommerurlaub auf dem Klo verbracht hat, fiel mir auf, dass mir allein schon davon übel wurde, in die Wellen zu schauen.

Falls es in Deutschland irgendwann mal eine Show namens 'Deutschland sucht den Super-Hypochonder' gäbe, rechnete ich mir beste Gewinnchancen aus.

Das Schiff schaukelte in dem aufkommenden Sturm wild hin und her und für einen kurzen Moment – als wir gerade wieder in bedrohlicher Schieflage waren – sah ich es: Ein Loch in der Bordwand.

So groß wie eine Einbauküche mit Hängeschränken und angebauter Waschmaschine.

Plus Trockner, Weinregal und Gewürzboard.

In gut einem Wort: *Ziemlich groß**.

*Wie Albert Einstein einmal nachwies, verringern sich die mathematischen Fähigkeiten von Männern während des Sex, in Lebensgefahr und als Fußballkommentator um mindestens dreiundachtzig Prozent. Wahrscheinlich ist es also nur Einsteins langweiligem Leben als Patentanwalt in Bern zu verdanken, dass er die Relativitätstheorie entwickelt und sich dabei nicht verrechnet hat.

Ich wollte Christian, der neben mir stand, auf das Loch im Schiffsrumpf aufmerksam machen, doch mein Mund blieb vor Schock einfach offen stehen.

Er folgte meinem Blick hinab in die Tiefe. »Was soll da sein?«, fragte er. »Meinst du die Seepferdchen?«

In dem Moment schwenkte das Schiff wieder zur Seite.

»*Jesus Christ!**«, rief Christian.

*Hey, lass meinen Sohn aus dem Spiel! Der Arme ist nämlich immer noch traumatisiert, dass ich ihn damals hab hängen lassen. Gott.

»Wimürbt!«, schrie ich. Eigentlich hätte das: »Wir müssen in ein Rettungsboot«, heißen sollen, aber mein Sprachzentrum war immer noch durcheinander.
Doch Christian verstand mich auch so. »Wo sind hier die Rettungsboote?«, fragte er.
Selbstverständlich hatte ich den Rettungsplan auswendig gelernt und auch die Evakuierungsanweisung jeden Abend vor dem Schlafengehen dreimal laut aufgesagt, doch jetzt, in diesem Moment wollte mir nichts davon einfallen.
Das menschliche Gehirn ist eine einzige Fehlkonstruktion. Kaum braucht man es mal, funktioniert es nicht *mehr**.

*Ich will ja nicht schon wieder die Herstellergarantie bemühen, aber als ich die Gehirnzellen entworfen hab, konnte ich nun mal nicht wissen, dass es der Menschen liebstes Hobby sein wird, diese in Alkohol zu baden. Gott.

Und dann sah ich Lockenlos. »Er weiß es«, rief ich und war überrascht, dass ich meine Sprache so schnell wiedergefunden hatte.
Lockenlos kam auf uns zu, zeigte auf die Uhr. Wahrscheinlich hatten wir die Evakuierung verpasst,

und er kam, um uns zu holen. War er doch ein netter Kerl?

»Was macht ihr denn hier?«, rief er. »Es ist dreiundzwanzig Uhr! Warum spielt ihr nicht?«

»Wo sind die Rettungsbote?«, gegenfragte ich.

»Was für Rettungsbote?«, gegengegenfragte Lockenlos. »Das Schiff ist unsinkbar.« Er schüttelte trotzig den Kopf. »Und selbst wenn es untergeht, dann spielt ihr wie auf der Titanic!«

Christian verschränkte trotzig die Arme. »Nur weil diese Idioten damals nicht an ihre Familien gedacht haben, sondern an die Unterhaltung der First-Class-Gäste, sollen wir das jetzt auch tun?«

Lockenlos nickte. »Steht in eurem Gastspielvertrag.« Er deutete in Richtung Bar. »In fünf Minuten steht ihr auf der Bühne und spielt dieses Heulsusenstück von Celine Dion!«

Das Wort *Bühne* löste bei Christian gar nichts aus. Im Gegenteil, er blieb immer noch mit verschränkten Armen stehen. »Ist das dein Ernst? Celine Dion? Nachdem ich eine Geschlechtsumwandlung gemacht hab, oder was?«

»Mir doch egal, wie ihr das macht. Ihr spielt. Sonst zahlt ihr die zwanzigtausend!«

In dem Moment fiel mir ein, dass mir etwas Entscheidendes für die Bühne wie auch für die Evakuierung fehlte: Mein Laptop. Mit allen Songs. Natürlich hatten wir kein Backup gemacht, wie denn auch, bei den überteuerten Internet-Tarifen. Und da ich USB-Sticks so regelmäßig verliere wie meine linken Socken hatte ich erst gar keinen mitgenommen.

Um Lockenlos loszuwerden versprachen wir, zu spielen, liefen in die Kabine, holten den Laptop, gingen wieder an Deck und suchten die Rettungsboote.

Da! Eines schaukelte rechts vor uns durch die Wellen, es hatte Platz für mindestens fünfzig Passagiere. Doch darin saß nur ein Einziger: Kapitän Scheffino.

Wahrscheinlich war er von Bord gefallen und sein Schnürsenkel hatte sich unglücklich im Rettungsboot verhakt und es mitgerissen.

Würde er zumindest behaupten.

Nur warum entfernte sich das Boot dann mit röhrendem Motor vom Schiff?

»Wenn auf der rechten Seite ein Rettungsboot war«, rief Christian. »Könnte links auch eins sein.«

Wir rannten auf die andere Schiffsseite. Und tatsächlich, da hing noch ein einziges Boot an der Reling. Ein paar Omis mit Rollatoren robbten mit letzter Kraft auf das Boot zu, waren schon fast dort, es fehlten nur noch wenige Meter, da überholten wir sie.

Tja, das Leben kann grausam sein.

Aber die Alten waren ja schon lang genug auf der Welt, um das zu wissen.

Sie wollten noch protestieren, da senkte sich das Heck des Schiffes wieder und die Omis rollten von uns weg wie *Murmeln im Wind**.

---

*Auch ein toller Songtitel. Jedenfalls für Andrea Berg.

Im Rettungsboot waren noch genau zwei Plätze frei. Das Schiffsheck senkte sich immer weiter. Oder bildete ich mir das nur ein? Schließlich war ich zertifizierter Angsthase und Hypochonder.

Als ich gerade ins Rettungsboot steigen wollte, fiel mir ein, dass mir immer noch etwas Entscheidendes für die Evakuierung fehlte: Mein Notfallkoffer!

Wenn ich ihn holte, waren die Plätze im Rettungsboot belegt. Selbst wenn wir noch ins Rettungsboot kamen, wir würden wahrscheinlich tagelang auf offener See treiben und die anderen Passagiere würden alle meine Tabletten auffressen. Und dann liefen sie Amok, vollgepumpt mit Aspirin, Insulin und *Hustensaft**.

*Viagra nicht zu vergessen.

Christian stieg an mir vorbei ins Rettungsboot, doch ich haderte immer noch.

In dem Moment kam Gertrud angerannt, ihre Kleider irgendwie derangiert, in ihrem Schlepptau ein siebzehnjähriger Adonis mit einer Hosenbeule, als habe er dort tatsächlich einen Baseballschläger versteckt.

Die sollten meinen Platz auf keinen Fall bekommen. Hastig stieg ich ins Rettungsboot und setzte mich auf die letzte freie Stelle. »Ist besetzt!«, grinste ich.

»Das könnt ihr nicht machen!«, rief Gertrud. »Frauen und Kinder zuerst!«

Der Adonis schaute zwar ein wenig blöd, doch dann rief er auch: »Frauen und Kinder zuerst!«

»Ihr wart aber nicht zuerst!«, entgegnete ich.

Und dann geschah etwas Unglaubliches: Christian stand einfach auf und gab Gertrud seinen *Platz*.

*Ich wollte gerade die letzten Worte an meine Familie auf eine Serviette kritzeln und überlegte, wem ich die vierzehn DVD-Staffeln von Dallas vererben würde, als ich plötzlich erleuchtet wurde.

Ich war völlig perplex. War Christian heimlich ein Philanthrop? Und ich ein egoistischer Darmausgang?

Kaum hatte Gertrud sich auf Christians Platz gesetzt, zeigte sie auf Adonis. »Und was ist mit ihm?«

»Wenn er einen Kinderausweis hat, kann er an Bord«, antwortete ich. Lieber war ich ein egoistischer Darmausgang als tot.

»Es ist Liebe!«, rief sie. »Versteht ihr das nicht?«

Adonis guckte irgendwie indigniert, nickte aber. »Echte Liebe, die von Herzen kommt«, schmachtete er.

Ein Werbetrailer für den 'Bachelor' hätte nicht schlimmer sein können.

»Bin ich eine Frau?«, fragte ich. »Dass ich auf vorgetäuschtes Romantikgesabber reinfalle?«

Gertrud seufzte. »Ihr bekommt einen Termin bei Windhör, wenn du ihm deinen Platz gibst.«

»Mach es!«, rief Christian. »Für die Liebe.« Er deutete mit einer halbversteckten Armbewegung hinter sich.

Irgendetwas befand sich da. Ich konnte nur nicht erkennen was. Es war groß und weiß.

Der weiße Riese?

Gott?

Ein anderes Kreuzfahrtschiff?

»Okay«, rief ich. »Aber wir bekommen eine halbe Stunde. Nur mit Windhör.«

Gertrud nickte und ich gab Adonis meinen Platz.

Und dann sah ich, was Christian mir hatte zeigen wollen:

Direkt hinter uns. Die Erfüllung all unserer Träume. Die *MS Luxuria*.

> Wie jeder weiß, wird Christopher Columbus von
> der Nachwelt verehrt, weil er der Letzte war,
> der Amerika entdeckt hat.
> *James Joyce*

39

Mittelmeer, Mittwoch, 29.06., 23:12

Die *MS Luxuria* würde uns retten. Krankenschwestern in kurzen Schürzen würden uns am ganzen Körper untersuchen, uns anschließend ein Gourmet-Menü auf die Balkonsuite bringen und den Kabinenkühlschrank sofort nachfüllen, wenn auch nur eine einzige Flasche fehlte. Hatte Gott unsere Gebete doch noch *erhört**?

**Was für Gebete? Ich kann mich nur an dieses Gejammer wegen der Superstarshow erinnern. Ein ordnungsgemäßes Gebet geht ja wohl anders: Erst ein anständiges Tieropfer, je nach Größe des Wunsches vielleicht noch der erstgeborene Sohn und dann höre ich eventuell mit einem halben Ohr hin. Aber nur, falls grad nichts Spannendes im Fernsehen kommt. Gott.*

Ich blickte zurück, das Rettungsboot hatte schon abgelegt. Es schaukelte so hilflos in den Wellen wie es so ein Rettungsboot eben tat bei stürmischer See. Die ersten Passagiere reiherten schon mehrgängige Seepferdchendinner ins tosende Meer.

Gertrud und Adonis hielten sich im Arm. Ein schönes Bild. Jedenfalls aus unserer Perspektive, den rettenden Luxusliner im Rücken. Trotzdem waren meine Gedanken bei den beiden vermeintlich Liebenden. Ich hoffte von ganzem Herzen, dass sie es überlebten. Denn nur dann würden wir einen Termin bei Bunnyversal-Chef Windhör bekommen.

»Mann, bin ich froh, dass ich das Ding noch gesehen hab«, sagte Christian und zeigte auf die *MS Luxuria*. »Stell dir mal vor, wir säßen jetzt in der *Nuss-Schokolade** da drüben.«

*Wobei ich gar nicht weiß, ob Nuss-Schokolade wirklich schwimmt. Angeblich kann das ja nur Milky Way und nur in Milch. Bei meiner Testreihe als Sechsjähriger mit Mars, Snickers, Raider und der Füllung aus dem Adventskalender kam ich leider nicht bis zur Tafelschokolade. Meine Mutter unterband meine Experimentierfreude nämlich sofort, nachdem sie mitbekommen hatte, dass ich die gesamten Milchvorräte unserer Familie, angelegt zum Ausharren des Atomkriegs, in die Badewanne gegossen hatte.

Voll freudiger Erwartung drehten wir uns zu unserem Rettungsschiff.

Hatte es eben nicht noch fast neben uns gelegen?

Wahrscheinlich wendeten sie nur, damit wir direkt an Bord spazieren konnten.

Oder sie hatten Angst, dass unser rostiger Schrottkahn bei dem Wetter einen Kratzer in ihre weiße Fassade schrammte. Auf alle Fälle entfernten sie sich mit hoher Geschwindigkeit von uns.

**Die meisten Menschen haben Angst vor dem Tod,
weil sie nicht genügend aus ihrem
Leben gemacht haben.**
Peter Ustinov

40

Mittelmeer, Mittwoch, 29.06., 23:15

Mit einem Mal fiel mir wieder auf, wie schief unser Schiff im Meer stand. Und welch großes Loch in unserer Bordwand klaffte.

»Die fahren weg!«, rief ich.

Christian sagte gar nichts mehr, anscheinend war er jetzt auch geschockt.

»Aber die müssen uns doch retten!«, schrie ich verzweifelt. »Das ist internationales Seerecht!« Dann erst sah ich das Lockenlos telefonierte. Ich hörte nur die Worte: »Viel zu teuer.«

Ich rannte zu ihm. »Was ist viel zu teuer?«

»Die *MS Luxuria*«, antwortete er. »In drei Seemeilen treffen wir auf einen Fischkutter, der schleppt uns für den halben Preis ab.«

»Und wenn der Kutter uns übersieht?«, fragte ich. »Oder schon ein anderes Schiff abschleppt? Oder wenn er kein Abschleppseil dabei hat?«

In dem Moment knirschte irgendetwas unter uns, als hätten wir einen Eisberg gerammt.

Was mitten im Hochsommer im Mittelmeer nun wirklich nicht sein *konnte**.

****Was sein kann und was nicht sein kann, bestimme immer noch ich. Gott.*

»Und wenn wir untergehen, bevor wir den Kutter erreichen?«, rief ich, doch Lockenlos hatte nur noch Augen für die Bordwand.

So bleich wie er anlief, musste das Loch noch größer sein, als das erste. Ich lehnte mich über die Reling. Das war keine Einbauküche mehr, das war ein ganzes Küchencenter!

Und ein U-Boot.

Es hatte uns beim Auftauchen gerammt. Waren im Mittelmeer alle Idioten gleichzeitig unterwegs, genau wie Sonntags auf einer deutschen Autobahn?

Beging dieser Kapitän jetzt auch noch Fahrerflucht? Jedenfalls tauchte das U-Boot sofort wieder ab.

»Wenn wir das überleben, klag ich ihm den Arsch unter dem Hintern weg!«, schrie Lockenlos, was mich nicht wirklich beruhigte.

Dann drehte er sich zu uns. »Seid ihr gute Schwimmer?«, *fragte er**.

*In dem Moment hätte ich lieber eine andere Frage gehört. Zum Beispiel: Was halten sie von der Saugkraft der neuen Zewa-Wisch-und-Weg-Küchen-Tampons? Oder gerne auch: Impliziert die Deviseninstabilität des Euros gegenüber Dollar und

Yen wirtschaftliche Divergenz? Oder wegen mir auch: Hab ich hier wirklich ein eitriges Furunkel am Po? Alles, nur nicht die Frage: Seid ihr gute Schwimmer?

»Ich schon«, antwortete ich. »Aber mein Laptop nicht.«

»Dann hoffen wir mal, dass der Fischkutter rechtzeitig kommt«, antwortete Lockenlos.

»Wo sind eigentlich die anderen Passagiere?«

»Ich hab Freibier ausgeben lassen«, antwortete Lockenlos. »Sonst wäre eine Panik ausgebrochen und die hätte dem Schiff den Rest gegeben.«

Da musste ich Lockenlos ausnahmsweise mal zustimmen. Wenn ich das Benehmen der Rentner am Büffet mit den Faktoren Lebensgefahr, nasse Füße und Sitzplatzmangel im Rettungsboot multiplizierte, hätte das Schiff dem keine fünf Sekunden standgehalten.

Doch das Ablenkungsmanöver schien inzwischen entdeckt, denn gerade robbte eine Omi die Treppe hoch und hielt direkt auf uns zu, gefolgt von einem Rudel Rentner.

Das konnte nur in einer Katastrophe enden.

Ich überlegte, ob ich ins Meer springen und an Land schwimmen sollte, doch erstens sah ich weit und breit kein Land und zweitens war es im Meer bestimmt ziemlich kalt.

Und von den neunundvierzig Hai-Arten im Mittelmeer wollte ich gar nicht reden.

Ich ging in die Knie und faltete die Hände.

»Gott!«, rief ich. »Ich hab das alles nicht so gemeint. Ich werde dir von nun an treu dienen! Wenn du uns nur *rettest**!«

*Sorry, ich kann grad nicht. Ich spiele gerade SIMS und hab keine Ahnung, wo die Pausentaste ist. Gott.

»Ich bringe dir auch die *Geissens** als Opfer dar!«, rief ich. Okay, es war nicht wirklich ein Opfer, aber ohne sie wäre die Welt wenigstens ein Stückchen besser.

*Auch wenn es in dem Moment vielleicht unklug ist, das zu erwähnen, aber die Geissens und ihre Fernsehsendung sind für mich ein klarer Beweis dafür, dass es keinen Gott gibt. Wie kann jemand die Welt erschaffen und gleichzeitig so bescheuert sein, einer solchen Familie so viel Geld in den Ausschnitt zu werfen?**

**Ich frage mich inzwischen wirklich, warum ich die zwölfmonatige Herstellergarantie nicht in die Bibel hab schreiben lassen. Irgendwo versteckt im Kleingedruckten. Wobei die Menschen lesen ja nicht mal das Großgedruckte. Dort steht nämlich, ihr sollt nur mir huldigen. Wenn sie dann irgendjemand anderem huldigen, bin ja wohl kaum ich schuld!

Wenn ich ehrlich bin, hätte ich den Erfolg der Geissens auch nicht für möglich gehalten. Ich fand ja damals schon Mozart überbewertet und hab ihn in die Hölle abgeschoben. Wenn ich gewusst hätte, was noch kommt, hätte ich ihm glatt einen Platz an meiner Seite angeboten.

Aber jetzt, wo er vom Höllenfeuer bestimmt so verkokelt ist, wie ein auf dem Grill vergessenes Hähnchen, macht das ja auch keinen Sinn mehr.

Davon abgesehen will ich jetzt endlich in Ruhe SIMS spielen! Gott.

Wenn Gott mir nur ein klares Zeichen geben würde! So etwas wie eine fette Einzahlung auf meinen Namen bei einer Schweizer Bank.
Woody Allen

41

Mittelmeer, Mittwoch, 29.06., 23:37

Während die Rentner das Deck stürmten, zückte Lockenlos Gutscheine für eine Erlebniskreuzfahrt. Er wollte sie damit ablenken, doch die Aussicht auf etwas Kostenloses steigerte den Tumult nur noch. Das Schiff schaukelte wie eine *Schiffsschaukel** auf dem Jahrmarkt.

*Auch wenn jetzt vielleicht nicht der richtige Zeitpunkt für Kritik ist: Das war jetzt nicht unbedingt der originellste Vergleich der Literaturgeschichte.

Plötzlich hörte ich ein Schiffshorn! Nein, kein mächtiges, voluminöses Horn wie das der *MS Luxuria*, sondern eher eines, das klang wie ein Kazoo.
Doch es war ein Horn!
Und es kam näher.
Im nächsten Moment roch es nach Fisch.

Also nicht nur so ein bisschen, wie in Mutters Küche, wenn sie mal wieder Kabeljau gemacht hat, sondern eher so wie im faulen Zahn eines Wals.

Das konnte nur der Fischkutter sein!

Dann sah ich ihn.

Und war geschockt.

Irgendwie hatte ich mir den Kutter größer vorgestellt. Selbst wenn die Hälfte der Rentner in der Lotterie des Lebens einen spontanen Herzinfarkt zugeteilt bekam, würde der Platz auf dem Kutter auf keinen Fall ausreichen.

Von der Geruchsbelästigung mal ganz abgesehen.

»Wir sind gerettet!«, rief Lockenlos, aus meiner Sicht etwas voreilig.

»Die passen doch nie alle auf das Schiff«, entgegnete ich.

»Müssen sie auch nicht«, antwortete Lockenlos. »Da vorne sind schon die Lichter von Ibiza.«

Ich petzte meine Augen zusammen und blickte in die Dunkelheit. Irgendwo weit entfernt flackerten ein paar Lichter. Das waren mindestens zehn Kilometer. Niemals würde der Fischkutter uns soweit schleppen können, jedenfalls nicht, bevor wir untergegangen waren.

Dank der beiden Löcher im Rumpf sanken wir wenigstens gleichmäßig, aber das war jetzt nicht gerade der ultimative Trost.

Inzwischen standen alle Passagiere an Deck und suchten in wildem Durcheinander die fehlenden Rettungsboote, während Lockenlos sich verdrückte, angeblich um unsere Rettung zu organisieren.

Ich überlegte, ob ich Gott nicht solange nerven sollte, dass er uns doch rettete, aber wahrscheinlich hatte er dann endgültig die Schnauze von uns voll und schickte ein paar *Blitze** auf die Erde.

*Jetzt wisst ihr wenigstens, wie das mit Lots Frau abgelaufen ist. Damals stand ich halt noch mehr auf Salzsäulen. Gott.

Immerhin schien die Fischkutterbesatzung aus Profis zu bestehen, im Nu befestigten sie ein Abschleppseil an unserem Bug und zogen uns in Richtung der flackernden Lichter. Ich schätzte die Geschwindigkeit grob auf 0,17 *Knoten**. Wenn das so weiterging, kamen wir in drei Wochen auf Ibiza an.

*Wer sich schon immer gefragt hat, warum man Schiffsgeschwindigkeiten in Knoten misst, und wie schnell das eigentlich ist, hier die Antwort: Die Knoten leiten sich von jenen Knoten ab, die in der Leine des Logscheits gemacht werden. Was ein Logscheit ist und wofür man den braucht, werdet ihr ja wohl noch selbst googeln können, oder?

Auf alle Fälle sind ein Knoten 1,852 Stundenkilometer, wir waren also unglaubliche 0,315 Stundenkilometer schnell. Ergo hat Thomas mal wieder völlig übertrieben und wir würden bei konstanter Geschwindigkeit in exakt einem Tag, sieben Stunden und fünfundvierzig Minuten in Ibiza ankommen.

Bei unserer Sinkgeschwindigkeit schimmelten wir zu dem Zeitpunkt allerdings vermutlich schon auf dem Meeresgrund vor uns hin.

Eine Rettung war so unwahrscheinlich wie blind den Rubik-Zauberwürfel zu lösen.

Wobei ich das schon sehend und mit Anleitung nicht *schaffte**.

*Das Ding blieb mir immer ein Rätsel. Also nicht, wie man den Zauberwürfel löste, sondern warum man das wollte. Während andere Monate damit verbrachten, habe ich den Würfel einfach auseinander genommen und in richtiger Farbaufteilung wieder zusammengesetzt. Doch hätte ich das damals zugegeben, wäre ich schlimmer geächtet worden als Uli Hoeneß, Alice Schwarzer und Ex-Postchef Zumwinkel zusammen.

Jetzt, da wahrscheinlich jeder vergessen hat, wie man den Zauberwürfel auflöst, kann ich das endlich zugeben, also quasi Selbstanzeige erstatten, ohne ins Gefängnis zu müssen.

Schon wieder knirschte es unter uns. Jedoch nicht so metallisch wie zuvor, sondern mehr so, als wären wir in der Sahara auf Grund gelaufen.

Wir bewegten uns nicht mehr.

Wir schaukelten nicht mal mehr.

Der Fischkutter löste das Seil und verschwand in der Dunkelheit.

Hatte Lockenlos ihn nicht bezahlt? Oder hatte der Kutterkapitän eine Heringsart entdeckt, die noch nicht total überfischt war und machte sich auf den Weg, das zu ändern? Oder hatte er die maximal zulässige Arbeitszeit von zehn Stunden erreicht und ließ uns daher vorschriftsgemäß verrecken?

  Wie auch immer, wir waren verloren.

*Ich wollte eigentlich nie wirklich nach Japan.
Aus dem Grund, weil ich einfach keinen Fisch mag.
Und ich weiß, der ist sehr beliebt dort in Afrika.*
Britney Spears

42

Mittelmeer, Donnerstag, 30.06., 0:14

Da Verdursten der qualvollste Tod von allen ist, insbesondere wenn man von Wasser umgeben ist, beschlossen Christian und ich, uns ein paar hochprozentige Stimmungsaufheller zuzuführen. Wir waren gerade unterwegs zur Bar, als die Bordlautsprecher sich laut knackend anschalteten. »Liebe Passagiere«, sagte Lockenlos mit seiner besten Verkäuferstimme. »Ich freue mich, Ihnen mitteilen zu können, dass wir auf unserer fantastischen Kreuzfahrt einen zusätzlichen Stopp in Formentera einlegen. Eine wunderschöne Insel zehn Kilometer vor Ibiza gelegen, sehr ruhig und erholsam.«

Ich blickte durch ein Bullauge. Ich konnte keine Insel entdecken, nirgends brannte Licht. »Gute Schwimmer können sich an Deck Null begeben und die Insel auf eigene Faust erkunden, andere warten bitte, bis morgen früh die ersten Tenderboote zur Verfügung stehen.«

Die Alten nahmen die Ankündigung hin wie eine Verspätungsdurchsage der Deutschen Bundesbahn und trotteten in ihre Kabinen. Das hätten wir beinah auch getan, aber dann sah ich eine Ratte, die vom Schiff ins Wasser sprang und davonschwamm. »Ich bleib keine Minute länger hier!«, rief ich sofort. »Ich will an Land!«

Auf dem Oberdeck liefen wir die Reling einmal komplett entlang, konnten weit und breit jedoch nichts außer den entfernten Lichtern Ibizas erkennen.

»Wahrscheinlich ist die Insel so flach wie die Witze von Mario Barth«, sagte Christian.

Versehentlich hatte ich in Erdkunde jedoch manchmal aufgepasst und daher schon von Formentera gehört. Also musste hier mehr existieren, als nur ein Strand zwei Meter unter dem Meeresspiegel.

Ich überredete Christian, mit mir zu Deck Null zu gehen und durch das sicher nur knietiefe Wasser an Land zu waten. Wahrscheinlich warteten dort jede Menge Luxushotels auf uns, die sich darum stritten, wer uns auf Lockenloses Kosten bewirten durfte.

Das Problem war nur, dass Deck Null selbst schon knietief unter Wasser stand.

Und da das Schiff im Gegensatz zu dem Buch hier auch noch ein wenig Tiefgang besaß, würden wir tatsächlich im tosenden Meer schwimmen müssen, um an Land zu kommen.

Das war mit Laptop und Notfallkoffer unmöglich.

Wir waren nun mal keine Helden, also konnten wir nur hoffen, dass das Schiff stabil stand, trotteten zurück in unsere Kabine und legten uns schlafen. Ich war so müde, dass ich mir sicher war, ich würde in weniger als drei Sekunden einschlafen.

Eins.
Zwei.
Drei.
Achthundertsechsundzwanzigtausenddreihundertsiebzehn.
Und dann war die Nacht um.
Ich hatte kein Auge zugetan. Wahrscheinlich lag es daran, dass unser Schiff nicht mehr *schaukelte**.

*Oder an den unzähligen Reisetabletten, die Thomas sich reingepfiffen hatte, neben den ganzen Vitamintabletten, Immunsystemstabilisatoren und Hefezäpfchen in der praktischen 0,33 Liter Flüssigpackung.

Ich lief auf den Flur und schaute aus dem Bullauge. Vor mir lag das endlose Meer ruhig in der Sonne. Der Sturm hatte sich verzogen.

Ich sprintete an Deck auf die andere Seite des Schiffes. Ungefähr hundert Meter vor uns begann ein Sandstrand.

An dem bemerkenswert wenig Luxushotels standen.

Ich zählte sie rasch durch und kam auf ein überraschendes Ergebnis: null.

Die Insel war die reinste Einöde.

Und die versprochenen Tenderboote waren weit und breit nicht zu sehen.

Wir waren hier gefangen.
Auf immer und *ewig**.

*Immer dieser Pessimismus! Und diese total konstruierten Cliffhanger. Verglichen mit gestern Abend war unsere Lage relativ super. Ich beschloss, mir erst Sorgen zu machen, wenn die Essensvorräte und alles Flüssige aufgebraucht waren, und die Rentner gegenseitig anfingen, aneinander zu knabbern.

England? England liegt in London, oder?
Eminem

43

Mittelmeer, Donnerstag, 30.06., 11:05

Kurz darauf entdeckte ich die ersten Menschen auf der Insel. Falls es Eingeborene waren, hatten sich auch bei ihnen Bermudashorts durchgesetzt.

Sie winkten uns zu, als seien wir Touristen auf einer Kreuzfahrt. Was ja so falsch nicht war.

Tenderboote hatte ich immer noch keine entdeckt. Niemand beschwerte sich deswegen, denn Lockenlos hatte die Rentner mit Lachshäppchen und falschem Kaviar ruhiggestellt. Die Besatzung bekam nichts, denn wie Lockenlos uns erklärte, reichten die Vorräte noch genau für dieses eine Frühstück.

Bevor die Rentnerhorden sich nach relativ frischem Fleisch umschauen, war es höchste Zeit zu verschwinden. Ich versuchte, den Einheimischen per Gebärdensprache unsere Situation klarzumachen, doch sie taten so, als würden sie mich nicht verstehen. Da redet jeder von Globalisierung, doch kaum könnte man sie mal brauchen, macht jeder auf Dorftrottel.

Ich ging zurück in die Kabine, zog meine Badehose an, schrieb mein Testament – was mangels Vermögen schnell erledigt war – und begab mich auf Deck Null.

Das Wasser war so kalt wie direkt aus dem Gefrierfach, brutale neunzehn Grad. Ich watete auf Zehenspitzen zum Schiffsausgang und stürzte mich todesmutig in die *Fluten**.

*Wie ich vom Deck aus beobachtete, dauerte es geschlagene fünfzehn Minuten, bis Thomas endlich ins Wasser sprang. Das übrigens recht lauwarm war, wie ich später selbst feststellen durfte.

So wie ich mich kannte, starb ich innerhalb wenigen Sekunden an einem qualvollen Erfrierungstod. Das Einzige, was mir Hoffnung gab: Ich war ein Top-Schwimmer!

Das hatte ich jedenfalls immer behauptet. Zur Untermauerung dieser These hatte ich in der vierten Klasse einem Schulkameraden das Goldene Schwimmabzeichen abgekauft. Was leider nicht viel gebracht hatte, denn mein Ausdauerrekord lag bei *zwei Bahnen**.

Im Kinderbecken.

*Das mag für einen Kokssportler beachtlich sein, in unserem Fall richtete ich mich jedoch schon mal drauf ein, einen Basketball zu suchen, den ich Freitag nennen konnte.

Schon nach den ersten Schwimmzügen stellte ich fest, dass im Meer, im Gegensatz zum Schwimmbad, etwas total Überflüssiges existierte: Wellen!

Wie sollte man da schwimmen ohne das halbe Meer zu verschlucken? Außerdem war das Wasser so salzig, an dem Tag, an dem Gott die Meere erschaffen hatte, musste er ordentlich *verliebt** gewesen sein.

*Mist. Ertappt. Gott.

Ich schaffte die ersten zehn Meter in fünfundzwanzig Sekunden.
Blöd nur, dass es in die falsche Richtung ging. Ich trieb auf das offene Meer hinaus. Die Strömung zog an mir, als habe jemand den Stöpsel aus dem Mittelmeer *gezogen**.

*Ich war es nicht! Wobei ich große Lust hätte! Jetzt wo ich an diese blöde Schlampe denken muss. Ist die doch tatsächlich mit dem Teufel durchgebrannt! Er sei feuriger im Bett! Und sie stände nun mal auf 'Dirty Talk' statt auf Hosianna! Erst einen auf Engel machen und dann bei der ersten Gelegenheit nach Sodom und Gomorrha abhauen. Da können einem schon mal ein paar Blitze und Salzsäulen aus der Hand rutschen. Gott.

Jetzt half nur noch eines: Kämpfen! Das Letzte aus meinem Körper rausholen! Zweihundertzehn Prozent geben! Das Blöde an diesen Motivationsplattitüden ist, das nur Männer auf dem geistigen Niveau von Profi-Fußballern darauf *reinfallen**.

*Der durchschnittliche US-Amerikaner allerdings auch. Er hat den Blödsinn schließlich erfunden.

Ich musste es anders angehen: Mit der Kraft meines Geistes. Ich versuchte mir die wichtigsten Erkenntnisse aus dem Schwimmunterricht in Erinnerung zu rufen:
1. Kopf oben behalten!
2. Rücken durchdrücken!
3. Nicht die Freundin des Klassenschlägers tunken!

Und siehe da, es klappte! Dank meiner überlegenen Technik kämpfte ich mich Meter für Meter zurück. Nach zehn Minuten war ich wieder auf der Höhe des Schiffes.

Das beflügelte mich so sehr, dass ich es in *Nullkommanichts** an Land schaffte.

*Von wegen. Ich stand mir zwei Stunden auf dem Schiff die Beine in den Bauch, bis Thomas, in den Armen seiner Retterin, ohnmächtig auf dem Strand zusammenklappte.

**Schlagermusiker singen blumiges Zeug wie:
'Bleib heute Nacht bei mir.' Und jeder weiß, er
meint: 'Ich will dich ficken.'**
Till Lindenmann, Rammstein

44

Formentera, Donnerstag, 30.06., 13:24

Als ich wieder aufwachte, glaubte ich, auf einer paradiesischen Insel gelandet zu sein. Um mich herum weißer Sand, Palmen und eine leicht bekleidete Strandschönheit, die mich eng umschlungen hielt. Nur das Bildformat stimmte nicht. Es sah aus wie auf einem dieser 16:9 Fernseher, auf denen man einen Film im Format 4:3 abspielt. Selbst die schlanksten Frauen sehen dann aus wie *rumänische Rückenschwimmerinnen**.

*Weswegen viele Frauen in Reaktion darauf immer weiter abnehmen und nach jedem Essen den Finger in den Mund stecken, bis sie so dürr wie Supermodels sind. Der seit einigen Jahren grassierende Schlankheitswahn hat daher auch überhaupt nichts mit einem geänderten Schönheitsideal zu tun, sondern liegt ausschließlich daran, dass 95% der Weltbevölkerung zu blöd sind, den

Fernseher auf das richtige Wiedergabeformat einzustellen.

Nur warum sahen die Palmen dann trotz des falschen Formats rank und schlank aus? Hatte ich eine bisher unbekannte Palmenkrankheit entdeckt?

Ich rieb mir die Augen und blickte die Inselschönheit wieder an. Auf einmal sah sie ziemlich dürr aus und neben ihr lag eine hautfarbene Schwimmweste.

Ich rieb mir erneut die Augen.

Genau genommen war die Schwimmweste gar nicht hautfarben, sondern eher möhrenfarben.

Und dann erst erkannte ich sie: Die Karottenfrau!

Und warum hatte ich plötzlich Muskelkater in der Zunge?

»Da mache ich einmal Mund-zu-Mund-Beatmung und dann ist das nicht mal mein Typ!«, beschwerte sie sich.

»Geht mir genauso«, wollte ich schon antworten, doch dann stoppte mein Kleinhirn die Sprachausgabe. Anscheinend hielt das Ding es für keine gute Idee, die eigene Lebensretterin zu beleidigen. Außerdem zählten ja auch die inneren Werte und die waren bei der Karottenfrau top, jedenfalls hatte sie mich gerettet.

»Ich bin auf der Suche nach meiner großen Liebe und das Schicksal schickt mir ausgerechnet dich vorbei!« Sie schaute mich an, wie einen Pickel bevor man ihn ausdrückte. Vielleicht waren ihre inneren Werte doch nicht so perfekt.

»Erstens glaube ich nicht an das Schicksal«, sagte ich. »Und zweitens hättest du mich ja nicht retten müssen.«

»In China muss der Gerettete seinem Lebensretter jeden Wunsch erfüllen«, sagte sie. »Also, jetzt gibt es keine Ausrede mehr: Wo ist das Pussycat?«

»Vielleicht in China?«, antwortete ich. »Ganz ehrlich, ich hab immer noch keine Ahnung.«

»Sag mal, willst du mich verarschen?« Sie hob ihren Zeigefinger. »Oder willst du mich hinhalten, weil du auf mich stehst?«

»Was?«

»Red dich nicht raus. Ich seh doch deinen Prügel in der Hose.« Sie schüttelte indigniert den Kopf. »Du stalkst mich die ganze Zeit, ich rette dich und als Dank willst du mich schon wieder sexuell belästigen?«

Ich blickte irritiert an mir herab. »Äh, das ist die vorgezogene Leichenstarre.« Ich winkte ab. »Außerdem steh ich echt nicht auf dich.«

Sie erhob sich. »Jetzt beleidigst du mich auch noch!«

Allmählich befürchtete ich, die Karottenfrau war eine ganz besondere Emanze, die alle Männer hasste, weil sie nie mal einer sexuell belästigte.

Also zumindest kein Gutaussehender. Manchen Frauen konnte man es einfach nicht recht machen. Wenn sie mich jetzt noch fragte, ob ich sie zu dick fand, war ich endgültig verloren. Warum hatte mich von allen Personen auf dem Schiff ausgerechnet die Karottenfrau retten müssen? Da hatte doch bestimmt wieder *Gott** seine Hände im Spiel!

»Könnt ihr nicht mal still sein, da unten auf der Erde? Im Fernsehen läuft gerade die letzte Episode von 'Lost' und ich bin total fickerig, wie das ausgeht. Außerdem muss ich erst mal rausfinden, wie man den Fernseher

auf das korrekte Format einstellt. Sehen ja alle total fett aus auf der Erde! So hab ich die nicht erschaffen! Gott.

»Sag bloß, du findest mich zu dick?«, fragte sie nun, als habe sie meine Gedanken lesen können.

»Eher zu dünn«, antwortete ich.

»Und warum wolltest du dich dann von mir retten lassen?«, fragte sie.

»Wollte ich doch gar nicht!«

»Und warum bist du dann ins Meer gesprungen, wenn du nicht schwimmen kannst?«

»Erstens kann ich schwimmen«, sagte ich. »Wenn auch nicht sehr gut. Und zweitens wollte ich Hilfe holen.«

»Hilfe holen?« Sie schaute mich ungläubig an. »Hier? In dieser Einöde? Blick dich doch mal um!«

Ich blickte mich um.

»Und?«, fragte sie. »Wer soll euch da helfen? Die Muschelkrebse?«

Ich blickte mich noch mal um.

Und ich sah weit und breit nichts. Außer unserem Schiff, dem blauen Meer, endlos langem Strand und dem möhrenförmigen Schatten, den die Karottenfrau warf.

Wir waren verloren.

Mal wieder.

> Ein Tag ohne Sonnenschein ist wie – du
> weißt schon – Nacht.
> *Steve Martin*

45

Formentera, Donnerstag, 30.06., 13:46

In dem Moment schaltete sich der Lüfter in meinem Hirn an. Vielleicht war es auch nur die wiederhergestellte Sauerstoffzufuhr, auf alle Fälle kam ich ins Grübeln. Natürlich konnte es gut sein, dass ich Formentera nur kannte, weil ich so extrem gut gebildet war, aber dann erinnerte ich mich wieder daran, dass ich nicht mal wusste, wo die Azoren lagen, die Kapverden oder die Langerhansschen Inseln.

Wie war das also möglich? Eine unbeflecktes Stückchen Natur, mitten in Spanien, wo doch dank der EU-Gelder alle Strände mit hässlichen Betonklötzen zugestellt waren?

Außerdem hatte ich heute Morgen Einheimische auf der Insel gesehen. Irgendwo mussten die schließlich herkommen. »Die Insel ist bewohnt«, sagte ich und zeigte die Küste entlang. »Irgendwo dahinten stehen bestimmt die Hotels.«

»Und wenn nicht?«, fragte sie. »Dann verdursten wir hier, mitten in der Wüste!«

»Das ist keine Wüste, das ist ein Strand«, entgegnete ich, obwohl die Sonne tatsächlich knallte wie in der tiefsten Sahara. Es waren mindestens 40 Grad, da nützte der schmale Schatten der Karottenfrau auch nichts. Wenn ich auch nur hundert Meter in der prallen Sonne laufen musste, würde ich, geschwächt wie ich war, einfach umklappen. Dann wäre niemand da, um mir zu helfen und alles war vorbei.

Mein Leben.

Die Popstarkarriere.

Diese Geschichte*.

*Hey! Ich bin ja auch noch da!

»Du kannst ja gehen«, sagte die Karottenfrau, als habe sie meine Gedanken nicht lesen können. »Ich bleib hier, bis mich ein Kreuzfahrtschiff rettet. Aber eines mit Freiluftkino, attraktiven Männern und all-inclusive.«

»Ich dachte, du wolltest zum Pussycat?«, fragte ich.

Sie lupfte eine Karottenaugenbraue.

»Zufälligerweise weiß ich inzwischen, wo das ist.«

»Wo?« Ihre Augen wurden größer.

»Hier. Auf Formentera. Am anderen Ende der Insel.«

Die Karottenfrau stand auf, blickte angestrengt die Küste entlang. »In welche Richtung?«

»Im Süden«, behauptete ich, obwohl ich keinen blassen Schimmer hatte, wo hier Süden, Norden und der ganze andere Kram war.

»Und wo ist der Süden?«

Ich leckte an meinem Finger, hielt ihn in die Luft, murmelte etwas von Westwind und zeigte in eine beliebige Richtung. Die Karottenfrau lief los.

Und ich ihr hinterher.

Zwar war ihr Schatten im Grunde nur ein Strich auf meinem Körper, aber im Gegensatz zu mir, schien sie austrainiert und konnte mich retten, wenn ich wirklich umkippte.

Wir liefen, liefen und liefen und kamen schließlich an einen verlassenen Leuchtturm, auf dem ein Schild prangte: *Punto del norde.*

Die Karottenfrau stemmte die Arme in die Hüften und blickte mich vorwurfsvoll an. »Wir sind nach Norden gelaufen!«

»Das liegt am Klimawandel«, behauptete ich, weil mir nichts Besseres einfiel.

»Klimawandel?«

Ich nickte. »So wie die *globale Erwärmung** irgendwann den Golfstrom drehen wird, hat er die lokalen Winde gedreht. Und der Westwind kommt jetzt von Norden.« Das war zwar total unsinnig, aber die Karottenfrau hatte von Geografie offensichtlich so viel Ahnung wie ich, also nahm sie es mir ab.

*Das ist eine gute Gelegenheit, einen Witz auf Mario Barth Niveau zu machen: Wenn die globale Erwärmung kommt, werden wir dann eigentlich alle schwul?

Wieder latschten wir den Strand entlang und als die Mittagshitze schon von der Nachmittagsschwüle abgelöst wurde, trafen wir endlich auf die ersten Anzeichen von Zivilisation.

Hundekacke.

Weggeworfene Dosen.

Zerfledderte Pornoheftchen.

Ich fühlte mich schon fast wie *daheim**.

*Sieht es so bei dir in der Wohnung aus**?

**Ich meinte damit nicht meine Wohnung, sondern die Straßen Mannheims.

***Das es da so aussieht, liegt wahrscheinlich an den ungezogenen Söhnen Mannheims.

Auf alle Fälle erinnerte mich der Müll daran, dass wir irgendwann wieder nach Hause mussten. Zu meiner eigenen Überraschung hatte ich nicht die geringste Lust dazu. Lag es daran, dass ich mich auf dieser Reise keine Sekunde gelangweilt hatte? Irgendwie hatte ich mich trotz der grassierenden Gastritis, dem Schiffsuntergang und dem englischen Frühstück wohl gefühlt.

Außerdem warteten in Deutschland wahrscheinlich die Hells Angels auf uns und die Deutsche Bank.

Auch deshalb verspürte ich momentan überhaupt keine Lust, nach Hause zu fliegen.

Moment! Fliegen?

Wann flog unser Flugzeug noch mal?

Ich rechnete nach: Wir waren am Mittwoch vor einer Woche in Ibiza angekommen. Heute war Donnerstag. Also ging unser Flieger ... gestern!

Wir hatten den Flug total vergessen!

Es war eine meiner Urängste, das Flugzeug, den Zug oder die Straßenbahn zu verpassen!

Und jetzt war es geschehen!

Eine Tragödie!

Ach was, eine Katastrophe!

Doch das Merkwürdige daran war: Es war mir total egal. Jahrelang hatte ich mich wegen jeder Abfahrt gestresst und mindestens fünf versteckte Herzinfarkte erlitten, weil ich mal nicht mit einem Sicherheitspuffer von eineinhalb Stunden am Gate gestanden hatte.

Und jetzt, da es passiert war, war es mir einfach egal.

Obwohl wir nicht einmal mehr das Geld für den Rückflug besaßen.

Doch zuerst mussten wir von dieser Einöde hier wegkommen.

Also folgte ich den Spuren der Zivilisation und bald standen die Karottenfrau und ich vor einer Bar.

Oder dem was davon übrig war.

Die Außenwände der Bar hatten mehr Löcher als der spanische, griechische und saarländische Haushalt zusammen. Lediglich das Schild über der Bar schien noch einigermaßen intakt.

Immerhin konnte man noch lesen, was darauf stand:

Pussycat.

Jede Lösung eines Problems ist ein neues Problem.
Johann Wolfgang von Goethe

46

Formentera, Donnerstag, 30.06., 16:54

Es kam mir vor wie eine Folge von 'Lost'. Irgendwie passte alles zusammen. Und auch wieder nicht.

Die Karottenfrau stürmte in die Kneipe. Von innen sah die Bar nicht so zerfallen aus, ein paar Tische waren sogar gedeckt.

An einem davon saß ein rundlicher Mann in meinem Alter, Locken auf dem Kopf, an den Ohren und auf der Brust. Er sah aus wie David Hasselhoff vor einem Vexierspiegel. Vor ihm stand ein Espresso und zwei Flaschen Gin. »Wer stört mich beim Frühstück?«, rief er. Auf Deutsch.

»Kevin?«, fragte die Karottenfrau.

»Cindy?«

Der Rest war exakt wie in einer Hollywood-Romanze, nur dass die Schauspieler darin besser aussehen und bei den Zungenküssen nicht so sabbern. Aber verdammt noch mal, auch das war Liebe.

Und die geht einem als Außenstehender nun mal ziemlich schnell auf den Sack.

Nach fünf Minuten Dauergeknutsche fühlte ich mich wie der achtunddreißigste Feldspieler in einer Mannschaft von Felix Magath. »Ähem, vor der Insel wartet ein Schiff darauf, gerettet zu werden«, unterbrach ich die traute Zweisamkeit.

Irgendwie schien das die beiden anzuspornen, jedenfalls begannen sie damit, sich die Kleider vom Leib zu reißen.

Durfte Liebe so egoistisch sein? Es hätte mich interessiert, was Gott dazu zu sagen hatte, aber der war ja bestimmt noch am *Fernsehschauen**.

*Allerdings. Interessiert mich total, wo bei Lost die Eisbären herkommen. Auf einer tropischen Insel! Totaler Wahnsinn! Fast so gut wie meine Idee mit dem Harnröhrenwels. Gott.

Also blieb mal wieder alles an mir hängen.

Ich verzog mich aus dem Pussycat und ließ meine Adleraugen durch die Gegend schweifen. Sahen die Stangen da hinten nicht aus wie Schiffsmasten? Ich rannte los, voller Vorfreude auf die nahe Rettung, malte mir schon aus, doch noch auf dem Luxusliner zu landen, bog um die Ecke und stand in einem kleinen Häfchen.

Oder wie immer man das nennen soll, wenn in einem Hafenbecken gerade mal zwei Segelboote Platz haben.

Weit und breit war keine Menschenseele zu sehen.

Ein einziges Haus stand am Häfchen, mit geschlossenen Fensterläden und zugenagelter Tür.

Natürlich hätte ich mir ein Segelschiff ausborgen können, doch ich wusste zwar, wer Liv Tyler und Bruce Lee waren, aber nicht wo Luv und Lee lagen. Und wie man ein Segel setzt oder mit dem Schiff rückwärts ausparkt, hatte ich leider nicht in der Schule *gelernt**.

*Das beweist mal wieder, dass der Spruch, in der Schule würde man fürs Leben lernen billigste Lehrerpropaganda ist.

Und dann sah ich es.

Hinter dem größeren Segelschiff schwamm ein Ruderboot im Wasser, nur mit einem Tau befestigt.

Rudern konnte ich: Schnell, zuverlässig, präzisionsgesteuert. Wie eine Maschine. Denn das Boot hatte einen Außenbordmotor.

Nicht, dass ich schon mal so ein Ding bedient hatte, aber in Film und Fernsehen sah das so einfach aus, dass selbst die grenzdebilsten Tatortkommissare das hinbekamen: Schnur ziehen, losfahren, mit dem Griff am Motor das Boot steuern.

Ich stieg auf das Segelschiff und balancierte zu dessen Heck. Das Ruderboot lag zwei Meter unter und zwei Meter vor mir im Wasser. Es gab nun zwei Möglichkeiten:

Erstens: Ich springe auf das Boot, breche mir dabei alle Knochen plus den Holzboden des Kahns und versinke elendiglich.

Zweitens: Ich springe ins Wasser, klettere von der Seite in das Ruderboot und fahre los.

Eine verdammt schwere Entscheidung! Ich überlegte eine Weile und sprang dann ins Wasser.

Weil ich das Boot verfehlte.

In dem Moment war ich froh, unbeobachtet zu sein, denn es war gar nicht so einfach, aus dem Wasser in ein schwankendes Ruderboot zu steigen, ohne den Kahn umzukippen.

Doch mir gelang es im ersten Versuch.

Jedenfalls wenn ich die siebenundvierzig Trainingsläufe vorher nicht mitzählte.

Mit einem kräftigen Zug an der Leine startete ich den Außenbordmotor.

Zu meiner Überraschung schoss das Boot sofort los. Direkt auf das offene Meer zu.

Blöd nur, das zwischen dem offenen Meer und meinem Boot das Segelschiff lag.

Ich riss das Steuer herum, schrammte haarscharf am Segelschiff vorbei und alles wäre gut ausgegangen, hätte ich das Befestigungstau vorher gelöst.

So aber spannte sich das Seil und weil ein Seemann es befestigt hatte, hielt es und drehte mein Boot erneut in Richtung Schiff.

Nun wird in Kinofilmen zwar häufiger gezeigt, wie man einen Außenbordmotor startet, aber nicht, wie man ihn wieder *abschaltet**. Genau diese Information hätte ich aber gerade dringend brauchen können.

*Man schließt entweder den Benzinhebel, zieht die Motor-Stopp-Schlaufe oder drückt die Stopp-Taste.

Ich riss erneut den Steuerknüppel herum, schrammte wieder am Segelschiff vorbei und wurde dann aufs Neue vom Tau zurückgerissen.

Das ging dreimal hin und her, bis mir schlecht wurde. Mein Magen holte schon die weiße Fahne raus, da wechselte ich beim nächsten Ausweichmanöver die Richtung. Mein Boot schoss am Segelschiff vorbei, über das Tau hinweg und teilte es mit der Motorschraube in zwei Teile, als sei das exakt so geplant gewesen und ich James Bond.

Ich war frei.

Durch die Rumkurverei hatte ich schon gelernt, wie ich das Boot steuern musste und schipperte souverän die Küste entlang, auf die *MS Donau* zu.

Eine halbe Stunde später kam ich an den Küstenabschnitt, an dem unser Kreuzfahrtschiff gestrandet war. Ich schaute, guckte und lugte, doch die *MS Donau* lag nicht mehr da.

Da Da Da.
Trio

47

Formentera, Donnerstag, 30.06., 18:12

Der Strand war total verlassen. Hatte David Copperfield unser Schiff weggezaubert?

Ich wäre beinah weitergefahren, hätte mir vom Strand aus nicht jemand zugewinkt.

War das einer der Einheimischen? *Aber warum lagen neben ihm drei Koffer und er rief meinen Namen*?*

*Manchmal glaube ich, die direkte Sonneneinstrahlung auf der Glatze brät Thomas' Hirnzellen zu Spiegeleiern.

Und warum hatte ich plötzlich Lust auf Strammen Max?

Dann erst erkannte ich Christian. War er der letzte Überlebende?

Ich drehte aus Showgründen noch eine Acht, parkte dann das Boot vorwärts am Strand ein, hob den Außenbordmotor an, damit das Boot sich nicht unerlaubt entfernen konnte und schwang mich über den Bootsrumpf. »Die Rettung ist da!«

Christian fiel mir allerdings nicht vor Dankbarkeit um den Hals, sondern deutete nur auf seine Armbanduhr. »Die war schon vor drei Stunden da.«

»Wie vor drei Stunden?«

»Willst du nicht mal den Motor ausmachen?«, gegenfragte Christian. Er ging an den Außenborder und drehte irgendeinen Hahn zu. Der Motor stoppte.

»Was war jetzt mit der Rettung?«, fragte ich.

»Lockenlos hat einen Kahn gefunden, der unser Schiff für ein paar Kröten nach Ibiza geschleppt hat.«

»Und die Passagiere sind alle mitgefahren?«

»Klar, sind ja keine Angsthasen.«

»Und du bist hier geblieben?«

»Musste ich ja zwangsläufig«, antwortete Christian und deutete auf meine Koffer. »Da ist dein Laptop drin und deine Medikamente.«

Wäre Christian eine Frau gewesen, hätte ich ihn dankbar abgeschleckt. Aber so fragte ich nur: »Und wie bist du an Land gekommen?«

»Der Kahn hat mich hier abgesetzt, bevor er das Schiff abgeschleppt hat.« Er legte die Stirn in Falten. »Und was machen wir jetzt?«

»Im Süden leben Einheimische«, antwortete ich. »Wir fahren mit dem Boot dahin und falls es keine Kannibalen sind, finden wir sicher einen, der uns nach Ibiza bringt.«

Christian schaute mich an, als würden mir Spiegeleier aus dem Hirn blubbern, aber er nickte. Wir packten unsere Koffer in das Ruderboot, schoben es wieder ins Wasser und ich startete routiniert den Motor.

Doch er sprang nicht an.

War das Benzin alle? Ausgerechnet jetzt? Wahrscheinlich wieder ein billiger Trick von Gott, um sich auf unsere Kosten zu *amüsieren**!

*Als ob ich mich mit so einem Kleinkram abgeben würde. Davon abgesehen ist das Ende von 'Lost' total beschissen! Was hab ich mich geärgert! Ich könnte grad eine neue Sintflut auf die Erde werfen. Oder noch mal so einen Meteoriten wie bei den Dinosauriern, weil mich deren lautes Gefurze so genervt hat. Gott.

Sofort zogen am Horizont dunkle Wolken auf. Und was war das auf einmal für ein Wind?
»Du musst den Benzinhahn wieder aufdrehen«, sagte Christian.
Ein berechtigter Hinweis. Ich drehte den Hahn wieder auf, zog am Startseil und der Motor tuckerte los.
Die dunklen Wolken verdichteten sich immer mehr. Mit einer Geschwindigkeit, die einem Angst machen konnte. Hatte Gott, dieser alte Miesepeter, etwa *schlechte Laune*?*

*Macht ruhig so weiter, dann werdet ihr sehen, was passiert, wenn ich wirklich schlechte Laune hab! Gott.

Bevor der Sturm begann, mussten wir unbedingt in den nächsten Ort kommen. Ich holte das Letzte aus dem Außenbordmotor heraus und wir flogen über die Wellen, als sei der Teufel hinter uns her.
Dabei war es bloß Gott.

Zum Glück hatten wir Rückenwind und kamen bald an das kleine Häfchen. Erst wollte ich vorbeifahren, um eine größere Ortschaft zu suchen, doch dann sah ich, dass sich auf dem Segelschiff, von dem ich das Boot geliehen hatte, etwas bewegte.

Ich fuhr näher heran.

Auf Deck stand ein Mann, er hielt etwas in der Hand. Ich fuhr noch näher heran. Jetzt erst erkannte ich, was der Mann betrachtete. Es war das durchgerissene Tau, an dem das Ruderboot gehangen hatte.

Der Mann erblickte uns. Er rief etwas, das klang wie: »Ihr verdammten Hurensöhne, ich bring euch um!« Es kann aber auch: »Ihr verbeamteten Burensöhne, ich find euch dumm!« gewesen sein.

Wie auch immer, es klang nicht gerade nach einem herzlichen Willkommensgruß.

Ich wollte wenden, doch genau in dem Moment fiel mir auf, dass der Motor gar nicht mehr tuckerte. Das Benzin war alle. Wir trieben auf das Segelschiff zu.

Dann erst erkannte ich den Mann, der da auf dem Segelschiff stand.

Es war ein alter Bekannter.

Ich hätte jeden dort erwartet.

Hugh Hefner.

James Bond.

Conchita Wurst.

Nur nicht den, der dort auf Deck stand.

Thrombose-Peter.

Ich kenne so viele Menschen, dass ich die Namen einiger meiner Freunde gar nicht weiß.
Paris Hilton

48

Formentera, Donnerstag, 30.06., 18:28

Thrombose-Peter pfiff durch die Zähne, sofort kamen die beiden Schrank-Hells-Angels aus der Kabine geschossen und sprangen ins Wasser.

Meine Hoffnung, dass Schränke nicht schwimmen können, erfüllte sich leider nicht.

Die Hells Angels packten unser Boot, zogen es zum Segelschiff und uns anschließend an unseren Ohren an Deck.

Thrombose-Peter baute sich vor uns auf als sei er auch so ein Schrank. »Sagt mal, habt ihr sie noch alle?«, rief er. »Anstatt die Kohle beizubringen, schippert ihr mit einem geklauten Boot durch die Gegend?«

»Wir haben es nur ausgeliehen«, sagte ich.

»Ja klar«, entgegnete Thrombose-Peter. »Dann leihe ich euch mal schnell ein paar Kugeln und jage sie durch euren Körper.«

Ich überlegte, ob ich Thrombose-Peter vorschlagen sollte, eine Anti-Aggressions-Therapie zu machen, so was wie Karma-Joga, Synchron-Häkeln oder Paintball, aber wahrscheinlich war er diesem Vorschlag momentan nicht zugänglich, denn er steckte mir gerade den Lauf einer Schrotflinte in den Mund. »Wer meinen Freund beklaut, der beklaut mich!«

Moment, war das gar nicht das Schiff von Thrombose-Peter? Gehörte es einer anderen Unterweltsgröße?

Al Capone? Pablo Escobar? Silvio Berlusconi? Oder gar Karsten Speck?

Ich hörte eine Stimme aus dem Schiffsinneren, kräftige Schritte kamen uns entgegen.

Die Tür zur Kapitänskajüte öffnete sich.

Sofort erkannte ich den Mann, der aus der Kajüte kam.

Es war ein alter Bekannter.

Ich hätte jeden dort erwartet.

Hugh Hefner.

James Bond.

Hella von Sinnen.

Nur nicht den, der jetzt auf dem Deck stand.

Ibiza-Paul.

Wenn eine Plattenfirma einen Fehler macht, zahlt der Künstler dafür. Wenn der Künstler einen Fehler macht, zahlt der Künstler dafür.
Robert Fripp

49

Formentera, Donnerstag, 30.06., 18:31

»Was macht ihr denn hier?«, rief Ibiza-Paul. »Erst verschwindet ihr ohne ein Wort zu sagen aus dem Hotel und dann klaut ihr mir einfach das Beiboot?«

Ich wollte antworten, doch ich lutschte ja immer noch am Lauf der Schrotflinte. Überrascht von Ibiza-Pauls Frage zuckte Thrombose-Peter zusammen und ich sah mich schon als menschliche Cornflakes durch die Gegend fliegen. »Du kennst die Knallchargen?«, fragte Thrombose-Peter.

Ibiza-Paul nickte. »Sind Freunde von mir.«

Jetzt erst fiel mir auf, dass Ibiza-Paul eine Kapitänsuniform trug, an seiner linken Hand prangte eine goldene Rolex. Wahrscheinlich kostete die mehr, als ich in zehn Leben verdienen würde. Thrombose-Peter nahm mir die Schrotflinte aus dem Mund, behielt uns aber im Auge.

Immer noch konsterniert blickte ich Ibiza-Paul an. »Hast du im Lotto gewonnen?«

»Hab mein Geld mit Immobilien gemacht.«

»Innerhalb von ein paar Tagen?«

»Schon ein wenig länger.« Ibiza-Paul lächelte.

»Und warum warst du dann so geizig?«

Ibiza-Paul zog eine Augenbraue hoch. »Mit einem Millionär will niemand befreundet sein.«

»Mit dem will *jeder* befreundet sein.«

»Aber nur, weil sie ans Geld wollen. Das ist keine Freundschaft.« Ibiza-Paul schüttelte den Kopf. »Nur wenn man selbst knausrig ist, erkennt man, wer hinter Geld her ist und wer nicht.« Er lächelte. »Und ihr seid es nicht. Im Grunde weicht ihr dem Geld sogar *aus**.«

*So genau hab ich das gar nicht wissen wollen.

Wahrscheinlich hatte Ibiza-Paul recht. Wie so oft. Wir würden nie reich werden. Aber momentan wäre ich ja schon zufrieden, wenn wir nicht mehr pleite wären.

»Und woher kennt ihr euch?«, fragte ich.

Thrombose-Peter legte einen Arm um Ibiza-Pauls Schulter. »Er hat mir vor zwanzig Jahren meine Finca hier besorgt.«

»War für uns beide ein gutes Geschäft«, sagte Ibiza-Paul. »Und was habt ihr jetzt für Probleme hier?«

Christian blickte Ibiza-Paul direkt in die Augen. »Dein toller Freund hat mich gezwungen, für meine Pommesbude Schutzgeld zu zahlen und jetzt stehe ich mit Hunderttausend Euro bei ihm in den Miesen! Und wenn ich die ihm bis morgen nicht gebe, bringt er uns um!«

»Ach so«, sagte Ibiza-Paul und wandte sich ab. »Ich dachte schon, es wäre was Ernstes.«

»Du findest es lustig, wenn wir morgen samt Betonklotz am Fuß auf dem Boden des Mittelmeers liegen?«, fragte Christian.

»Ich kann euch auch einen schöneren Tod verschaffen«, sagte Thrombose-Peter. »Meine Jungs sind da sehr kreativ. Und gehen gerne auf Kundenwünsche ein.«

Christian wollte Ibiza-Paul am Kragen packen, doch einer der Hells Angels hielt ihn fest. »Paul, das kannst du doch nicht zulassen!«, rief Christian.

Doch Ibiza-Paul schüttelte nur den Kopf. »Ich mische mich grundsätzlich nicht in die Geschäfte meiner Freunde ein.«

»Und wir?«, rief Christian. »Sind wir nicht deine Freunde?«

»Deswegen mische ich mich ja nicht ein«, antwortete Ibiza-Paul.

»Und lässt du uns lieber verrecken oder was?«

»Wer hat denn von verrecken gesprochen«, entgegnete Thrombose-Peter. »So ein kleiner Kopfschuss tut gar nicht weh.« Er lächelte. Aber es war nicht dieses kalte, überlegene Lächeln, sondern irgendwie ein warmherziges.

In dem Moment wurde mir klar, dass die beiden uns nur hochnahmen. »Ihr macht einen Scherz, oder?«, fragte ich.

»Ich dachte schon, ihr kapiert das nie!« Thrombose-Peter klopfte mir auf die Schulter. »Die Brüder meiner Brüder sind auch meine Brüder.«

Nun waren wir zwar nicht mit Ibiza-Paul verwandt, aber ich verstand trotzdem, was Thrombose-Peter uns hatte sagen wollen. Er deutete auf Ibiza-Paul. »Außerdem bin ich ihm noch einen Gefallen schuldig.«

»Hast du mit ihm auch einen Porno gedreht?«, fragte ich, vielleicht ein wenig voreilig.

Ibiza-Paul blickte mich erst irritiert an, doch dann hellten sich eine Gesichtszüge auf. »Die alten Jugendsünden holen einen immer ein.« Er lächelte vrsonnen. »Gut, dass man sie gemacht hat.«

»Apropos Jugendsünden«, fragte Christian. »Was ist mit den Schulden?«

»Was für Schulden?« Thrombose-Peter zwinkerte uns zu. »Du darfst sogar an dieser blöden Fernsehshow teilnehmen, wenn du willst.«

Christian schüttelte den Kopf. »Davon bin ich für immer geheilt.«

»Na endlich siehst du das ein«, sagte Ibiza-Paul. »Es geht halt nichts über echten, handgemachten Rock.«

Wir nickten, obwohl wir völlig anderer Meinung waren. Aber wir wollten das neue Verhältnis zu den Hells Angels nicht schon wieder aufs Spiel setzen. Auch wenn sie kein Geld mehr verlangten und uns nicht mehr bedrohten, war immer noch die Deutsche Bank hinter uns her. Und wenn wir Ibiza-Paul um Geld fragten, war die Freundschaft gleich wieder dahin, das hatte selbst ich verstanden. Er hasste nichts mehr als Schmarotzer und wollte am liebsten gar nicht über Geld reden.

Es kreiste also lediglich ein Pleitegeier weniger über uns.

»Und wo wollt ihr jetzt hin?«, fragte Ibiza-Paul.

»Erst mal wieder nach St. Antonio«, antwortete ich. »Und dann schauen wir mal.«

»Dann müssen wir uns beeilen«, sagte Ibiza-Paul. »Es zieht ein Sturm auf, dagegen ist der von gestern ein Mäusefurz.«

Ich konnte immer noch nicht glauben, dass Ibiza-Paul ein Millionär war. Er benahm sich überhaupt nicht so und redete völlig anders als die reichen Schnösel, die bei Derrick ihre Schwiegereltern umbrachten, oder ihre Stiefväter, je nachdem, wo es mehr zu erben gab.

Ibiza-Paul gab uns einen 5-Minuten-Segel-Crashkurs, setzte das Segel und wir fuhren los. Ab und an rief er ein paar Kommandos, die wir so toll ausführten, dass er uns gleich noch mal zeigte, wie das ging.

Außerdem stellten sich die Hells Angels noch doofer an als wir und so befürchtete ich, wir würden dieses Mal tatsächlich sinken. Die Wellen schwappten schon über unser Schiff hinweg, der Wind heulte wie hundert hungrige Wölfe und der Himmel hing voller *Blitze**.

*Und das ist erst das Vorspiel. Gott.

Als hätten wir nicht schon genug eigene Probleme, stürmte Christian auch noch zu Ibiza-Paul ans Steuer. »Da schwimmt was!«, rief er.

Nun ist es kein außergewöhnliches Ereignis, wenn auf oder im Meer etwas schwimmt, insofern schenkte ich dem nicht allzu viel Bedeutung, aber Ibiza-Paul reagierte sofort und steuerte das Segelschiff in Richtung des Schwimmobjektes.

Es sah aus wie ein Boot.

Nein, nicht wie irgendein Boot, es war das Rettungsboot der *MS Donau*!

Es ist ein niederträchtiges Geschäft – besonders wenn es mit der Freundschaft vorbei ist.
Richard Dobbis, ehemaliger Präsident von Sony Music

50

Mittelmeer, Donnerstag, 30.06., 19:13

»Gertrud!«, rief ich in das tosende Meer hinein, wobei das eigentlich der falsche Ausruf war, denn mich interessierte ja nicht Gertrud, sondern der Plattenvertrag.

Doch wenn Gertrud nicht überlebte, würde es auch keinen Termin mit Bunnyversal-Chef Windhör geben.

Ibiza-Paul steuerte näher an das Rettungsboot heran. Es trudelte durch die Wellen wie ein Geisterschiff und der Sturm trompete sein unheimliches Lied dazu. Ich kam mir vor wie in einem Horrorfilm, erwartete jede Sekunde, in *völlig ausgemergelte Skelette** zu blicken.

*Hallo? Die sind erst vierundzwanzig Stunden unterwegs. Da wäre nicht mal eine Eintagsfliege skelettiert.

Dann hörte ich die ersten Schreie. Es klang wie das Geheul von *Werwölfen**.

*Ausnahmsweise untertreibt Thomas hier. Für mich klang das um einiges bedrohlicher, nämlich wie Hausfrauen am Wühltisch im Sommerschlussverkauf.

Wir kamen näher an das Boot heran. Sollten wir nicht besser flüchten? Womöglich hatte eine Seuche alle dahingerafft und zu Zombies mutiert, die nur auf uns warteten, um uns die Gedärme rauszureißen, uns bei lebendigem Leib aufzufressen, und mit unserer Leber Volleyball zu spielen.

Glaubte ich das wirklich? Oder war es nur die Angst, die mich das Glauben machte? Schließlich war es total absurd, was ich hier von mir gab.

Totaler Schwachsinn.

In etwa so wie eine Parteitagsrede der AfD.

Wenn ich die Angst beiseiteließ, blieb nur ein Gedanke übrig: Wir mussten die Passagiere retten!

Ich robbte im Sturm zu Ibiza-Paul, doch der hatte schon vor mir erkannt, was zu tun war und hielt furchtlos auf den Geisterkahn zu.

Die Schreie wurden immer lauter. Irgendjemand rief nach Fish & Chips, wahrscheinlich war er schon dem Wahnsinn anheimgefallen.

Oder er war Engländer.

Wir waren nur noch wenige Meter vom Schiff entfernt, so dass ich die Gesichter der Untoten sehen konnte. Sie waren kreidebleich, manche zuckten wild, einigen lief der Sabber aus dem Mund, wieder andere trugen Verbände um die Beine als seien sie Mumien.

Alle waren sie dem Tod geweiht.

Eben deutsche Rentner.

Ich blickte durch die Reihen. Ich sah kein einziges Kind und die Frauenquote war geringer als bei der CSU. Demnach hatten alle Passagiere beherzt die Leitlinie 'Frauen und Kinder nach mir' befolgt.

Doch wir waren ja auch nicht besser gewesen, hatten unseren Platz nur aus egoistischen, niederträchtigen und künstlerischen Gründen hergegeben. Und diese Gründe galten immer noch, denn wir brauchten nach wie vor den Deal mit der Plattenfirma.

Endlich entdeckte ich Gertrud. Sie wirkte müde, irgendwie genervt. Adonis neben ihr schien trotz seiner Bräune bleich und seine Augen waren weit aufgerissen.

Ibiza-Paul warf ein Tau hinüber zum Rettungsboot und irgendein geflüchtetes Besatzungsmitglied der *MS Donau* befestigte es daran. Wir zogen es an unsere Seite, Ibiza-Paul ließ die Leiter hinab und die Rentner enterten einer nach dem anderen unser Segelboot.

Um unsere aufopferungsvolle Tat auf der *MS Donau* in Erinnerung zu rufen, half ich Gertrud persönlich an Bord. »Was macht ihr denn hier?«, begrüßte sie mich. »Seid ihr auch von dem Segelschiff gerettet worden?«

Ich schüttelte den Kopf. »Wir sind nach Formentera geschwommen und haben das Boot gechartert, um euch zu retten.«

»Das habt ihr echt gemacht? Bei dem Sturm?«

»Der Sturm hat uns nur noch mehr angetrieben«, schnitt ich auf wie ein Metzger bei einer Großbestellung Mortadella.

Sie warf ihrem Adonis einen vorwurfsvollen Blick zu.

»In Gefahr zeigt sich eben, was ein echter Mann ist«, setzte ich noch einen drauf.

»Ich glaub zwar nur fünf Prozent von dem, was du hier erzählst«, antwortete sie. »Aber wenigstens habt ihr angehalten. Im Gegensatz zu all den anderen Schiffen. Die ersten Passagiere haben schon angefangen, darüber zu diskutieren, wen sie als Erstes verspeisen könnten.«

»Typisch Rentner«, sagte ich. »Denken immer nur ans Essen.«

Während wir uns unterhielten, ließ Ibiza-Paul Wasserflaschen, Dosenwurst und Energieriegel verteilen. Er war besser ausgerüstet als die *Cap Anamur*. Für die kränkelnden Rentner gab ich meinen Notfallkoffer dazu, der nun endlich mal zu etwas anderem nutze war, als mich zu beunruhigen. Als die nötigste Hilfe geleistet war, blickte ich wieder zu Ibiza-Paul. Mitten in der stürmischen See stand er so ruhig am Ruder, als hätte er jahrelang nichts anderes gemacht.

Wäre er eine Frau, zwanzig Jahre jünger und mit ordentlichen Hupen ausgestattet, hätte ich mich glatt in ihn verlieben können.

Obwohl, seine Figur war eher wie die einer Ingwer-Knolle, sein Musikgeschmack indiskutabel und Frisur konnte man das nun wirklich nicht nennen, was da auf seinem Kopf wucherte.

Aber die inneren Werte waren top.

Und auf die kam es schließlich an.

Gertrud schien ganz meiner Meinung. Sie ließ mich und ihren Adonis stehen, tänzelte zu Ibiza-Paul und lehnte sich neben ihn an das Bootsruder.

Ich sah es auf den ersten Blick.
Es war die große Liebe.
Schon wieder.

Von allen Dingen, die ich verloren habe, vermisse ich mein Hirn am meisten.
Ozzy Osbourne

51

St. Antonio, Donnerstag, 30.06., 20:48

Der Sturm tobte, die Wellen wüteten und die Rentner stritten sich um den Dosenwurstvorrat und die Viagra-Packungen, doch Ibiza-Paul brachte uns *sicher** in den Jachthafen von St. Antonio.

*Irgendwie hatte ich doch keinen Bock auf Weltuntergang. Über wen soll ich mich denn aufregen, wenn nur noch Eintagsfliegen, Kakerlaken und scheißfromme Spinner auf der Erde leben? Gott.

Kaum hatten wir wieder festen Boden unter den Füßen, wurde mir mangels Geschaukel sofort schlecht. Christian hingegen war arbeitseifrig wie immer. »Wir müssen noch mal zu Frau Hola-Quetal«, sagte er.

»Wieso?«, fragte ich. »Hast du dich jetzt auch noch verknallt?«

»Quatsch«, antwortete Christian. »Nach all dem, was wir erlebt haben, muss noch 'People from Ibiza' aufs

Album. Und für den Refrain brauchen wir Frau Hola-Quetal. Schließlich singt im Original eine Frau mit.«

Also verabschiedeten wir uns von Gertrud, Ibiza-Paul und den Hells Angels und gingen in unser Hotel. Doch Frau Hola-Quetal war nirgends zu sehen. Dafür eine andere Putzfrau, mit der wir uns mit Händen, Füßen und einem Geldschein verständigten, woraufhin sie uns verriet, wo Frau Hola-Quetal wohnte.

Nämlich gegenüber unseres Hotels. Da 21 Uhr in Spanien im Grunde erst später Nachmittag ist, klopften wir an ihre Tür. »Ihr wieder aqui?«, begrüßte sie uns. »La habitación nicht sauber?«

Wir schüttelten den Kopf.

»Oder hat nicht geklappt mit Riemannsche Vermutung?«

»Doch, doch«, sagte Christian. »Aber wir müssen noch mal zusammen machen la música.«

»Soll ich wieder spiele auf Putzeimer Schlagzeug?«

»Wir brauchen Gesang«, sagte Christian. »Von einer echten *Ibizenkerin**.«

*Ich gelange immer mehr zur Überzeugung, dass der Duden von ein paar Legasthenikern zusammengekloppt wurde. Warum zum Beispiel heißt es Ibizenkerin? Das sind doch keine Henkerinnen und keine Autolenkerinnen! Und vor allem, warum heißt es dann nicht Spanenkerinnen?

Frau Hola-Quetal bat uns in ihre bescheidene Wohnung. In der Ecke stand ein Computer, auf dem sie gerade mit Stephen Hawking gechattet hatte, ihn jetzt aber einfach wegdrückte, schließlich konnte der nicht widersprechen.

Wir bauten den Laptop und das Mikro auf und dank der Vorarbeit auf dem Schiff war nur eine Stunde später der Hit im Kasten: 'People from Ibiza', featuring Señora Hola-Quetal. Dieses Mal mussten wir auch nicht diskutieren, ob Michael Cretu vorbeigekommen war, denn Frau Hola-Quetal hatte uns nur Wasser angeboten und so waren wir ausnahmsweise nüchtern geblieben.

Es hatte nicht weniger Spaß gemacht.

Vielleicht sollte ich mir das mit dem Alkoholverzicht doch noch mal überlegen.

Wir verabschiedeten uns von der kommenden Nobelpreisträgerin und trafen uns mit Ibiza-Paul und Gertrud im Hard Rock Cafe.

Christian und ich bestellten zu unserer eigenen Überraschung ein Mineralwasser sowie einen Salat und auch Ibiza-Paul hatte auf einmal die gesunde Seite des Lebens entdeckt, wie die meisten Männer, wenn sie unter der *Obhut** einer Frau stehen.

*Dabei sind menschliche Beziehungen eigentlich genau wie Fastfood: Man wird nie richtig satt davon, egal wie viel man auch bekommt. Daher sollte man sie bewusst genießen, damit man keinen Schaden davonträgt und sich nicht wundern, wenn man dick wird.

Im Übrigen habe ich mich schon oft gefragt, ob Gott bei einem Außendiensteinsatz auf der Erde wohl eher zu Burger King oder zu McDonalds gehen würde. Und ob er eher Coca-Cola oder Pepsi trinken würde? Mac oder PC**?

**Burger King, Coca-Cola. Mac. Jedenfalls haben die am meisten geboten, für diese typisch menschliche Schleichwerbung hier. Gott.

Als Ozzy alias Rüdiger an unseren Tisch kam, erkannte er Christian sofort. »Du musst mir noch mal mit den *Pommes** helfen«, sagte er und verschwand mit Christian in der Küche.

*Das ist eine gute Gelegenheit für die dritte Pommes-Weisheit:
Beim Frittieren halte ich mich stets an die Empfehlungen der Deutschen Gesellschaft für Fettwissenschaft. Daher weiß ich auch, dass Pommes achtzig Prozent des Fettes erst nach dem Herausnehmen aus der Fritteuse aufnehmen. Denn erst durch den Abkühleffekt wird an der Oberfläche haftendes Fett von der Pommes aufgesogen wie Wasser von einem Schwamm. Daher ist es so wichtig, Pommes direkt nach dem Frittieren mit einem Tuch abzutrocknen, damit sie nicht von Fett gesättigt werden.
Weil das Fett über die Oberfläche in die Pommes eindringt und dünne Pommes im Verhältnis zur Größe mehr Oberfläche aufweisen, sind diese übrigens auch fettiger. Ein weiterer Grund, weswegen man besser in eine ordentliche Pommesbude gehen sollte, als zu McDoof und WürgerKing.

Eine Stunde später kam Christian wieder. »Ich hab ihm gerade beigebracht, wie man Pommes blau-weiß macht«, sagte er stolz.

»Pommes blau-weiß?«, fragte ich.

»Blaue Süßkartoffeln mit Mayo. Die sind total lecker. Aber leider kannst du die in Dortmund nicht verkaufen, sonst fackeln sie dir die Bude ab. Und auf Schalke haben sie keine Ahnung von Pommes, also kannst du die da auch nicht *verkaufen**. Aber hierher passen sie perfekt. Rüdiger fehlt nur noch die richtige Fritteuse.«

*Wie Ibiza-Paul uns sogleich aufklärte, gibt es auf Schalke übrigens nur Pommes in Tüten, weil dort keiner weiß, wie man eine Schale hält.

Nachdem wir gegessen hatten, wollte Ibiza-Paul uns überreden ins Pacha zu gehen, natürlich in die VIP-Lounge, auf seine Kosten, aber wir hatten genug vom Partyleben.

Wir tranken unsere Mineralwasser aus, ließen uns von Ibiza-Paul in seine Villa bringen, schliefen dreizehn Stunden lang durch und träumten von *Geld, Gold und einem rentnerfreien Leben**.

*Also ich träumte zwar von Groupies mit Diamanten besetzten Intim-Piercings und heißen, knackigen Pommes, aber ich will das mal *gelten lassen***.

**Und ich träumte von der Zeit, in der die Menschen noch alles widerspruchsfrei hingenommen haben und man ihnen nur als brennender Busch erscheinen musste, damit sie klaglos den erstgeborenen Sohn opferten.

Wäre ich nur nie auf diese blöde Idee mit der Intelligenz gekommen! Gott.

Ich bin von Musikern fasziniert, die ihr Gebiet nicht vollständig verstehen; dann erschafft man die besten Werke.
Brian Eno, Produzent von David Bowie, U2 und Coldplay

52

St. Antonio, Freitag, 30.06., 12:13

Am nächsten Morgen wurden wir davon geweckt, dass Ibiza-Paul mit Flugtickets vor unserer Nase herumwedelte. »Ist eine kleine Widergutmachung für meine Knauserei«, sagte er und reichte uns zwei Tickets, First Class nach Berlin.

»Berlin?«, fragte ich.

Ibiza-Paul lächelte. »Ihr habt da noch was vor.«

»Die Stadt niederbrennen?«, fragte Christian. Kein Wunder, eines der bekanntesten Stücke seiner früheren Band Second Decay hieß 'I hate Berlin', und er hatte es mit Vorliebe in Berlin gespielt.

»Was haben wir da vor?«, fragte ich.

Ibiza-Paul zeigte auf Gertrud, die neben ihm stand, ihr Smartphone in der Hand. »Ich hab euch gerade eine Einladung per Mail gesendet«, sagte sie. »Heute um 18 Uhr habt ihr eine halbe Stunde mit Windhör, im Bunnyversal-Headquarter in Berlin. Macht was draus.«

»Heute?«

»Ich habe Windhör gesagt, das kann auf keinen Fall warten. Also hat er seinen Termin mit Iggy Pop verschoben.«

»Iggy Pop?«, fragte ich. »Lebt der noch? Der war doch in den 70ern schon halb tot? Und dann noch mal in den 90ern.«

Gertrud lächelte. »Der macht grad sein 30. Comeback. Ist ja auch irgendwie ein Jubiläum.«

Ich rieb mir den Schlaf aus den Augen und blickte Gertrud an. Sie hatte Wort gehalten, ohne dass wir mit einem Anwalt, dem Gericht oder der Mafia drohen mussten. Ja wir hatten sie nicht mal an ihr Versprechen erinnern müssen.

Das hatten Christian und ich in zwanzig Jahren Umgang mit der *Musikindustrie** noch nie erlebt.

*Die meisten Menschen haben übrigens die naive Vorstellung, dass ein überdurchschnittlich talentierter Musiker, der seine Songs einer Schallplattenfirma anbietet, irgendwann mal dorthin eingeladen wird. Denn die netten Mitarbeiter dieser Firma haben sich die CD, die der Musiker ihnen vor langer Zeit mal geschickt hat, nun angehört und finden diese so gut, dass sie jetzt totale Fans dieser Musik sind. Ja, sie können es kaum abwarten, den talentierten Musiker zu treffen und gemeinsam mit ihm einen Plan zu erarbeiten, um ihn auf der ganzen Welt berühmt zu machen.

Doch leider weicht die Wahrheit in einigen nicht unerheblichen Punkten von dieser Vorstellung ab: In den meisten Schallplattenfirmen arbeiten überwiegend Menschen, die sich überhaupt nicht für Musiker, deren Musik oder irgendeine Musik interessieren und darüber hinaus keine Ahnung von Musik haben. Denn diese Leute arbeiten nicht in der Plattenfirma um CDs zu verkaufen, das macht schließlich der Handel, sondern um vor ihren Freunden damit anzugeben, das es total 'hip' und 'crazy' sei, dort zu arbeiten. Wenn sie wüssten wie, würden sie am liebsten selbst Musik machen und finden allein deshalb schon mal alles Scheiße, was andere produzieren.

Jedes Jahr durchbrechen dann ein oder zwei Künstler diese Maschinerie und werden als neue Trendsetter gefeiert, obwohl sie zu 98% gleich klingen, wie der ganze Mist vorher.

Doch Gertrud war anders. Sie hatte wirklich Freude an Musik. Und vielleicht ging es Windhör auch so.

Ja, es schien nicht nur ein naives Traumgebilde, dass wir bei einer Major-Company landen könnten, sondern eine realistische Option.

Ich nahm mir vor, als *Vorkasse** nichts zu akzeptieren, von dem wir nicht wenigstens unsere Schulden bei der Deutschen Bank bezahlen konnten.

*Das kleine Wörtchen Vorkasse sagt eigentlich schon alles: Es handelt sich hierbei um eine versprochene Summe Geld, die kurz vor der eigenen Kasse verloren geht oder es anderen Gründen nie dorthin schafft. Jedenfalls bei den kleinen Plattenfirmen, bei denen ich bisher unter Vertrag gewesen war. Und das waren einige.

Ich weiß gar nicht, wie oft ich im Leben schon den Satz 'Der Scheck ist in der Post' gehört habe. Das Ganze ist natürlich nur ein Euphemismus für: 'Wir zahlen euch so lange nichts, bis irgendeine Platte von euch floppt und wir alle bisherigen Gewinne mit diesen Verlusten verrechnen können. Und wenn noch was übrig bleibt, bilden wir ein paar Retouren-Rückstellungen für die nächsten zwanzig Jahre.'

Uns so konnten wir nur hoffen, dass Bunnyversal wirklich besser als die anderen Firmen war.

Als wir am Flughafen in den Flieger nach Berlin stiegen, von engelsgleichen Stewardessen mit einem Glas Champagner begrüßt, wurden und uns in die flauschigen First-Class-Sessel fallen ließen, glaubte ich wirklich, dieses Mal würde es anders kommen.

Um Musik zu hören, braucht man kein Gehirn.
Luciano Pavarotti

53

Ibiza-Stadt, Freitag, 30.06., 14:23

Unsere temporäre Glückssträhne endete exakt in dem Moment, in dem die Stewardessen die Sicherheitsübung durchführten.

Ich griff unter meinen Sitz, um die Schwimmweste zu suchen, wie ich es immer vor einem Flug tat, doch meine Finger ertasteten nichts als einen klebrigen, alten Kaugummi.

»Schwester, unter meinem Sitz fehlt die Schwimmweste«, rief ich. »Demnach können wir gemäß internationalen Flugverkehrsregeln nicht …«

Weiter kam ich nicht, denn Christian hielt mir den Mund zu. »Erstens heißt das nicht Schwester, sondern Saftschubse. Zweitens hat es noch nie einen Flugzeugabsturz gegeben, bei dem irgendjemand überlebt hat, weil er samt Schwimmweste sanft auf dem Meer gelandet ist. Oder kannst du dich an einen erinnern?«

Ich dachte angestrengt nach, doch mir fiel tatsächlich keiner ein.

»Siehst du«, sagte Christian. »Und drittens sind schon jede Menge Menschen gestorben, weil im Falle eines Absturzes irgendwelche Idioten mit ihren bereits im Flugzeuggang aufgeblasenen Schwimmwesten die Notausgänge blockiert haben.«

Das klang plausibel. Und Plausibilität beruhigte mich immer. Ich ließ die restliche Sicherheitsunterweisung über mich ergehen, wir starteten, ließen *Ibiza** unter uns, und als wir unsere Reiseflughöhe erreicht hatten, blickte ich sogar ganz mutig aus dem Fenster.

*Mein Fazit zu Ibiza: Ich muss da jetzt nicht noch mal hin, aber ich werde auch keine Anstrengung unternehmen, diese Insel von der Weltkarte zu bomben.
Wobei Männer unter 1,70 ja gerne mal an dem sogenannten Napoleon Syndrom leiden und oft zu übertriebenen Rachereaktion neigen. Aber zum Glück bin ich 1,71.

Der Sturm von gestern hatte sich komplett verzogen, es ging kein Lüftchen. Anscheinend hatte Gott seinen Frieden mit der Menschheit gemacht. Vielleicht hatte er auch nur ein neues *Computerspiel** entdeckt, wer konnte das schon wissen?

*Warum hat mir eigentlich noch nie jemand von Grand Theft Auto erzählt? Das ist so geil, die Leute grundlos umzufahren. Fast wie im echten Leben, nur eben ohne diese nervigen Schuldzuweisungen. Gott.

Die Sonne schien, nicht mal die kleinsten Wölkchen waren am Himmel zu sehen, es war bestes Flugwetter. Es konnte gar nichts schief gehen.

Ein sicheres Zeichen, dass die Katastrophe kurz bevor stand.

Oder war das wieder nur meine Angst, die mich davon abhielt, den Moment zu genießen?

Einfach mal loszulassen und die Zukunft anzunehmen, was immer sie für mich bereithielt.

Ja, das wollte ich!

Unbedingt!

Ich strahlte Christian an, wollte ihm das gerade freudig mitteilen, als unser rechtes Triebwerk ausfiel.

Wir sackten nach links, wobei das alles wegen meiner ausgeprägten Rechts-Links-Schwäche auch umgekehrt gewesen sein kann, aber auf alle Fälle sackten wir.

Die Passagiere auf den billigen Plätzen begannen zu schreien, bei uns in der First Class hingegen kackten sich ein paar gleich richtig in die Hosen. Jedenfalls stank es auf einmal wie in einem Dixi-Klo am dritten Tag von Rock am Ring. Nur die Stewardessen blieben cool, erinnerten jeden daran, sich anzuschnallen und schenkten Champagner aus.

Und obwohl wir durch die Luft segelten wie eine halbseitig gelähmte Möwe hatte ich auf einmal keine Angst mehr.

Was würde Angst auch ändern? Das ich mir auch noch in die Hose machte?

Darauf konnte ich verzichten.

Ich schnallte mich los, stand auf und hob meine Stimme. »98,6 Prozent aller Triebwerksausfälle führen nicht zu einem Absturz«, erklärte ich. Obwohl ich diese Statistik gerade selbst erfunden hatte, beruhigte sie nicht nur die Passagiere, sondern auch mich.

Und als hätte der Pilot die Statistik auch gehört, stabilisierte er das Flugzeug.

Kurz darauf schnurrte sogar das rechte Triebwerk wieder wie ein zahmer Tiger.

Als ob nichts gewesen wäre, landeten wir wohlbehalten in Berlin.

Arm aber sexy.

Das waren wir auch mal gewesen.

Jetzt waren wir nur noch arm.

Doch bald würde sich das Blatt wenden.

Ibiza-Paul hatte uns ein wenig Taschengeld für die Heimfahrt gegeben, also ließen wir uns von einem Limousinen-Service zu Bunnyversal chauffieren.

Schließlich mussten wir uns schon mal an den Luxus gewöhnen.

Vor dem Gebäude lungerten einige vollbärtige Altkleiderträger herum und rauchten. Man konnte unmöglich sagen, ob das abgehalfterte Popstars, hippe Mitarbeiter der Plattenfirma oder harmlose Stricher waren.

Vielleicht waren sie auch alles zusammen.

Wie auch immer, wir ließen sie stehen, meldeten uns am Empfang und zeigten die Visitenkarten, die wir schnell noch am Flughafen gedruckt hatten. Jetzt würde sich zeigen, ob Gertrud ehrlich zu uns gewesen war.

»Wir haben einen Termin bei Herrn Windhör«, sagte ich, was wahrscheinlich pro Tag hunderte verzweifelte Bands behaupteten, in der Hoffnung aus Versehen zum CEO durchgelassen zu werden.

Die Empfangsdame schaute in ihren Kalender, musterte unsere Visitenkarte, blickte wieder in den Kalender und lächelte. »Sie werden erwartet.« Sie reichte uns zwei Besucherausweise und schickte uns zu den Fahrstühlen. »Siebter Stock, hinten rechts«, sagte sie. Sofort machten wir uns auf den Weg.

Nach oben.

Mein Herz bollerte wie in der Techno-Disco.

Jetzt würde es sich entscheiden! Würden wir Popstars werden oder Pleitiers?

Ich wünschte, es hätte einen Musikgeschäfts-Einsteigerkurs geben, den ich hätte belegen können.
Kurt Cobain

54

Berlin, Freitag, 30.06., 17:54

Der Aufzug hielt an jedem Stockwerk. Unglaublich coole Menschen, die irgendwelche Marathon-T-Shirts trugen, stiegen ein und ein Stockwerk später wieder aus.

Klar, sie mussten sich schonen.

Für die Angebereien, die sie für das Leben hielten.

Damit wir nicht vorschnell irgendeinen viertklassigen Vertrag unterschrieben, riefen wir uns während der Fahrt *die fünf größten Flops der Musikindustrie** in Erinnerung, den phänomenalen Minus-28-Millionen-Deal von Mariah Carey nicht mitgerechnet, denn da wurde ja in ungewöhnlich weiser Voraussicht gar keine Platte veröffentlicht.

*5. Das Album 'Paris' von Paris Hilton. Es verkaufte sich läppische 188.000-mal, während ihr Kurzfilm 'One night in Paris' schätzungsweise 3 Milliarden Mal aus dem Internet 'runtergeholt' wurde.

4. 2001 investierte MCA 2,1 Millionen US $ in das Debüt von Carly Hennessy mit dem programmatischen Titel 'Ultimate High'. In den ersten drei Monaten nach der Veröffentlichung verkauften sie exakt 378 CDs.

3. 1983 verklagte die Plattenfirma Geffen Neil Young auf 3 Millionen US-Dollar weil seine letzte Platte 'Trans' keine Kopie früherer Neil-Young-Platten gewesen war und dementsprechend unerfolgreich.

2. Zwischen 1994 und 2008 investierte dieselbe Plattenfirma, also Geffen 13 Millionen US Dollar in die Produktion des *Guns N' Roses*-Albums 'Chinese Democracy'. Das allein würde schon ein jahrzehntelanges Veröffentlichungsverbot für diese Goofys rechtfertigen. Es wurde die teuerste Albumproduktion aller Zeiten, nicht eingerechnet die anschließende Millionenklage weil man bei der Produktion auch noch Samples anderer Bands geklaut hatte. Die gleichnamige Single des Albums schaffte es immerhin auf Platz 34 der US-Billboard Charts.

1. Am 1.1.1962 spielen *Brian Poole & The Tremeloes* und eine bis dato unbekannte Band bei der Plattenfirma Decca vor. Der Sieger sollte einen Plattenvertrag gewinnen. Weil sie in London wohnten und so schneller erreichbar waren, erhielten Brian Poole & The Tremeloes den Zuschlag. Die unbekannten Verlierer hießen The Beatles.

Im siebten Stock angekommen hatte ich natürlich vergessen, ob wir nun links oder rechts entlang laufen sollten, ja ich wusste nicht mal mehr, wo links, rechts, vorne, hinten, oben und unten war.

Ich war nervös wie ein Sträfling vor der ersten Dusche im Gemeinschaftsbad.

Doch Christian war arschcool, ging nach hinten rechts und klopfte dann an eine Tür, an der in Großbuchstaben 'FRANK B. WINDHÖR, CEO' stand.

»Herein«, schallte es uns entgegen.

Wir gingen in ein Büro, dessen Wände mit goldenen Schallplatten gepflastert waren, in einer Vitrine rechts daneben verstaubten ein paar Echos und Grammys.

Hier wurden Hits gemacht.

Und Flops.

»Ihr seid also die Herren Purwien und Kowa«, begrüßte uns Windhör.

Wir nickten.

»Na, dann lasst mal hören.«

Ich reichte ihm eine CD, die ich noch schnell im Flugzeug auf meinem Laptop gebrannt hatte.

»Drei Songs«, sagte Windhör. »Sie kicken mich, ihr habt einen Deal. Sie kicken mich nicht, ihr könnt gehen.« Er deutete auf die CD. »Aber wenn der erste Song derselbe Müll ist, der hier sonst mit der Post reinflattert, könnt ihr gleich gehen.«

»Wir beginnen mit *Du*«, sagte Christian. »Track eins.«

Windhör legte die CD in eine Anlage ein, die wahrscheinlich mehr gekostet hatte, als das komplette Tonstudio, welches ich früher besessen hatte.

Als der Ping-Pong-Sound bei 'Du' einsetzte, musste ich unwillkürlich mit dem Fuß mitwippen, Christian ebenso, doch Windhör verzog keine Miene.

Wie ein Pokerspieler saß er da und hörte konzentriert zu.

Vielleicht zählte er aber auch nur die Sekunden, bis es endlich vorbei war und er uns wieder mit dem Lift nach unten schicken konnte.

»Was ist die nächste Nummer?«, fragte Windhör, noch in den letzten Ton des Songs hinein.

Wenigstens hatten wir den Idiotentest überstanden.

»Track zwei«, sagte Christian. »*Alte Hits*.«

Ich verspürte das Bedürfnis zu tanzen – wahrscheinlich eine Übersprunghandlung – doch Windhör blieb immer noch so steif hocken, als habe ihn jemand an seinen Bürostuhl getackert. Das konnte einfach nicht sein, er musste doch dabei etwas empfinden? Dafür war Musik doch da!

Oder war es für ihn nur ein Stück Ware und wir hätten ihm genauso gut ein paar Schweinehälften auf den Tisch knallen können, jedenfalls, wenn er keine Plattenfirma leiten würde, sondern eine Metzgerbude?

Der Song endete und Windhör sagte nur: »Und jetzt der letzte Titel.«

Es musste 'Bandit' sein. Entweder er hasste es, oder er liebte es.

Der Song begann, ich hatte ihn schon Tage nicht mehr gehört und fand ihn umwerfend, diese blubbernde Basslinie, der straighte Beat, der lässige Gesang.

Doch Windhör schien das alles nicht zu interessieren. Ich fühlte mich, als habe ich gerade der Miss World einen Heiratsantrag gemacht, und sie brauchte zehn Minuten, um sich zu entscheiden.

Endlich, beim ersten Refrain lupfte Windhör eine Augenbraue. Und sah ich in der zweiten Strophe nicht ein Lächeln in seinem Gesicht? Ich war mir nicht sicher, bis Windhör kurz vor Schluss mit dem Fuß mitwippte.

Wir hatten ihn.

Der Song endete in einer kleinen Joachim-Witt-Hommage, Windhör schaltete die Anlage aus und drehte sich zu uns. »Das ist ein Welthit!«

Ich hatte schon die Dollarzeichen in den Augen als Windhör noch ein paar unbedeutende Worte hinzufügte: »Anderer Text, andere Musik, aber dann ist es ein Welthit.«

Das verunsicherte mich ein wenig. »Also gefällt es Ihnen?«

»Sag mal, hast du Melonen auf den Ohren?« Er schüttelte den Kopf. »Ihr seid gut, aber nicht gut genug. Passt nicht in unser Programm. Basta.«

»Aber ... Sie haben doch gesagt, es wäre ein Welthit?«

»Das war ein Witz«, antwortete Windhör und imitierte ein Lachen. »Wenn ihr siebzehn wärt, würde ich das vielleicht machen. Aber so müssten wir euch durch zwei *gescheiterte Superstarjünger** ersetzen.«

*Ich wollte anmerken, dass auch ich ein gescheiterter Superstarjünger sei, aber dann schwieg ich einfach. Es war ohnehin gelaufen.

Das war es also. Alles endete hier. In diesem Raum.
  Basta.
  Finito.
  Exitus.

**Das Musikgeschäft ist eine grausame und hirnlose Geldkloake, ein langer Korridor aus Plastik, in dem Diebe und Zuhälter tun und lassen, was sie wollen, und gute Menschen vor die Hunde gehen.
Im Übrigen hat es auch eine negative Seite.**
Hunter S. Thompson

55

Berlin, Freitag, 30.06., 18:14

Wir fuhren mit dem Lift nach unten, hielten dank der sportfanatischen Mitarbeiter erneut in jedem Stockwerk, gaben unsere Besucherausweise ab und trotteten ziellos auf die Straße.

Hätte uns dabei ein Neun-Tonner überfahren, es wäre uns gleichgültig gewesen. Keiner sagte ein Wort. Ich hatte keine Lust auf Beschwichtigungen und Christian offensichtlich auch nicht.

Wir waren gescheitert.

Wir passten nicht in diese Musikindustrie, wir passten nicht in diese Zeit, vielleicht passten wir nicht mal in diese Welt.

»Hat trotzdem Spaß gemacht«, sagte Christian nach einem gefühlten Vierteljahrhundert Trauerzeit.

Ich nickte.

»Auch wenn alles umsonst war.« Christian rieb sich die Stirn. »Wir haben alles gegeben, haben die unmöglichsten Sachen erlebt und dabei noch ein geiles Album aufgenommen. Aber niemand will es hören.«

Plötzlich legte sich in meinem Hirn ein Schalter um. Es war, als ob die *linke Gehirnhälfte**, welche die ganze Zeit brach gelegen hatte, plötzlich hinzugeschaltet worden wäre.

*Wahrscheinlich meinte er die rechte Gehirnhälfte, aber diese Verwechslungen war ich ja inzwischen gewöhnt.

Es öffnete sich eine komplett neue Gedankenwelt. Wir waren die ganze Zeit dem falschen Ziel hinterhergelaufen. »Es war nicht umsonst«, sagte ich.

»Ja klar, dein ganzes Erspartes ist weg«, antwortete Christian. »Schließlich will die Deutsche Bank bezahlt werden.« Er seufzte. »Auch wenn ich die Hells Angels nicht mehr fürchten muss, bin ich nach wie vor pleite und du wirst für mich bürgen müssen.«

»Nein, ich meine, es hat sich gelohnt, was wir getan haben«, sagte ich. »Es war eine Reise. Zu uns selbst.« Ich fühlte auf einmal eine unglaubliche Motivation. »Wir müssen unbedingt aufschreiben, was wir erlebt haben.«

»Und das vertonen wir dann, oder was?« Christian blickte mich an, als sei ich ein vergessenes Pausenbrot, das er nach den Sommerferien wiedergefunden hatte. »Ich hasse Musicals!«

»Jeder vernünftige Mensch hasst Musicals.« Ich winkte ab. »Wir aber schreiben ein Buch. Wir erzählen die Geschichte, wie die CD entstanden ist. Und die Aufnahmen gibt es dann als Bonus obendrein.«

»Ein Buch?« Ich konnte fast erkennen, wie die Räder in Christians Gehirn anfingen zu rotieren. »Klingt gut, aber ich denke, du hast dich leergeschrieben?«

»Das lag nur daran, dass ich die ganze Zeit nichts erlebt habe. Doch das ist jetzt vorbei. Unser Schiff ist auf Grund gelaufen, der Flieger beinah abgestürzt, auf uns wurde mehrfach geschossen, wir wurden bedroht, durften unsere Songs bei der größten Plattenfirma der Welt vorstellen, haben einen Millionär kennengelernt und die Karottenfrau.«

»Muss die wirklich vorkommen?«, fragte Christian.

»Wollen wir die Wahrheit erzählen oder nur eine Fantasiegeschichte?«

»Die Wahrheit.« Christian lächelte. »Ich bin dabei!«

Ich war überrascht, dass er so schnell darauf einstieg. Denn Christian war ein intelligenter Kerl, der hätte wissen müssen, was es hieß, zu unserer CD auch noch ein Buch zu veröffentlichen.

Denn das eröffnete uns die einmalige Möglichkeit, gleichzeitig mit zwei größenwahnsinnigen Projekten zu scheitern. Das hatte vor uns nur Hitler geschafft, aber der war ja schon völlig meschugge gewesen, bevor er seinen Zweifrontenkrieg begonnen hatte.

Insofern bestand für uns noch Hoffnung.

> Ich wär gerne klug
> und schriebe ein Buch.
> *Purwien und Kowa, aus dem Song 'Bandit',
> erschienen auf der CD 'Zwei'*

56

Sauerland, Freitag, 25.08., 20:27

Kaum saß ich im Zug von Berlin nach Mannheim, klappte ich meinen Laptop auf, öffnete mein Schreibprogramm und begann. Die Worte purzelten nur so aus mir heraus. Denn ich musste ja nur schreiben, was geschehen war.

Es war so einfach.

Und nun, knapp zwei Monate später, sitze ich wieder im Zug und fahre nach Dortmund.

Zu Christian.

Er hatte sich inzwischen als Pommesberater selbstständig gemacht, seine gepfändete Pommesbude samt Fritteuse ausgelöst und an Ozzy alias Rüdiger weiterverkauft. Von dem Gewinn konnte er die dringendsten Forderungen der Deutschen Bank bezahlen und wenn das so weiterging, war er in läppischen fünfundvierzig Jahren schuldenfrei.

Da ich nicht bürgen musste, besitze ich das Geld meiner Erbtante immer noch und hab mir vorgenommen, es selbst auszugeben, bevor die Deutsche Bank kommt.

Auf meinem Laptop, der vor mir steht, scrolle ich durch den ersten Entwurf unseres Buches. Es fehlen nur noch die letzten Sätze. Es ist eine gute Geschichte geworden.

Unsere Geschichte.
Und hier steht sie.
Wort für Wort.
Genau so ist es gewesen.
Vielleicht haben wir aber auch alles *erfunden**.

*Nur, wenn alles erfunden ist, wo kommen dann die Songs her?

Wie auch immer, wenn Sie das lesen, haben wir offensichtlich einen Verlag gefunden, der noch weiß, wie man notleidende Künstler mit einer üppigen Vorkasse unterstützt.

Dass man die Vorkasse allerdings auch versteuern muss, das verdrängen wir mal lieber.

Bis zum nächsten *Buch**.

*Hat das denn nie ein Ende? Gott.

Beweisaufnahmen

Die beste Pommesbude der Welt

Purwien & Kowa (unverkleidet)

Kowa, vorbereitet falls die Russen kommen

Als Kind wusste ich noch, wann es besser ist den Mund zu halten

An diesem Ort begannen viele Karrieren, meine nicht

Purwien & Kowa (verkleidet)

Die unerfolgreichste Platte der Popmusikgeschichte

Wer von den beiden ist nochmal Gott?

Frau Hela Quetal, Hauspflegerin in der dritten Generation

Synthesizer, Trommel und Blockflöte in einem

Die Konkurrenz unter den tunesischen Aufnahmestudios ist groß

Meerblick (mit Röntgenbrille)

Geheimtipp: lokale Spezialitäten

Hier zeigt sich mal wieder des Spaniers unglaubliche Liebe zur Natur

Professionelles Equipment ist das A & O jeder Musikkarriere

Reservekühlschrank

Apartheid mal anders

Vor dem Chicken-Wings-Massaker

Nicht alle Geschenke erhalten Feundschaften

Da muss eine alte Frau lange für anschaffen

Etwas großkörniger Sandstrand vor dem total romantischen Café del Mar

Unerreichbare Orte für Menschen mit Gehbehinderung (und uns)

wir haben die Badewanne schon mal eingelassen

Getarnter Multimillionär

Immer wieder verschandeln Parkflächen die Landschaft

Gott, nun sprich doch endlich zu uns!

Danksagung

Ja, wir waren wirklich so wahnsinnig, nicht nur ein Buch zu schreiben, sondern parallel dazu eine CD aufzunehmen.

Die CD erscheint ebenso unter dem Namen Purwien & Kowa und trägt den einfach zu merkenden Titel: *Zwei*. Wer die Musik der 80er mag, wird hier sicher nicht enttäuscht werden.

Danke an SPV und dp DIGITAL PUBLISHERS, die offen für unseren Doppelschlag waren.

Bei dp DIGITAL PUBLISHERS möchten wir hierfür Marc Hiller, Stephanie Schönemann, Ruth Papacek und Anja Kalischke-Bäuerle danken sowie unserer Lektorin Daniela Höhne. Bei SPV gilt unser Dank Gero Herrde und Frank Uhle.

Außerdem ein riesiges Dankeschön an Dominik Jungheim, der das Hörbuch eingesprochen hat.

Des Weiteren danken wir Falko Wübbeke für die Autorenfotos und Frau Hola-Quetal – deren wahren Namen wir leider nicht kennen – für all die Nachsicht mit zwei sehr lauten, mitunter sehr betrunkenen und sehr langschläfrigen Männern.

Wenn ihr dieses Buch illegal im Internet heruntergeladen habt, dann klaut doch bitte gleich noch die CD und das Hörbuch. Dann könnt ihr euch wenigstens fühlen wie ein Schwerkrimineller.

Aber vergesst nicht: Wie wir in dem Buch nachgewiesen haben, sieht Gott alles und man weiß nie, wann er mal wieder Bock auf eine spontane Salzsäulentransformation hat. Außerdem werden die Gefängniszellen in der Downloadhölle ganz sicher nicht nach Musikgeschmack oder literarischen Vorlieben zusammengestellt. Eminem und Mario Barth warten schon auf euch.

Falls ihr allerdings ehrlich seid und zudem zu den lobenswerten Menschen gehört, die tatsächlich oder wenigstens innerlich jung geblieben sind und noch auf Konzerte gehen, dann würden wir uns freuen, euch live und in Farbe zu sehen.

Neben den neuen Songs gibt es bei Purwien & Kowa auf der Bühne auch altes Material von Second Decay, außerdem erzählen wir, wie alles wirklich war. Checkt doch am besten www.purwienundkowa.com für unsere aktuellen Tourtermine.

Falls ihr zu faul zum Nachschauen seid, schickt einfach eine E-Mail mit dem Betreff 'Newsletter' an kontakt@thomaskowa.de und ihr seid immer über alle Termine, Buchveröffentlichungen und sonstigen Unsinn informiert.

Denn der Wahnsinn geht weiter. Denn wir waren inzwischen wieder unterwegs. In Las Vegas.

Ja, war schlimm. Außerdem sind dort wieder viele neue Songs und eine hübsche Geschichte entstanden ...

Es bleibt also spannend. Bis dahin wünschen wir viel Spaß mit *Pommes! Porno! Popstar!* und der CD *Zwei*.

Thomas Kowa & Christian Purwien

Das Hörbuch

Ungekürzt, unzensiert und unglaublich lustig:
Das Hörbuch zu Pommes! Porno! Popstar!

Das Hörbuch erscheint am 25.08.2017,
überall wo es was auf die Ohren gibt.

Die Musik zum Buch

Zwei, die erste CD von Purwien & Kowa mit den Parallelwelthits *Du*, *Bandit* und *Alte Hits*.

Auf **www.purwienundkowa.com** bestellen

Liedliste

1. Du
2. Bandit
3. Alte Hits
4. 1000 Hände
5. Der König Zu Geht Fuss
6. Manchmal
7. Ruhe Vor Dem Sturm
8. Das Meer
9. Leere
10. Transplantation
11. Die Zeit Ist Vorbei
12. People From Ibiza
13. Blut
14. Du (piano version)